ELA FICA COM A GAROTA

ELA FICA COM A GAROTA

Rachael Lippincott
e Alyson Derrick

Tradução
Sofia Soter

Copyright © 2022 by Rachael Lippincott and Alyson Derrick
Copyright da tradução © 2022 by Editora Globo S.A.

Publicado mediante acordo com Simon & Schuster Books For Young Readers, um selo da Simon & Schuster Children's Publishing Division

Todos os direitos reservados. Nenhuma parte desta edição pode ser utilizada ou reproduzida — em qualquer meio ou forma, seja mecânico ou eletrônico, fotocópia, gravação etc. — nem apropriada ou estocada em sistema de banco de dados sem a expressa autorização da editora.

Título original: *She Gets the Girl*

Editora responsável **Paula Drummond**
Assistente editorial **Agatha Machado**
Preparação de texto **Catarina Notaroberto**
Diagramação **Renata Vidal**
Projeto gráfico original **Laboratório Secreto**
Revisão **Ana Beatriz Omuro**
Ilustração de capa © 2022 by Poppy Magda, colagene.com
Design de capa **Lizzy Bromley** © 2022 by Simon & Schuster, Inc.
Adaptação de capa **Renata Vidal**

Texto fixado conforme as regras do Acordo Ortográfico da Língua Portuguesa (Decreto Legislativo nº 54, de 1995)

CIP-BRASIL. CATALOGAÇÃO NA PUBLICAÇÃO
SINDICATO NACIONAL DOS EDITORES DE LIVROS, RJ

L743e

    Lippincott, Rachael
      Ela fica com a garota / Rachael Lippincott, Alyson Derrick ; tradução Sofia Soter. - 1. ed. - Rio de Janeiro : Globo Alt, 2022.
      368 p.

    Tradução de: She gets the girl
    ISBN 978-65-88131-56-5

      1. Romance americano. I. Derrick, Alyson. II. Soter, Sofia. III. Título.

22-77260
                                                                                                    CDD: 813
                                                                                                    CDU: 82-31(73)

Meri Gleice Rodrigues de Souza - Bibliotecária - CRB-7/6439

1ª edição, 2022 - 3ª reimpressão, 2023

Direitos de edição em língua portuguesa para o Brasil
adquiridos por Editora Globo S.A.
R. Marquês de Pombal, 25
20.230-240 – Rio de Janeiro – RJ – Brasil
www.globolivros.com.br

Este é nosso
— *R. L. & A. D.*

1.
Alex

Todas as pessoas da sala olham para Natalie Ramirez. O hipster agarrado a uma cervejinha IPA como se fosse seu primeiro filho. A garota com a camiseta desbotada do Nirvana que é a *cara* da Urban Outfitters. Brendan, o barman, distraído a ponto de não notar que esqueceu o rum em não só um, como *dois* copos de Cuba Libre. Todos estão com o olhar grudado ao palco.

Acabo de secar alguns respingos de água no balcão e jogo o pano de prato branco no ombro, esticando o pescoço para enxergar melhor em meio ao mar de gente.

Os holofotes lançam um brilho arroxeado estranho em tudo. O rosto dela fica delineado em tons de lilás e violeta, e o cabelo preto e comprido reflete vermelho borgonha. Vejo as mãos dela subirem e descerem pelo braço da guitarra sem nem olhar, sabendo os trastes de cor, o toque das cordas impregnado em seus dedos.

Porque, enquanto todos estão voltados para ela, Natalie Ramirez só tem olhos para mim.

Ela abre um sorrisinho discreto. O mesmo sorriso que me causou calafrios cinco meses atrás, no primeiro show da banda dela no Tilted Rabbit.

Foi o melhor show que vi nos três anos de trabalho aqui. Visto que é uma casa de show pequena e local, já recebemos uma boa dose de cópias de Alanis Morissette e bandas cover farofeiras. Semana passada, um cara tentou incorporar o Neutral Milk Hotel e fazer uma serra de instrumento por uma hora inteira, o som tão estridente que todo mundo foi embora, exceto a namorada dele e os meus colegas.

Para ser sincera, entre a música duvidosa, os horários estranhos e o pagamento abaixo do ideal, os cargos aqui têm alta rotatividade. Eu teria pedido demissão há séculos, mas... minha mãe precisa de ajuda com o aluguel. Além disso, eu também tenho contas a pagar, agora que vou para a faculdade.

E acho que tudo bem. Porque, se eu tivesse me demitido, não teria estado aqui naquela noite cinco meses atrás, e nem agora, encontrando o olhar de Natalie Ramirez detrás do bar.

Sinto o estômago afundar ao perceber que esta será a última vez em muito tempo que a ouvirei tocar e, por mais que tente afastar a sensação, ela persiste. Continua até quando me despeço do grupo caótico de colegas que me deixaram estudar no bar durante a semana, quando espero Natalie acabar a bebida de comemoração nos bastidores antes da banda sair para a primeira turnê da vida deles na semana que vem, e ainda quando nós duas vamos embora, decididas a passar minha última noite aqui em casa exatamente como quero.

Com ela.

Assim que abrimos a porta de seu apartamento apertado, no bairro de Manayunk, ela me beija, a boca com gosto da pizza de queijo e da cerveja morna que sempre toma depois dos shows. É uma bagunça de tênis All Star chutados e mãos percorrendo minha cintura para tirar minha camiseta preta, nós duas tropeçando pelo espaço para o qual ela fugiu depois de se formar ano passado na Central High, a escola pública que fica do lado oposto da minha na cidade.

O apartamento também serviu de refúgio para mim durante as férias, então não tenho dificuldade em abrir caminho pelo chão de taco gasto até o quarto dela, desviando de instrumentos, partituras e sapatos do resto da banda. As molas da cama guincham quando caímos nos lençóis desarrumados, deixando a porta bater.

O momento é tão vivo, tão perfeito, mas aquela sensação de antes ainda pesa em meu peito. É impossível não pensar no ônibus que me levará embora de manhã para a faculdade. O formigamento nervoso que sinto por deixar o lugar onde morei a vida toda. Minha mãe, do outro lado da cidade, provavelmente já tendo virado meia garrafa de tequila depois de passar a tarde me culpando por "abandoná-la", que nem o papai fez conosco.

Ainda mais importante, quero finalmente começar a conversa que ando evitando. A conversa sobre querer continuar o relacionamento à distância.

Eu me concentro na sensação da pele de Natalie sob meus dedos, o corpo dela grudado ao meu, criando a coragem de me afastar, de *falar alguma coisa*, até que sinto seu sussurro baixinho contra minha boca.

— Eu te amo.

Eu a puxo para mais perto ainda, tão envolvida nela que mal noto o que falou. Tão envolvida no que estou tentando dizer, que quase retribuo.

Mais do que quase. Minha boca chega a formar as palavras.

— Eu te...

Espera.

Arregalo os olhos e meu coração martela o peito quando me afasto bruscamente, aquelas três palavras trazendo uma onda de momentos *muito* diferentes daquele.

Pratos arremessados e berros. Meu pai se abaixando para dizer "Eu te amo" antes de entrar no carro e ir embora, para começar outra vida.

Uma vida sem mim. Sem nunca mais vê-lo ou ouvir falar dele.

Não posso falar isso para ela agora. Não assim. Não quando *eu* vou embora.

Vejo a pergunta no rosto dela, iluminada pelo brilho da luz amarelada do poste perto da janela, então rapidamente disfarço meu movimento repentino, passando os dedos pelo fecho preto do sutiã dela.

— Eu, hm. Eu te falei que amei a música nova que vocês tocaram hoje? — sussurro, tentando disfarçar as palavras que quase deixei escapar.

Eu a beijo de novo, com mais força, o tipo de beijo que costuma encerrar qualquer conversa. O que ela disse, entretanto, continua no ar, como uma bruma espessa ao nosso redor.

— Alex — diz, afastando a boca da minha.

Ela estuda meu rosto, seu olhar em busca de algo.

— Oi? — falo, evitando o olhar dela, encarando seus dedos entrelaçados nos meus, o esmalte preto descascado nas unhas.

— Às vezes... — diz, soltando um longo suspiro. — Às vezes me pergunto o que isso *é* para você, exatamente.

Eu me recosto e aperto os olhos, finalmente me voltando para o rosto dela.

— Como assim?

— Minha banda vai sair em turnê. Você vai embora para a faculdade amanhã. Vai para longe, para *Pittsburgh* — fala, se recostando também e prendendo o cabelo preto em um coque, sinal de que o momento está se esvaindo, *rápido*.

Faz-se uma longa pausa. Vejo que ela ainda está procurando. Esperando que eu diga as palavras que ela quer que eu diga.

— É nossa última noite, e quero saber o que *nós* somos. Que tenho importância para você. Que isso vai funcionar à distância, que você não vai só sumir e começar a namorar outra pessoa. Que não sou só...

Sim.

— Natalie — digo, me aproximando. — Queria conversar sobre isso. Eu...

Meu celular vibra, barulhento, nos lençóis brancos, a tela se acendendo e revelando uma mensagem de Megan Baker, repleta de emojis piscando, e o texto: **Me liga se estiver pela cidade!**

Natalie aperta bem os olhos, com raiva, como se tivesse encontrado a resposta, mas não fosse a que desejava.

— Megan Baker? Aquela menina que toca triângulo na banda cover de Fleetwood Mac? Tá me tirando, Alex?

— Natalie — digo, tentando tocá-la. — Fala sério. Não é...

— Não — diz ela, afastando minhas mãos e se levantando, tensionando o maxilar.

Vejo que os olhos cor de mel dela estão brilhando, lágrimas ameaçando escorrer.

— Que... típico — continua. — Puta que *pariu*, que típico. Tento me aproximar e você manda uma dessas. A gente está saindo faz *cinco* meses, e não pude confiar em você por nenhum.
— Natalie. Fala *sério*. A gente já falou disso. Saí com outra pessoa umas, tipo, *três* vezes. Quatro, no máximo. Achei que as coisas entre nós tivessem acabado. Achei que já era.
Balanço as pernas e me levanto, tudo aquilo me parecendo *muito* familiar, *exatamente* do jeito que não queria que acontecesse nessa noite.
— E só saí com Megan uma vez — digo. — Ela não tem importância *nenhuma* para mim.
— Como posso confiar em você em Pittsburgh, se você recebe mensagens dessas quando moramos na *mesma cidade*? — pergunta ela, me olhando com raiva.
— *Que* mensagens? — rio, virando o celular para ela. — Ela me desejou boa viagem e eu *só* agradeci. Aí foi ela que...
— Pode *admitir*, Alex. Você acha impossível conversar sem dar mole. Eu te vi com aquela garota no bar hoje, durante meu show. Foi por isso que você recusou quando pedi para mudar de planos e sair na turnê com a gente mês passado. Por isso evitou todas as conversas sobre o que acontecerá quando você for embora. Você prefere paquerar Pittsburgh inteira a formar uma conexão *de verdade* — diz ela, sacudindo a cabeça, a voz falhando quando vira o olhar para a janela. — Você nunca me escolheu. Nunca esteve investida de verdade.

Uma onda conhecida de culpa me sobrevém. Pelos outros encontros que tive no comecinho, e pelas vezes em que talvez tenha passado do limite entre papear e dar mole no meu trabalho no Tilted Rabbit.

Mas *estou* investida. Não namorei mais ninguém assim durante o ensino médio inteiro. Mantive tudo casual, porque, bom... nunca queria que soubessem a verdade. Que conhecessem a parte de mim que escondo. Uma vida doméstica destruída e a mãe tão pinguça que não cuida nem de si mesma, muito menos de mim.

Natalie é diferente.

Ela é diferente desde que tentou me surpreender com um jantar depois do nosso terceiro encontro e viu minha mãe apagada na varanda. Dei um perdido nela por duas semanas, de tanta vergonha, e saí com outras pessoas, certa de que ela nunca ia querer continuar comigo depois do que vira, mas ela não desistiu. É a única pessoa que se aproximou o suficiente para saber a verdade e continuar comigo mesmo assim, apesar de toda a bagagem que carrego.

Agora, contudo, a voz dela é fria ao falar. Distante.

— Você pode ter um celular cheio de contatinhos, mas, no fim do dia, sem mim, não tem ninguém. Está *sozinha*.

Fico chocada. Já brigamos, mas nunca a vi desse jeito.

— *Sozinha?* Que ridículo.

— É mesmo? Amigos. Namoros. Você afasta *todo mundo* que se aproxima. É um milagre *eu* ainda estar aqui! Passamos *cinco* meses juntas e não conheci *nenhum* amigo seu. Só gente que você pegou. Porque é tudo que você tem, Alex. *Você não tem amigo nenhum* — continua, se voltando para mim. — Estou aqui e me importo com você. Eu te apoiei em toda essa merda com sua mãe, quando *ninguém* mais apoiaria. Porra, você quase falou "Eu te amo também", Alex. Eu sei. Mas você se interrompeu. *Por quê?*

— Eu... não sei. Só...

Estou embolando as palavras. Não sei como dizer *porque foi mais do que eu esperava*.

— Tá bom, Alex — diz ela, cruzando os braços no peito.
— Vou te dar mais uma chance. É só me falar o que sente de verdade. Diga que também me ama.

Ela me encurralou, e sabe muito bem. *Por que* está fazendo isso?

— Natalie, olha, eu...

Minha voz some no silêncio.

— Uau — diz Natalie, bufando e sacudindo a cabeça. — Às vezes acho que talvez você acabe igualzinha à sua mãe.

Fico ali parada, atordoada. Mais do que ninguém, ela sabe como aquele golpe é baixo. Que nada no mundo me dá mais medo do que isso.

Tento me controlar conforme o quarto parece ficar cada vez menor, meu peito apertado para respirar quando as lembranças voltam à superfície. Meus pais aos berros, de lados opostos da casa. O barulho de vidro estilhaçando em milhões de cacos. O para-choque traseiro do carro do meu pai sumindo à distância.

Pela primeira vez em cinco meses, tenho vontade de fugir, como sempre faço.

Pego minha camiseta e a enfio, com raiva.

— Você acha que sabe de *tudo*, né? Quer que eu diga o que sinto, Natalie? — falo, medo e raiva fervilhando à superfície. — Sinto que você não sabe porra nenhuma sobre mim.

— E de quem é a culpa?

Nós nos encaramos por um bom tempo, o peito dela ofegante, os traços cortantes de suas clavículas ainda mais intensos.

— Vá embora — diz ela, finalmente, em voz baixa.

Nem discuto.

— Com *prazer* — digo, forçando um sorriso irônico, como se não me importasse.

É familiar, e eu o odeio.

Passo por ela, saio do quarto, pego minha bolsa esportiva do chão, a penduro no ombro e enfio os pés nos sapatos, irritada. Amasso a parte de trás do tênis, pisando em cima, então sacudo o tornozelo, ajeitando o pé enquanto escancaro a porta do apartamento.

Olho para Natalie mais uma vez, com raiva, ao pegar a alça da mala. O sorrisinho dela no palco se foi, e os calafrios de cinco meses atrás e de toda vez que a vejo tocar são definitivamente esmagados. Finalmente, com todo o impulso de que sou capaz, e força o bastante para emputecer a velha sra. Hampshire que mora a dois apartamentos daquele, bato a porta ao sair.

Estou tonta ao descer, correndo os degraus desiguais, deixando a mala bater com um estrondo atrás de mim. Empurro a porta e saio para a rua, tentando me *acalmar*, mas o ar quente do fim de agosto só aumenta minha raiva.

É o meio da madrugada e a temperatura ainda não caiu.

Desço a quadra e viro a esquina apressada, quase batendo de cara em um grupo que sai de um bar na Main Street, um borrão de rostos, formas e cores. Olho para o lado e desacelero ao ver o pequeno café a que fomos em nosso primeiro encontro, no qual conversamos sobre a banda dela, a Cereal Killers, minha formatura iminente e nossos lugares preferidos na cidade.

Ao lado do café fica a lanchonete aonde íamos todo sábado, nos beijando na cabine do canto, entre mordidas em panquecas maiores que nossas cabeças.

Era para irmos amanhã de manhã, antes de eu viajar, mas…

Abaixo a cabeça e desvio o olhar, a raiva cedendo lugar a outro sentimento. *Luto*. Pelos sábados na lanchonete, pela noite que poderíamos ter e pela garota que continuou firme mesmo conhecendo as piores partes de mim. Mesmo que tenha acabado de jogar tudo na minha cara.

Meu peito está tremendo quando chego à estação do metrô. Me jogo em um banco e pego o celular. A tela acende e mostra que é só... uma da manhã.

Uma da manhã? Merda. Meu ônibus só sai às oito.

E não posso ir para casa. Não posso passar mais uma noite levantando minha mãe do chão enquanto ela me xinga por ir embora. Tenho medo de nunca ir, se voltar lá.

Então, aonde posso ir...

Meu olhar recai na mensagem de Megan.

Bom... vale a pena. Ela está entrando no segundo ano da Temple, e o novo alojamento fica bem perto da rodoviária.

Clico na notificação e depois no botão de ligar, prendendo a respiração enquanto o telefone toca.

— Alô?

— Oi, Megan — digo, sentindo uma onda de alívio por ela atender. — Posso ir aí?

— Ah — diz ela, a voz mudando um pouco. — Adoraria se você... *viesse.*

Faço uma careta. Jesus. Claro que Natalie ficou puta por eu ter saído com ela.

— Quer dizer, eu, hm — digo, passando o telefone para a outra orelha. — Eu só estava planejando, tipo, dormir, porque meu ônibus só sai às oito, mas...

Mas... *o que tenho a perder?* A merda foi jogada no ventilador pela Natalie. E Megan claramente não quer nada sério. Seria mesmo tão ruim esquecer tudo, por uma noite que seja?

— *Ah* — diz ela, me interrompendo antes que eu possa voltar atrás. — Até poderia, mas, hm, minha colega de quarto está passando mal.

— Julie? — pergunto, franzindo a testa. — Acabei de encontrar com ela no show da Natalie. Ela estava...

— É, acho... acho que alguma coisa fez mal a ela depois — diz ela, a voz abafada enquanto finge chamar a amiga.

— O que foi, Julie? Vai vomitar? Já vou aí ajudar!

Uau, como ela mente mal.

— Alex! Acho que tenho que ir — diz ela, tentando concluir aquele teatrinho. — Julie começou a...

Desligo antes que ela termine, a poupando de continuar a atuar por mais um segundo sequer.

Com um suspiro, abro meus contatos, lendo os nomes enquanto procuro para quem ligar. Só a letra *A* leva séculos.

Natalie podia estar certa quanto a Megan, mas não significa que não tem um milhão de outras pessoas que conheço e com quem poderia passar a noite.

Meu olhar perde o foco conforme paro em nomes específicos: Melissa, Ben, Mike. Colegas que nunca passaram de conhecidos. Pessoas que conheci no bar ou na escola, cada mensagem que tento abrir deixada em branco quando vejo que simplesmente... perdi contato, deixando meses se passarem desde as últimas mensagens, porque ignorei perguntas ou convites para sair, tão ocupada com a escola e com minha mãe que não tinha tempo para mais nada.

Também noto que a maioria dos contatos é de gente com quem fiquei. Ou, provavelmente, peguetes em potencial, como Natalie disse. Muitas. Garotas que paquerei só para ver no que ia dar, sabendo que nunca me comprometeria com nada para além do momento. Que nunca teria nada que não fosse temporário.

Algumas nem têm nomes.

Morena, Starbucks.

Sardas, pizzaria.

São *dez* assim. Mais, talvez. Descrições genéricas de garotas seguidas de onde as conheci.

Continuo a seguir a lista, até a tela quicar quando chego ao fim. Não tenho para quem ligar de madrugada. Nenhum lugar aonde ir, além da rodoviária, onde posso esperar por sete horas até o ônibus chegar.

Você está sozinha. O rosto de Natalie aparece na minha cabeça, seu olhar agudo atrapalhando minha visão.

Mas, sabe, eu tinha minha mãe para me preocupar. E estava indo *embora*. Para Pittsburgh. Nunca mais veria nenhuma dessas pessoas. Claro que deixei os vínculos para lá. Os conhecidos casuais, as peguetes, os amigos com quem nunca conversei fora da escola, deixando minha vida pessoal guardada em uma caixinha.

A única pessoa a quem me apeguei de verdade foi Natalie. Até hoje.

Sinto uma lufada de ar quente quando o trem para na minha frente, com um guincho barulhento. Atordoada, entro aos tropeços e me jogo em um dos bancos forrados de azul. Apoio os braços nos joelhos, fecho os olhos e esfrego o rosto, as palavras dando voltas e mais voltas na minha mente, a verdade me pegando desprevenida.

Ela estava certa. Ela me enxergou melhor do que eu me enxerguei.

Ela falou "Eu te amo" e eu me *impedi* de dizer o mesmo. Pediu para dizer *uma* coisa sobre a importância que ela tem para mim e não consegui.

Não consegui falar que as manhãs de sábado com ela são o ponto alto da minha semana. Que as letras dela falam comigo de um jeito que nenhuma outra música já fez, e que vê-la tocar faz com que eu me sinta... leve, como se, naqueles momentos, nada pesasse em mim. Não consegui falar que sinto enorme gratidão pelos últimos meses, por ter alguém para me apoiar durante a merda toda com minha mãe.

Não sei se eu conseguiria pegar o ônibus amanhã se não fosse pela ajuda dela.

Mas não falei nada disso. Não falei nada. Estraguei tudo porque ela me pediu a Lua, e eu ainda não consegui dá-la.

Ela é a primeira pessoa de quem não quero me despedir, mas cá estou, fugindo.

Qual é meu *problema*?

Engulo o nó na minha garganta e apoio a cabeça na janela, vendo a Filadélfia passar voando do outro lado do vidro, sabendo que preciso mudar.

Não sei como consertar isso, mas tenho o caminho todo até Pittsburgh para descobrir.

2.
Molly

Ai. Acordo sem ar porque meu labrador idoso de cinquenta quilos se jogou na minha cama, enfiando uma patona amarela bem no meu rim.

— Leonard, desce!

Tento fazer minha voz soar algumas oitavas mais grave, mas não adianta. Ele só obedece ao meu pai. Durante os cinco minutos seguintes, ele me ataca com beijos e pisa em todos os meus órgãos, até finalmente descer, satisfeito com o trabalho.

Não vou sentir saudade de acordar *assim*.

Quer dizer, não muita.

Limpo a baba do rosto e tateio pela mesa de cabeceira em busca do celular, mas minha mão encontra a pilha de cinco fichários recém-etiquetados que prepararei ontem, pronta para o novo ano de estudos. Nada se compara a uma noite tranquila, só eu e minha etiquetadora.

Atrás deles, tiro o celular do carregador. E, pela décima-milésima vez neste verão, procuro o perfil no Twitter de Cora Myers, tomando cuidado para não clicar em nada acidentalmente.

Peguei no sono às nove e meia ontem, como toda noite, então perdi o tweet que ela postou mais tarde: *Amanhã oficialmente me torno pantera! #vivapitt*

Sou tomada por uma onda de náusea, mas um sorriso também se abre em meu rosto e aperto o celular contra o peito.

Hoje.

Faz três meses que nos formamos na escola.

Oitenta e sete dias que não a vejo.

Só para esclarecer: não estou indo para a faculdade *atrás dela*. Metade da minha escola acaba indo para a Universidade de Pittsburgh. Só estamos as duas nessa mesma metade, por acaso.

E, se me perguntar, acho que tem um cheirinho de destino. Que o universo talvez esteja *finalmente* me fazendo um favor, depois de quatro anos tão ruins.

Tentei mesmo me manter ocupada com outros assuntos nas férias, mas, quando se conhece uma garota como Cora Myers, é impossível pensar em qualquer outra coisa.

Bom, talvez "conhecer" não seja o verbo adequado, mas não consigo tirar ela da cabeça desde que ela entrou na sala do nono ano usando um casaco de veludo vermelho retrô e coturnos amarelos gigantes que não combinavam nem um pouco.

Mas gostei da roupa mesmo assim.

E não fui a única.

A energia dela era magnética. As pessoas se aproximavam dela naturalmente no início de toda aula, nos corredores e depois da escola, mas a atenção nunca parecia lhe subir à cabeça. Ela nunca foi malvada ou excludente, e sempre foi autêntica, quem quer que estivesse por perto. Parecia que ela podia falar com qualquer pessoa sobre qualquer coisa.

Não que ela falasse *comigo*, mas, a duas cadeiras de distância, dava para ouvir muito.

Não é que eu não *quisesse* falar com ela. Só não sou boa em me abrir. Não sou boa em fazer amizades. Quando se passa tanto tempo quanto eu passo preocupada com o que dizer e como dizer, e mesmo assim sai tudo errado, se torna mais fácil nunca dizer nada.

Este ano, no entanto, não tenho que ser Molly Parker, quietinha e que sofre de ansiedade social debilitante. As coisas podem ser diferentes na Pitt.

É a faculdade. Um novo começo, uma oportunidade de me reinventar. Sempre dizem que tudo melhora na faculdade, e preciso acreditar nisso. A vida não pode ser assim para sempre.

Precisa melhorar.

Acho que não aguento mais quatro anos de...

Crash.

Uma caixa enorme bate nos azulejos da cozinha lá embaixo, e o som reverbera pelas tábuas do meu chão.

Mamãe.

Mesmo que ontem eu tenha dito um milhão de vezes que tudo de que preciso já está no carro, *sei* que ela está empacotando mais tralha para eu levar. Se eu não descer imediatamente, vai acabar enfiando a casa toda na mala do carro.

Respiro fundo antes de sair da cama e descer a escada, dois degraus por vez. Quando viro a esquina, encontro minha mãe percorrendo a cozinha, abrindo e fechando todas as gavetas e portas ao alcance dos seus metro e cinquenta e nada.

O cabelo grisalho, que cai na altura do ombro, está meio preso por uma piranha preta.

— Cadê aquele filho da puta? — resmunga, tão concentrada em procurar sabe-se-lá-o-quê que nem me vê.

Escuto o farfalhar de papel e vejo os olhos cor de mel do meu pai me observando por cima do jornal *Pittsburgh Post-Gazette*, sentado em nosso cantinho de café. Eles ficam enrugados nos cantos, como sempre acontece quando sorri.

— Que bom que acordou — diz ele, já rindo do que está prestes a falar. — Achei que a gente ia precisar te virar na cama para não ficar assada.

Uma piadinha matutina *clássica* de Charlie Parker.

— São só oito e meia — digo, com uma careta.

Rir das piadas só o encorajaria.

— Molly!

Um sorriso imediato substitui a careta frustrada da minha mãe quando ela finalmente interrompe a busca e me vê. Fios de cabelo escapam do prendedor de cabelo, flutuando ao redor de seu rosto redondo quando ela corre para me abraçar. Com as duas mãos, um braço por cima, o outro por baixo, ou ela me obrigará a abraçá-la de novo, porque "não achou suficiente". Ela está agindo como se eu fosse partir para a guerra, mas, mesmo me esmagando quase tanto quanto Leonard, é difícil fingir que não sentirei saudades.

Quando ela me solta, me aproximo do balcão, fechando alguns armários e empurrando uma gaveta com o quadril no caminho. Certamente não foi da minha mãe que puxei minha compulsão por arrumação.

— O *que* você está fazendo? — pergunto.

— Falei para ela não fazer — intervém meu pai, sem desviar o olhar do jornal.

— Ah, vai fazer suas cruzadinhas, Charlie — diz minha mãe, abanando a mão e atravessando a cozinha para abrir mais um armário. — Estou pegando mais algumas coisas para você. Só preciso de um batedor de ovos e já vou acabar, mas não estou achando o outro.

— Mãe — digo, com toda a firmeza de que sou capaz. — Não preciso de batedor nenhum.

— *Todo mundo* precisa de um batedor de ovos — responde ela, como se estivéssemos falando de uma privada, sei lá.

— O que vou fazer com um batedor de ovos no alojamento? — pergunto, esperando trazer alguma lógica à conversa, mas ela continua a revirar os armários.

Me curvo e abro a caixa que ela está empacotando, sentindo uma confusão profunda perante o conteúdo: um rolo de papel alumínio, o grampeador da gaveta de tralhas, uma espátula, dois abridores de lata, uma panela antiaderente.

— Mãe, não preciso de nada disso — digo, levando minha mão ao braço dela para tentar impedi-la de abrir outra gaveta.

— Mas e se precisar? — pergunta ela, a voz um pouco trêmula. — E se precisar de alguma coisa e não tiver? Se ficar com fome de madrugada e...

— Vou ter que dar um jeito sozinha.

Eu a afasto da gaveta, obrigando-a a me encarar. Ela se vira para mim com os olhos marejados.

— Por favor, não me abandone — diz, mesmo que não seja sério.

Pelo menos, não quer que seja.

— Mãe, vai ficar tudo bem comigo — asseguro, tentando soar mais confiante do que me sinto.

— Mas comigo, não — admite ela, com uma gargalhada patética.

Eu a abraço de novo porque, mesmo sabendo que é ridículo... somos praticamente melhores amigas. Nunca dissemos em voz alta, mas, quando somos próximas assim, não é preciso dizer. Ela foi minha melhor amiga durante todo o meu ensino médio. Minha única amiga, para ser sincera.

Agora, de alguma forma, preciso me despedir dela, da pessoa que esteve ao meu lado o tempo todo. Não parece possível, mas, para as coisas mudarem esse ano, preciso ceder um pouco.

E preciso que ela também ceda.

— Molly, precisamos sair daqui a uma hora. Se demorarmos, temo que sua mãe se enfie numa dessas caixas — diz meu pai, e minha mãe joga um pano de prato nele.

Uma hora depois, estamos oficialmente a caminho da Pitt. Meu pai se oferece para levar meu carro, então vou com minha mãe na SUV dela, e acabo me arrependendo quando ela começa a apontar para tudo de vagamente conhecido no trajeto. Minha antiga escola, o cinema e até um rinque de patinação na beira da estrada, onde passei várias noites patinando com meu irmão, Noah. Afasto o olhar, as lembranças tornando essa mudança ainda mais difícil.

Felizmente, assim que chegamos, praticamente não consigo pensar em mais nada disso, porque o campus é uma loucura que só. Todas as malas à vista estão abertas, e frigobares, lençóis e móveis da IKEA se derramam pela rua. As calçadas estão lotadas de pais tentando, sem sucesso, manter os filhos mais novos quietos. Uma garota usando um moletom da Pitt perde o controle do carrinho de mudança e, horrorizada, o vê bater com tudo em um carro estacionado. Aí *eu*, horrorizada, a vejo ir embora tranquilamente. Por segurança, decidimos deixar o papai cuidando do carro depois de estacionar o meu nas vagas dos estudantes.

— Oi! Bem-vinda à Pitt! — me cumprimenta um cara de cabelo perfeitamente penteado quando entro no pátio ao lado da minha mãe. — Posso te ajudar na recepção — diz, me levando a uma mesa.

Dou todas as informações de que ele precisa, e ele me entrega uma bolsinha de boas-vindas e minha carteirinha da faculdade, com a foto que tirei no evento de orientação nas férias horrivelmente ampliada.

— Como ela descobre com quem vai dividir o quarto? — pergunta minha mãe, se aproximando da mesa.

— Ah — diz o cara, franzindo a testa. — Você devia ter recebido um e-mail meses atrás.

Mas... eu passei as férias atualizando o e-mail sem parar, então não posso ter perdido. Né? Sinto o estômago afundar, mas não quero ser uma *daquelas* calouras.

— Ah, tudo bem, vou olhar de novo — digo.

— Bom, tem como você verificar? Ela não recebeu o e-mail — intervém minha mãe, e sinto minha pele pinicar na mesma hora.

Eu queria que ela deixasse eu me virar sozinha, pelo menos uma vez.

— Mãe, tá tudo bem — cochicho. — Descubro quando chegar. Além do mais, o Noah já está vindo, né?

Agradeço o cara e puxo minha mãe para longe da mesa. Felizmente, minha distração funciona.

— Ele disse que vinha de bicicleta nos encontrar no pátio? O pátio é aqui? — pergunta.

Assinto, olhando para os quatro alojamentos idênticos, em busca de... *ali*... Holland Hall.

— Vou dar um pulo para ver meu quarto. Já volto — digo, mas logo noto que ela está me seguindo de qualquer forma.

— Mãe, pode ficar aqui para esperar o Noah?

Aperto o passo antes que ela responda. Na verdade, até queria que ela visse o quarto comigo, mas tenho que me lembrar que as coisas precisam mudar. E, para isso, minha mãe não pode entrar no quarto atrás de mim quando eu conhecer minha colega.

As duas portas foram abertas, e tem garotas entrando e saindo sem parar. Os elevadores parecem bem cheios, então subo os cinco andares de escada até meu quarto, parando bem em frente à porta para recuperar o fôlego e me preparar.

Primeira impressão, Molly. Sua nova versão. Você vai arrasar. Só precisa dizer "Oi, prazer, Molly".

Respiro fundo.

Abro a porta na esperança de ver minha colega, mas o que encontro faz meu estômago afundar.

— Que piada — sussurro sozinha, olhando para o quarto minúsculo.

Uma cama. *Uma* mesa. Mesmo que essa fosse minha última escolha. Mesmo que eu tenha especificamente pedido qualquer coisa *além* disso.

É um quarto particular.

Como se já não fosse difícil o bastante fazer amizade, ainda tenho que morar em isolamento. Entro, olhando para meu quarto enquanto escuto garotas no corredor, conversando com as colegas de quarto sobre o que botar onde, e quem vai ficar com qual lado.

— Ei, Molly, onde quer que eu deixe isso? — pergunta uma voz atrás de mim, me distraindo do problema por um instante.

Eu me viro e encontro uma pilha gigantesca de caixas bloqueando o corredor e um par de pernas musculosas aparecendo por baixo, quase cedendo sob o peso de metade dos itens que possuo.

— Oi, Noah — digo, me sentindo mais leve ao vê-lo. — Você sabe que tem carrinhos para isso, né?

Pulo no colchão envolto em plástico para abrir espaço para ele entrar e largar tudo no chão com alguns baques. Ele leva um segundo para recuperar o fôlego, com as mãos nos joelhos.

— Tenho dois carrinhos perfeitos aqui mesmo — diz, com um tapinha em cada bíceps, e reviro os olhos. — Além do mais, para que servem os irmãos mais velhos? — pergunta, com um sorriso brincalhão, vindo me abraçar.

— Charlie, para de pisar no meu pé!

A voz da minha mãe ecoa corredor adentro, acompanhada por uma gargalhada que preenche todo o espaço. Nós dois nos viramos para a porta quando nossos pais aparecem, trazendo um carrinho com o resto das minhas coisas.

O sorriso da minha mãe some imediatamente quando vê o quarto.

— Te puseram em um quarto particular — diz, franzindo a boca.

— Que sorte, né? Cara, eu teria *matado* por um quarto particular na faculdade — diz Noah, se sentando na mesa.

— É, é muito legal, Molly. Você tem um espacinho todo seu — acrescenta meu pai.

Encontro o olhar da minha mãe, a única que entende o que isso significa para mim. A única pessoa que sabe que era minha oportunidade de ter uma vida social automática na faculdade.

Desvio o olhar antes que ela diga alguma coisa, porque conversar vai me deixar pior. Então me dedico à tarefa à minha frente. Organização. Que eu *amo*.

Noah e o papai trazem caixas e mais caixas, enquanto eu e minha mãe botamos tudo no lugar. Tento não pensar nas coisas que eu queria fazer com uma colega de quarto. As noites que passaríamos em claro, fofocando sobre tudo que aconteceria de empolgante na nossa vida aqui, ou os passeios de madrugada para comprar os famosos waffles com sorvete da Pitt no Market, como Noah me contou. Tento não pensar que deveria estar organizando o quarto com ela, e não com a minha mãe.

— Então, estava pensando — diz minha mãe, quando me sento no chão ao lado dela para dobrar umas camisetas. — Que tal pedir comida e convidar uma das meninas do seu andar?

Ela tenta parecer animada, mas conheço bem aquele olhar de pena.

— Vão estar todas ocupadas fazendo amizade com as novas colegas de quarto. E não *conheço* ninguém para convidar — digo, voltando o olhar para a camiseta que estou dobrando.

— Que tal a Cora? — diz ela, me cutucando de brincadeira. — Talvez ela esteja livre.

— Podemos não falar disso agora? Vamos só dobrar — digo, mas ela não larga o osso.

Como qualquer melhor amiga, ela também sabe me irritar como mais *ninguém*, e parece que esse talento está em seu nível máximo hoje.

— Que tal mandar uma mensagem para ver se ela quer sair?

— Mãe — digo, com firmeza, me voltando para ela. — Não posso só chamar ela para *sair*, tá? Não é…

Solto um suspiro frustrado, pego meu celular e finjo que estou digitando.

— Oi, Cora. Você nem me conhece, e não tenho seu número, mas estudamos na mesma escola e sou praticamente apaixonada por você.

— Por que *não* fazer isso? Quer dizer, sem dúvida você conhece alguém que tem o número dela. A última parte pode ser um pouco pesada, mas... — diz ela, rindo. — E eu lá sei?

— Meu Deus do céu — digo, a empurrando, mas ela logo se endireita. — Você me deixa doida.

— Estou só tentando ajudar. Você sabe, né? — pergunta, e assinto. — Tá, se a Cora não rola, que tal *eu* voltar amanhã para fazermos compras?

— Mãe...

Faço uma pausa, organizando meus pensamentos, querendo garantir que vou dizer a coisa certa. Odeio querer aceitar. E isso me diz que *preciso* falar. Só não quero magoá-la demais.

— Eu *preciso* que a faculdade seja diferente. Tá? — digo, encontrando o olhar dela. — Já vai ser difícil dar um jeito nisso. Se você estiver aqui o tempo todo, não sei se vou conseguir fazer outras amizades. E não posso, *não posso*, passar mais quatro anos assim.

Ela parece um pouco magoada, mas, principalmente, culpada.

— Eu sei. Eu sei. Desculpa — diz, me abraçando apertado. — Vou te dar um pouco de espaço.

Estreito os olhos por um segundo, com dificuldade de acreditar que ela é mesmo capaz.

— Prometo! — insiste ela, oferecendo o mindinho para mim, e finalmente rio.

— Tá. Pelo menos por um tempinho — digo, enganchando o mindinho no meu.

— Bom, acabou — anuncia meu pai, aparecendo na porta com Noah. — Vamos nessa, Beth? — pergunta.

Agora?

Passou tudo muito rápido. Eu acabei de falar que queria que as coisas mudassem. Mas... não no mesmo minuto.

Lágrimas enchem meus olhos quando a despedida que eu temia desde que acordei paira no ar.

Minha mãe se levanta com um gemido, esticando as pernas.

— Acho que está tudo certo. A não ser que você queira que eu te ajude a dobrar mais, Molly?

Ela me olha como se estivesse tentando fazer o que pedi, mesmo que vá contra tudo que ela sente.

Vou surtar por completo se aquela despedida demorar mais do que o necessário.

— Pode ir. Deixa comigo — digo, apontando para a pilha de roupas.

— Tem certeza? — pergunta ela.

Nenhuma.

— Absoluta — digo, no entanto.

Dou um abraço rápido no meu pai, sabendo que ele não gosta que eu o veja muito emocionado. Mesmo assim, noto que ele está com dificuldade, arregalando os olhos para não chorar.

— Vai ser bom te ter na cidade — diz Noah com um sorriso, me puxando para um abraço de lado.

Estou *mesmo* grata por ele morar por perto.

— Me liga quando quiser sair — continua. — E, Molly? — diz, já saindo. — Portas abertas fazem andares mais alegres.

Ele escancara minha porta antes de ir atrás do meu pai no corredor. Como se fazer amizade fosse simples assim, só abrir uma porta.

Imagino que, para ele, seja. Tudo sempre foi fácil para Noah, fazer amizade, praticar esportes. Ele até ganhou a eleição de rei da formatura. Fala sério, pense em outra escola da Pensilvânia rural que escolheu um cara asiático como *rei da formatura*. Isso não acontece nunca.

Fecho os olhos e respiro fundo quando minha mãe se volta para mim.

— Prometo que vai melhorar — diz ela, levando uma mão ao meu rosto.

Eu me aproximo, a abraçando, e dessa vez sou eu que aperto forte.

— Tá bem — sussurro, mesmo que, no momento, não seja o que sinto.

— Tá bem — diz ela, a voz trêmula ao me soltar e sair para o corredor. — Me liga mais tarde. Te amo.

— Te amo — digo, mordendo a bochecha até sentir gosto de sangue.

Ela some da porta e me viro para encarar minha nova casa. Meu peito se aperta com a sensação de solidão, minha velha conhecida, mas, dessa vez, não tenho minha mãe em quem me apoiar. Aqui, estou mesmo só.

É só se concentrar na tarefa. Desfazer as malas. Organizar.

Respiro fundo, tentando ignorar o nó na minha garganta ao abrir a última caixa de papelão.

Minha visão se embaça quando pego um batedor de ovos, um cartão preso a ele, escrito em caligrafia cuidadosa: *Só por garantia* ♥

3.
Alex

Quando chego a Pittsburgh, estou tonta. Meu cochilo de dez minutos no ônibus da Greyhound não chegou nem perto de me renovar, mas, é isso, quem precisa dormir quando se pode passar sete horas olhando pela janela, se arrependendo de todas as decisões que já tomou na vida?

Por mais que tentasse pensar em uma solução, só... não consegui.

Ela me *conhece* mesmo. Todas as partes que achei que estava escondendo. Todas as partes que escondi de mim. E ela me *ama*.

Nunca vivi isso antes.

Acho que é por isso que *quero* mesmo me envolver com ela. Plenamente. Em vez de fugir e largá-la, que nem meu pai fez. Em vez de mantê-la distante e deixar acabar aos poucos, que nem o resto dos meus relacionamentos.

Pauso "Pretty Games", a música do Cereal Killers que fez a banda ser contratada por uma gravadora independente uns meses atrás, e olho meu celular pela milésima vez, mas ainda não há resposta à mensagem de *podemos conversar?* que mandei para ela assim que entrei no ônibus. Nenhum telefonema. Ela nem viu meus stories no Instagram. Fiz merda de verdade dessa vez. Ela nunca passou tanto tempo me dando um gelo.

É *muito* pior do que qualquer uma das nossas briguinhas sobre flertes, minha "indisponibilidade emocional", ou qualquer mensagem que aparecesse no meu celular durante o café. Quer dizer, o que ela disse ontem. O que *eu* disse. É equivalente a dez garotas me dando seus números de telefone em uma só noite no Tilted Rabbit.

Com um suspiro, dou mais uma olhada no Google Maps e vejo que tem mais duas paradas até eu sair desse ônibus sacolejante, cujo forro estampado esquisito do assento faz minhas coxas pinicarem. Eu me sento mais para a frente e olho pela janela, vendo um prédio de pedra gigantesco se assomando à distância, o sol claro da tarde deixando quase brancos os tijolos cinzentos.

É a Catedral do Aprendizado, um prédio de quarenta e dois andares que serve como centro do campus da Pitt.

Estou mesmo aqui. Sou oficialmente universitária. Por um segundo, finalmente paro de pensar em Natalie.

Quase me sinto capaz de respirar de um jeito que nunca pude.

Não acredito que consegui. Não acredito que consegui *mesmo*. Fui embora.

É *isso* que eu queria. Aprender a fazer mais do que simplesmente dar um jeito. Focar em mim mesma, uma vez na vida.

Quer dizer, quase.

Por reflexo, olho para o celular e vejo que minha mãe não respondeu às mensagens que mandei no caminho. Não que seja novidade, mas ainda me sinto meio enjoada, já que não posso mais correr para casa e conferir se ela está respirando.

Guardo o celular no bolso quando o ônibus para com um solavanco, e pego minhas coisas para descer o corredor aos tropeços. Agradeço à motorista e saio na rua Atwood, supostamente a quatro quadras do apartamento que encontrei em um anúncio no Craigslist, apertando os olhos contra o sol e virando a cabeça de um lado para o outro.

Imediatamente, fico chocada com a diferença daqui e da Filadélfia. É tão *pequeno*. Quer dizer, sei que não é o *centro* de Pittsburgh, mas... definitivamente será difícil me acostumar. Dos prédios à quantidade de gente nas calçadas, às lojas ladeando a rua, parece que alguém pegou minha cidade e cortou pela metade. E aí cortou mais umas dez vezes.

Sigo o Google Maps, descendo a quadra, passando por um Starbucks, uma farmácia e uma mercearia mexicana, e fico horrorizada quando vejo meu reflexo em uma vitrine. Parece que fui *atropelada* por um ônibus, em vez de só viajar.

Meu cabelo loiro está amarrado em um coque embaraçado, fiozinhos finos escapando por todo lado. Minha camiseta está tão amarrotada que parece que a esqueci na máquina de lavar por um ano inteiro. Meu delineador, normalmente perfeitamente equilibrado, saiu completamente do olho direito, apesar de estar intacto no esquerdo. Como isso é possível?

Rapidamente, tiro o elástico do cabelo, o penteio com os dedos e esfrego o olho ainda maquiado enquanto espero o sinal à minha frente ficar verde.

Meu celular vibra, e quase o jogo na rua enquanto tento aproximá-lo do rosto, na esperança de ver uma mensagem de Natalie.

Mas é minha mãe. Ela *finalmente* respondeu a uma das minhas mensagens.

Chegou?

O enjoo desaparece imediatamente, mesmo com o frizz do cabelo e a maquiagem borrada. Uma noite já foi. Desacelero o passo até parar perto de uma caçamba de lixo cheia na esquina, porque vi uma porta vermelho-vivo na qual está pregado o número 530, prateado e enferrujado. É o prédio que encontrei no anúncio de ALUNA DA UNIVERSIDADE DE PITTSBURGH PRECISA DIVIDIR APARTAMENTO mês passado.

Óbvio que só mostrava os melhores ângulos.

Minha nova colega de apartamento, Heather Larkin, *definitivamente* usou filtro nas fotos dessa joça, cujos poros sujos e olheiras estão finalmente expostos na forma de tinta descascada e tijolos farelentos.

Não é tão diferente de onde eu morava, no entanto, então nem me preocupo.

Respondo **Acabei de chegar, sim,** dou um passo à frente e olho com atenção para o interfone antigo grudado na parede, tomando cuidado para evitar os fios expostos ao apertar o botão do que espero ser o apartamento 3A. Depois de um zumbido demorado e uns estalidos de estática, uma voz abafada, mas alegre, fala pelo interfone.

— Já vou descer!

Penteio o cabelo com os dedos mais um pouco e tento limpar mais da maquiagem, forçando um sorriso quando a porta se abre. Fico aliviada ao encontrar Heather Larkin e seus cabelos cacheados, como esperava pelos posts nas redes sociais, em vez de um *serial killer*.

— Oi! — diz ela, estendendo a mão. — Você deve ser a Alex.

— Isso! Heather, né? Prazer — digo, apertando sua mão, e aponto com o queixo para suas unhas cuidadosamente pintadas. — Gostei das unhas.

Ela abre um sorriso de agradecimento, e entro atrás dela. O hall é estreito e temos dificuldade de caber ali juntas. O carpete cinza-mescla está gasto e puído e tem correspondência transbordando das caixas de correio, mas não fede a mijo de gato nem a lixo. O que já é uma vantagem, suponho.

Além disso, foi o único lugar que encontrei já mobiliado *e* por menos de quinhentos dólares por mês — bem mais barato que morar no campus, e o único jeito de pagar a faculdade *e* comprar todas as "edições especiais" caríssimas de livros didáticos de ciência.

Subimos de escada até o terceiro andar, e Heather tagarela enquanto tento não desmaiar ainda no segundo andar devido ao esforço de carregar minha mala gigantesca.

— Você é caloura, né? Tá animada?

— Acho que tô, sim — digo, ofegante, dando a volta na escada.

— Por que você decidiu estudar aqui?

— A faculdade de medicina é boa. Pago mensalidade mais barata porque sou do estado.

O que eu guardei nessa bolsa? Tijolos? Jesus amado.

— Mas ainda é longe o suficiente de casa para parecer outro estado — acrescento, puxando ainda mais a bolsa no ombro, levando as palavras de Natalie a sério e decidindo me abrir um pouquinho mais do que faria normalmente.

— Cara, te entendo — diz Heather, revirando os olhos antes de parar em frente a uma porta branca surrada. — Eu queria estudar na Universidade do Colorado, mas...

Ela para de falar, e esfrega o polegar nos dedos indicador e do meio. *Dinheiro*. Nem me fala.

Ela encaixa a chave na fechadura e empurra a porta.

— Mas a Pitt é boa. Você vai gostar. Meu namorado, Jackson, veio transferido de outra faculdade, e gosta *muito* mais daqui do que da Penn State, se isso diz alguma coisa.

Ela sorri para mim quando passamos pela porta, e sorrio de volta, tranquilizada.

O apartamento é surpreendentemente agradável. O chão de taco está um pouco arranhado e gasto, e há uma mancha marrom suspeita em um pedaço do forro branco do teto que provavelmente significa um vazamento antes do semestre acabar, mas Heather e sua outra colega, que está fazendo um mochilão pela Europa, deixaram o lugar bem aconchegante.

Tem um sofá cinza que parece macio, uma mesinha da IKEA e luzinhas pisca-pisca fofas penduradas do teto às janelas grandes. Há quadros na parede, umas citações genéricas escritas em caligrafia bonita, umas fotos da cidade, a Catedral do Aprendizado, Heather e um grupo grande de amigos.

Talvez, só talvez, tenha dado tudo certo.

— Seu quarto é logo depois do banheiro — diz Heather, apontando para uma porta no fim do corredor curto.

Assim que passo pela cozinha apertada, a porta do banheiro se escancara e levo uma trombada de um garoto ainda molhado, sem camisa, *muito* peludo, usando só uma toalhinha branca.

Uma toalhinha branca *muito pequena mesmo*.

Reparo porque, quando caímos juntos no chão, a toalha não cobre nem metade do saco dele. Sinto o contorno contra minha perna, que nem na minha primeira festinha da escola quando Matt Paloma se esfregou todo em mim durante a dança.

— Meu Deus do céu — digo, horrorizada, encontrando o olhar dele.

Vejo ele observar meu rosto como vi centenas de vezes ao longo dos anos. É a mesma expressão que fazem desde que atingi a puberdade no sétimo ano.

Com uma careta, me afasto e nós dois nos levantamos, desajeitados. E, como se a situação não pudesse piorar *ainda mais*, é aí que noto.

Ele está de pau duro.

Ele tenta esconder com a toalhinha, mas não adianta.

— Tá me tirando, Jackson? Jura? — diz Heather, passando por mim para agarrar o braço dele.

Jackson. O namorado.

Eu me aperto contra a parede para eles passarem. Ela o arrasta pelo apartamento e, logo antes de bater a porta do quarto, olha feio para *mim*. Para mim! Como se o pau duro dele fosse *minha* culpa!

Ótimo.

Encosto a cabeça na parede e suspiro profundamente. Lá se vai essa possível amizade. Que jeito de começar meu primeiro ano na faculdade!

Empurro a porta no fim do corredor e olho para o quarto. Tem uma mesinha. Um armário pequeno. Um colchão azul de solteiro embaixo de uma janela sem cortinas.

Largo minhas malas e me jogo no colchão, esfregando o rosto com as mãos.

Não acredito. Passei *anos* sonhando em ir embora, mas agora queria estar na Filadélfia. Queria estar com Natalie, no apartamento dela, vendo *New Girl* de novo enquanto ela

dedilha a guitarra, sempre ensaiando para o próximo show, os colegas de apartamento fazendo barulho no fundo.
Natalie.
Tiro o celular do bolso e me sento, clicando no contato. Hesito, meu dedo congelado no botão de ligar, o medo de uma desculpa fracassada me sufocando.
— Fala sério, Alex — sussurro. — Foi assim que você acabou aqui, para começo de conversa.
Eu me obrigo a apertar o botão verde e prendo a respiração enquanto o celular toca e toca.
Estou prestes a desistir quando ela atende.
— Oi.
— Oi! — praticamente grito, aliviada por ela ter atendido em vez de deixar cair na caixa postal. — Como você tá?
— Bem.
Seca. Irritada. Mas respondeu. O que significa que talvez tenha passado a fase silenciosa da raiva dela por mim.
Significa que tenho uma chance.
— O que você vai fazer hoje? — enrolo, pensando em tudo que normalmente faríamos em uma noite de sábado se eu não tivesse que trabalhar e ela não tivesse um show: ver uns discos de vinil na loja de música, ler em uma canga no parque, ver um filme juntas no apartamento dela.
— Tô indo comer no Steggy's.
— Ah.
Uma pontada de saudade me atinge bem no peito. O que eu não daria para estar com ela naquele buraco acabado, beliscando a montanha gigantesca de nachos que eles vendem por sete dólares.
É difícil imaginá-la lá sem mim, e fico surpresa pelo incômodo. Penso no guacamole que vai sobrar no prato no fim

da noite. O guacamole pelo qual *eu* sempre trocava minhas pimentas. As conversas que teríamos sobre a banda e o novo álbum. A mão dela na minha debaixo da mesa, esperando a comida. Penso em como ela não se incomodaria se eu precisasse sair mais cedo para ajudar minha mãe.

— Alex, você precisa de alguma coisa, ou...?
— Nat, eu...

Faço força para as palavras saírem. *Fala sério, Alex!*

— Eu só... — digo. — Estou com saudade.

Ela bufa, irônica, e quase a escuto sacudir a cabeça.

—Achei que eu não soubesse porra nenhuma sobre você. Ai. Não foi meu melhor momento.

— Não falei sério. Só...

— Alex, nós duas sabemos que você não está me ligando porque está com saudade. Está me ligando porque não tem mais ninguém.

— Não é verdade. Quer dizer, *é* verdade que não tenho mais ninguém, você estava certa, mas não *quero* mais ninguém. Passei cada segundo desde que saí da sua casa pensando em você. Na gente — digo, tentando organizar tudo em que pensei no ônibus, tentando falar o que sinto, mesmo sendo difícil. — Escuta, eu... Desculpa pelo que aconteceu. Por eu ter te afastado e fugido quando você tentou se aproximar, que nem quando te dei aquele perdido. Por não ter demonstrado que você é a única garota pra mim. Por mudar de assunto e me fechar quando você disse "Eu te amo" e me pediu para me abrir — digo, e respiro fundo. — Mas não quero mais fugir, Natalie. Não de você.

Silêncio do outro lado. Afasto o celular da orelha para verificar se ela desligou.

— Eu falei sério — diz, finalmente. — Falei, sim, Alex. Eu te amo, mas não confio em você. Não *dá* para confiar em você. Especialmente porque você se fecha o tempo todo — fala, e solta um suspiro. — Isso sem mencionar o fato de que a Megan me contou que você ligou para ela ontem à noite. Eu encontrei ela na lanchonete.

Puta que pariu, Megan.

— Não foi isso! Liguei porque não tinha onde dormir — digo, dando um pulo e começando a andar em círculos pelo quarto. — Natalie. Fala sério. Por favor. Deixa eu provar que posso mudar. Deixa eu provar que você pode *confiar* em mim. Quero que isso funcione à distância. Sério.

Foi o que não tive a oportunidade de dizer ontem.

— Não sei. Assim, você nem tá *aqui*. Como vou saber o que você tá fazendo aí? Se você não conseguiu nem dizer "Eu te amo", o que vai te impedir de me trair? Sabe, é por isso que eu queria que você saísse comigo em turnê — diz, respirando fundo, e voltando a falar em tom questionador. — A gente só viaja amanhã.

Fecho os olhos com força e passo a mão pelo cabelo. Olho ao redor do quarto desconhecido, minha mala na porta, a colega de apartamento que já me odeia do outro lado. Minha mãe, lá na Filadélfia, de quem eu provavelmente nem deveria me afastar.

Mas... não dá. Não quero ir embora. É minha oportunidade de mudar de vida, não posso deixar para lá.

— Natalie, eu faço qualquer coisa — digo. — Menos isso.

Ela passa um bom tempo em silêncio antes de suspirar.

— Olha. Eu ia fazer surpresa antes disso tudo, mas... a turnê vai passar por Pittsburgh no dia treze de setembro.

Meu coração dá um pulo.

— Assim — continua ela —, sei que você vai ter, tipo, umas quatro namoradas até lá, mas, se não tiver, quem sabe a gente pode conversar.

Ela hesita.

— Conversar *de verdade* — completa. — Sobre o que você sente. Sobre o que você quer mesmo, e sobre fazer tudo funcionar à distância.

Sim. Eu dou conta disso. Vou dar conta.

— Natalie. Não quero ficar com mais ninguém. Não *vou* ficar com mais ninguém — prometo, a tranquilizando. — Quero ficar com você. Sério. Tá?

— Bom, vamos ver, né? — diz ela, fazendo uma pausa. — Espero que você prove que estou errada.

— Vou provar — digo, sorrindo, aliviada.

Afinal, sempre adorei um desafio.

4.
Molly

Depois de jantar um pote de macarrão instantâneo duro demais ontem e comer uma Pop-Tart de café da manhã hoje, não posso mais adiar minha primeira ida ao bandejão pra almoçar.

Quando saio do elevador no saguão, há uma mulher parada do outro lado, na entrada do salão comum.

— Você veio para o evento? — pergunta, o batom cor-de-rosa se destacando contra a pele.

— Ah, não, só…

Aponto para a saída, mas ela já está falando.

— Vem. Vai ser legal — diz ela, e o sorriso natural em seu rosto me convence.

Não sei o que é, mas talvez seja melhor tentar conhecer gente nova antes de começar a procurar uma mesa para o almoço.

Lá dentro estão umas quarenta pessoas espalhadas pela sala, além de uma mesa com um pote de balas e *um monte* de bananas.

Uma combinação de lanche estranha, mas tudo bem.

Crio um plano rápido de me sentar em algum lugar do meio, mas desisto quando pego uma banana da mesa e alguém ri bem atrás de mim. Acabo dando voltas em corpos e pernas até me encolher no canto, sozinha. *Ótimo começo.*

Quando as duas mulheres na frente da sala tiram da sacola uma caixa grande cheia de bolinhas de pingue-pongue, noto que acabei me metendo em uma dinâmica para quebrar o gelo. Não que eu vá reclamar. Essas coisas foram literalmente inventadas para gente que nem eu. Provavelmente é o melhor jeito de me obrigar a interagir socialmente. Mas não vou mentir, queria que a gente fosse jogar pingue-pongue de verdade. *Isso* eu faço bem.

Enquanto elas se arrumam, descasco a banana e mordo. Até que noto um garoto que está me olhando do outro lado da sala.

Demoro a reconhecer o cabelo preto desgrenhado e a calça jeans justa. Christopher Matthews, minha dupla da aula de inglês do ano passado. Aceno e ele cochicha alguma coisa para o cara ao seu lado antes de se levantar e abrir caminho com cuidado até mim.

Fica tranquila, Molly. É só agir naturalmente.

É o Chris. Eu falava com ele quase todo dia na aula. Vai dar tudo certo.

— E aí, Molly? — sussurra ele, sentando encostado na parede ao meu lado.

— Tranquilo — respondo, me encorajando a continuar a conversa. — E você?

— Os caras do meu andar me arrastaram para cá — diz, olhando para uns garotos encostados em outra parede, rindo e se empurrando como se fossem amigos há anos, não vinte e quatro horas.

— É, tô meio animada, até — admito, e ele me olha com uma cara estranha.

Talvez admitir interesse em jogos bobos na faculdade pegue mal.

A sensação de conversar com ele na escola era tão diferente, porque a *situação* era diferente. Havia tópicos, regras, coisas que funcionam para mim.

Faz-se um silêncio demorado, então mordo mais um pedaço de banana.

— Hm... Molly?

Eu me viro para ele, mastigando, e ele arregala os olhos.

— Vim aqui para te dar um toque — diz. — Eu... acho que não é para comer as bananas.

A boca dele se curva em um sorrisinho.

As mulheres na frente da sala finalmente se viram. Uma delas está segurando uma banana e uma bala. A outra está sacudindo um balão *cheio* de bolinhas de...

Não é um balão.

Não são balas.

— Ai. Meu. Deus — sussurro, morta de vergonha.

Quando vejo a mulher colocar uma camisinha na banana, fico enjoada, de repente, tentando engolir a fruta na minha boca.

— Achei que iam ser só uns jogos — confesso para Chris, que está tentando não rir muito alto. — O que eu vim fazer aqui?

— Comer banana de graça? — dize ele, dando de ombros. — E agora você sempre vai saber como usar camisinha.

— É, eu sou, tipo, *super* gay — digo.

Estou tão constrangida que as palavras me escapam antes que eu possa ficar refletindo muito sobre o que ia dizer.

Ele ri, alto. Mesmo que eu ainda esteja morrendo de vergonha, a gargalhada dele me parece uma vitória. Parece que a ansiedade que normalmente me separa da pessoa com quem estou falando não está tão impenetrável. Talvez dê para salvar essa situação.

— Ah, é? Você nunca me contou — diz ele. — Bom, pelo menos a banana foi de graça.

— O que você vai fazer depois daqui? — pergunto.

— Nada, na real, até de noite. Lembra a Kristen Osborne? — pergunta ele, em voz baixa.

Eu faço que sim com a cabeça, pensando na capitã ruiva da equipe de dança da época que o Noah jogava futebol americano na escola.

— Ela tá no último ano agora — continua Chris — e a irmandade dela vai dar uma festa hoje lá no Sutherland Hall. Você deveria ir!

Ele fala como se não fosse nada, como se fosse minha mãe me chamando para ir ao mercado. Mas, para mim, não é assim.

Não sou convidada para uma festa desde o fundamental, quando as crianças eram *obrigadas* a convidar a turma toda.

— Sério? — pergunto, sem ousar acreditar que é verdade.

— Claro. Vou te mandar o convite no Facebook.

Vemos a mulher enfiar mais dez bolinhas na camisinha.

— Se um dia ele disser que é grande demais, garotas, agora vocês já sabem: é caô.

Ela joga a camisinha no meio da sala, que nem um astro do rock jogando a palheta da guitarra para a plateia, e cai nas mãos de uma garota que não queria de jeito nenhum recebê-la.

— Será que vai ter mais gente da Oak Park? — pergunto, esperando por um nome específico.

Ele dá de ombros.

— Matt, Tim, Brie, Cora...
Meu coração para. O resto das palavras se emaranha em sons confusos quando ela infiltra todas as partes do meu cérebro. Faz tanto tempo que não a vejo, e agora...
Agora vou falar com ela. Em uma festa. Para a qual fui convidada.
É meu recomeço. Não podia ser mais perfeito.

Depois que as mulheres acabam o PowerPoint, Christopher me diz que vai almoçar com os amigos e meu estômago ronca. Em vez de me convidar para ir junto, me despeço e almoço no canto mais remoto do bandejão, para não correr o risco de esbarrar com ele.
De volta ao alojamento, esperando o convite chegar, me pego pensando no que fiz de errado hoje. Tudo que deveria ter dito, mas não disse, e tudo que talvez devesse ter guardado para mim. Que nem quando admiti que achei que era um evento de brincadeiras para quebrar o gelo. Mais cedo, a festa parecera *perfeita*, e senti mesmo que devia ir, que *podia* ir. Mas está começando a parecer demais.
Talvez eu não deva arriscar.
Talvez eu deva me ater à minha rotina costumeira de fim de semana e ficar em casa. Fazer uma boa xícara de chá e rever uns episódios de *Wynonna Earp* na Netflix.
Sem dividir quarto, como eu planejava, preciso me adaptar. Preciso arranjar outro jeito de socializar. Não posso só parar de tentar. Então, decido dar um pulo no apartamento de Noah para conversar, na esperança de que ele saiba me dar algumas dicas para eu não passar vergonha hoje — *se* o convite chegar.

Levo dez minutos de carro até a casa que ele aluga em Lawrenceville, que rivaliza East Liberty no posto de bairro mais gentrificado de Pittsburgh. Dá para pegar a pedra de um sobrado desmoronado e jogar direto na piscina de um prédio de vinte milhões de dólares do outro lado da rua. Noah mora no meio-termo, uma casa de dois quartos semirreformada.

Ele abre a porta, segurando metade de uma pizza de pepperoni em uma das mãos e uma garrafa de mel na outra. Está usando a camiseta de uma liga infantil de beisebol, que de algum jeito cabe nele agora que ele é adulto, e calça de moletom cinza da Nike. Uma das vantagens de trabalhar de casa.

Logo depois de se formar na faculdade, no ano passado, Noah arranjou um emprego em uma das *start-ups* mais maneiras do país, com sede bem aqui em Pittsburgh. Ele está sempre programando códigos para alguma coisa legal: um macaco robótico para um comercial da Old Spice; uma instalação de flores interativas para um evento do Google; uma estante para os meus pais que se abre, deslizando, quando os livros certos são movidos de forma específica, revelando um cofre secreto.

Eu o vejo derramar um pouco de mel na ponta da pizza, os olhos quase pretos concentrados em criar o pedacinho perfeito. Ele dá uma mordida e me cumprimenta com a cabeça.

— Achei que crossfiteiro só podia comer coisa saudável. Frango, arroz, shake de proteína — implico.

— Não me coloque numa caixinha — responde ele, me fazendo sorrir. — Quer um pedaço? — pergunta, falando com a boca cheia. — A outra metade está no forno.

Ele derrama mais mel e dá mais uma mordida antes mesmo de engolir a primeira.

— Aceito, sim — digo, o acompanhando até a cozinha.

Ele não me entrega a metade toda, do jeito que está comendo. Em vez disso, corta três fatias e empurra a travessa para mim.

— Você já fez amizade no alojamento? — pergunta.

Sacudo a cabeça em negação e dou uma mordida na beirada da pizza.

— Sabe, Molly, você é... — começa ele, com dificuldade de encontrar as palavras certas. — Você é legal. Tipo, é legal de conversar. Outras pessoas concordariam se você desse uma chance a elas.

As palavras dele me pegam de surpresa.

Quando não dei chance para as pessoas?

Penso em Christopher. Fiz contato visual com ele no salão e acabamos conversando mais do que em todo um semestre na Oak Park. Por mais que eu odeie admitir, talvez Noah esteja certo.

Respiro fundo.

— Fui convidada para uma festa hoje, mas estou com medo de ir — digo.

— Vai! — diz ele, sem hesitar, e para. — Quer dizer, não quero te dar ordens, mas festas universitárias são úteis.

— Como assim? — pergunto.

— São... nojentas, mas foi como conheci Dave e Nick. Até a Kendra conheci em uma festa.

— A Kendra te traiu no segundo ano e te deixou devastado — lembro, mas a expressão dele indica que não era necessário.

— Molly, a questão não é essa. A questão é que conheci alguns dos meus melhores amigos nas festas mais toscas. Então, se eu não tivesse ido...

Ele dá de ombros, tendo feito o argumento.

Solto um resmungo barulhento.
— A Cora vai.
— Molly. Você *tem que* ir! Tá falando sério? Como pode estar em dúvida?
Já consigo sentir a ansiedade pinicando em meu corpo, só de pensar em ir, mas sei que ele está certo.
— Eu sei. *Eu sei*. Tá bom.
Solto um suspiro exasperado, me jogando, dramática, em uma das cadeiras.
— Ótimo, mas uma coisa — diz, apontando um dedo para mim, autoritário. — Nada de beber e dirigir.
— Tá bom, *mamãe* — digo, rindo. — Provavelmente nem vou beber.
— Bom — diz ele, dando de ombros e me olhando. — Talvez possa beber um pouquinho.
Meu telefone apita na mesa e Noah enfia o resto da pizza na boca. O convite de Christopher ilumina a tela, junto com uma mensagem particular:

E aí, Molly, espero te ver lá!

Meu coração acelera só de pensar na incerteza do que pode acontecer. Mas sei o que acontecerá se eu ficar em casa. Nada vai mudar. Cora não vai magicamente falar comigo. Tenho que me dar uma chance. Tenho que dar uma chance aos *outros*, como disse Noah.

5.
Alex

Tento atualizar o Instagram do Cereal Killers pela centésima vez hoje, mas a velocidade do meu pacote de dados foi reduzida e a foto que acabaram de postar se recusa a carregar para além de uma mancha amorfa de traços e cores.

Merda.

Queria pegar a senha do Wi-Fi com a Heather de manhã, mas ela está me dando um gelo desde o incidente do pau duro do Jackson ontem, e me encara com raiva sempre que pode.

Achei que talvez estivesse ficando meio paranoica, mas, quando voltei das compras com artigos de banho e um jogo de cama, ela fez todo um teatrinho ao desligar a televisão e bater a porta do quarto, que nem uma criança malcriada.

Com um suspiro, me deito de costas e mando uma mensagem pedindo notícias para minha mãe, já que ela não respondeu de manhã.

Tento conter o nervosismo que inevitavelmente se segue, mas não consigo, e abro os contatos. Hesito frente ao número do celular da nossa vizinha de porta, Tonya, prendendo a respiração e olhando para o botão verde de ligar. De alguma forma, consigo me impedir de clicar.

Ela já aceitou ir ver minha mãe duas vezes por semana, e não quero encher o saco demais.

Jogo o celular ao meu lado e olho para o teto. O quarto, apesar de vazio, parece incrivelmente abarrotado. Desconfortável. Quanto mais tempo fico deitada, sem nenhuma distração, mais minhas orelhas zunem. Sinto o peso de tudo, apertando meus pulmões e me esmagando até eu achar difícil respirar.

Mesmo que eu finalmente tenha ido embora, de repente me sinto de volta à casa que deixei para trás. Só *esperando*. Esperando que minha mãe volte.

Minha cabeça sempre me dominava. Não conseguia parar de pensar em onde ela estava. Com quem estava. Quanto estava bebendo. Quanto estava gastando, apesar do monte de contas a pagar na mesa da cozinha.

Depois que cortaram nossa luz, o emprego que consegui no Tilted Rabbit três anos atrás foi o único jeito de calar a obsessão. O único jeito de retomar um pouco do controle. Convenci o dono, Stew, a me deixar lavar pratos até ter idade para trabalhar no bar.

Agora isso se foi, e eu, também. Não sei o que ela vai fazer.

No meio da confusão com Natalie, junto ao fato de que começo a faculdade oficialmente amanhã, literalmente sinto tudo me esmagar, ficando mais pesado a cada segundo.

Preciso sair daqui.

Com um pulo, pego a carteira na mesa, enfio os All-Stars brancos nos pés e desço pelo corredor o mais rápido possível.

Escancaro a porta do apartamento e corro escada abaixo, sentindo a pressão se aliviar lentamente, andar por andar.

Quando chego lá fora, finalmente me sinto capaz de respirar. Inspiro devagar e olho para o céu, de um azul-escuro crepuscular, o sol começando a desaparecer atrás de uma fileira de casas transformadas em apartamentos, alpendres inclinados, tijolos gastos e bandeiras da faculdade encaixadas em janelas tortas. Me viro para a esquerda e desço a rua, desviando de garotas de vestidinho preto e garotos carregando garrafas d'água cheias de vodca, gritando a caminho de uma festa. É ao ver isso, pessoas com propósito e destino, que percebo... não faço ideia de para onde estou indo.

Lá na Filadélfia, a noite seria *completamente* diferente.

Tá, eu ainda sairia de casa sem saber para onde ir, mas sempre acabaria exatamente onde precisava estar, em um show da Natalie, em um turno extra no Tilted Rabbit, ou dando mole para um segurança me deixar entrar na boate.

As noites mudaram quando começamos a namorar, no entanto.

Menos boates, mais jantares e filmes. Não queria que Natalie se irritasse comigo por um flerte qualquer, fosse real ou imaginado, então era melhor evitar a oportunidade.

Mas aqui... Nem isso tenho.

Não que faltem opções, mesmo sendo uma cidade desconhecida. Quer dizer, seria *fácil*. Eu poderia só me juntar a um desses grupos e ir a uma festa de irmandade. Encontrar um bar capenga. Entrar escondida em um show e sumir na multidão depois que alguém me pagasse uma bebida.

Em outro mundo, faria tudo aquilo em um instante. Mas neste, mesmo com a distância entre nós, estou tentando me manter na linha. Prometi a Natalie, e quero cumprir.

Ainda assim, não deixo de me sentir como um velho acabado, relembrando a juventude. Os bons tempos.

Se pudesse revirar os olhos para mim mesma, é o que faria.

Desço uma ruazinha lateral desconhecida, determinada a não voltar ainda, e o asfalto esburacado acaba levando a uma loja de conveniência, indicada por uma placa luminosa vermelha e branca que diz LANXES. Os sininhos da porta tilintam com força quando entro. O cara atrás do balcão levanta o olhar do celular e me cumprimenta com um aceno. "Carl" está rabiscado no crachá preso ao peito dele e o vejo reagir novamente à minha chegada, ajeitando os óculos para me olhar melhor.

Por uma fração de segundo, me pergunto que lanches conseguiria descolar de graça, mas meu olhar recai no Cheetos sabor Flamin' Hot que Natalie sempre compra.

Verdade. Natalie.

Agora que não há vantagem nenhuma na admiração de Carl, só me sinto... irritada.

Reviro os olhos e passo por uma pilha de revistas e jornais para chegar aos Cheetos, pegando o celular para tirar uma foto do salgadinho e mandar para Natalie, com uma mensagem de pensando em vc. Eu me viro para a vitrine, levantando o celular até achar onde o sinal é melhor e a mensagem ser enviada.

Guardo o celular no bolso e, virando em outra seção, vejo duas garotas na ponta oposta, que interrompem a conversa para me olhar de relance.

A garota mais alta desvia o rosto quase imediatamente, os cachos pretos balançando quando olha desconfiada para a porta, mas a mais baixa sustenta meu olhar por um bom tempo, olhos cor de mel sob a franja do cabelo em estilo joãozinho. Ela está usando calças paraquedistas. Listras verticais. Muita, *muita cor*.

Não é exatamente meu estilo, mas cai bem nela.

— Ele disse que estaria aqui — sibila a amiga, e a garota do cabelo joãozinho finalmente dá de ombros e se volta para ela.

Finjo escolher um chocolate, olhando distraída para a informação nutricional de uma barra Hershey's enquanto escuto a conversa, um milhão de possibilidades me ocorrendo por instinto.

Posso dizer que gostei da calça. Posso me aproximar e pegar um chiclete da prateleira logo atrás dela. Posso fazer uma piada sobre a pessoa por quem estou esperando também não ter chegado.

— Brie já chegou, e ela disse que só tem um barril de cerveja. E, tipo, Fireball.

Eca. Que nojo. Minha mãe é alcoólatra oficial, e nem ela bebe esse uísque.

— Bom, para quem mais a gente pode ligar e pedir para comprar bebida? — pergunta Calça Paraquedista.

Faz-se silêncio. Elas visivelmente serão condenadas a passar a noite engolindo uísque com sabor de canela. Um castigo que eu não desejaria nem para o namorado de Heather Larkin.

Antes que eu perceba o que estou fazendo, largo a barra de chocolate na caixa e desço o corredor, passando os dedos pelo cabelo em um gesto casual.

— O que vocês querem? — pergunto.

As duas se viram para mim, surpresas. A menina do joãozinho me olha de cima a baixo, curvando a boca em um sorrisinho.

— Você é maior de idade? — pergunta, cética.

De perto, vejo que ela tem um piercing no nariz. Prateado. Bonitinho.

Me encosto casualmente na prateleira ao nosso lado, o metal esfriando meu braço.

— Depende de quem pergunta.
Ela ri, revirando os olhos.
— Não, então.
— Bom. E você? — pergunto, me aproximando até o rosto dela estar a meros centímetros do meu, e ela arregala os olhos cor de mel. — Se você estivesse naquele balcão, me venderia a bebida?

Ela nega com a cabeça, mas sei que funcionou. Nós duas sabemos que ela venderia. Eu nem precisaria demonstrar como sou boa atriz.

Sinto uma onda de excitação por aquela vitória e abro a boca para dizer alguma coisa, meu olhar ainda fixo no dela, mas as palavras de Natalie brotam em minha memória.

Como posso confiar em você em Pittsburgh, se você recebe mensagens dessas quando moramos na mesma cidade?

Imediatamente, a excitação se vai, na mesma velocidade com que chegou. *Fala sério, Alex. Concentração.* Não se passaram nem quarenta e oito horas.

Me afasto, determinada a dar meia-volta e escolher uns salgadinhos, mas ela pega uma nota de vinte amassada da mão da amiga e a estende para mim.

— Dane-se. Estamos desesperadas. Precisamos de um engradado. Mike's Hard, de preferência. Mas pode ser Seagram's. Um mix de sidra. Só precisa ser frutado.

Hesito antes de estender a mão para aceitar o dinheiro.

— Tá legal.

É uma boa ação, afinal. E não era para eu fazer amigas que pudesse apresentar a Natalie? Ela me entrega a nota, e seus dedos se demoram na minha palma antes de deslizar pelos meus devagar.

Ai. Hm, melhor não.

Pigarreio e aponto para os chocolates atrás de mim, tentando fazer uma expressão séria.

— Comprem alguma coisa, para não gerar suspeita. A gente se encontra lá fora.

Passo por elas e viro na seção de bebidas alcoólicas, vasculhando as geladeiras duas vezes em busca da embalagem preta e amarela de Mike's Hard que conheço tão bem, até ouvir o caixa apitar atrás de mim.

Não vejo nem sinal. Só fileiras sem fim de IPA e cerveja light.

Sem querer desistir depois de fazer tanta pose, caminho casualmente até o balcão e me encosto nele, os olhares das garotas queimando meu pescoço conforme elas se aproximam da porta. O vendedor larga o celular, o rosto ficando vermelho-vivo enquanto ele se endireita.

— Oi, Carl — digo, com um sorriso sedutor, ajeitando o cabelo para trás da orelha.

— Ah, oi — diz ele, tateando pelo balcão em busca do celular, depois de uma caneta, e mais uma vez o celular.

— Você por acaso tem Mike's Hard por aí?

Ele se levanta de um pulo, ávido.

— Acho que... nos fundos...

Quando ele se afasta para buscar, ouço os sininhos da porta tilintarem, indicando que as garotas finalmente saíram. Dou uma olhada distraída para o lado, para garantir que elas não estejam esperando bem ali, de olho na vitrine.

Felizmente, elas sumiram de vista.

Carl ressurge com um engradado, que quase derruba ao deixar no balcão.

Vai ser moleza.

— Posso... posso ver sua identidade? — pergunta, passando o engradado no caixa.

Boto a nota de vinte no balcão e faço todo um teatro de mexer nos bolsos antes de soltar um suspiro demorado e frustrado, cobrindo o rosto com as mãos.

— Ai, meu Deus. Só pode ser sacanagem. Esqueci a carteira em casa.

Sinto lágrimas brotando nos meus olhos e Carl começa a entrar em pânico.

— Levei um pé na bunda *totalmente* do nada ontem — continuo — e agora *isso*.

É... tecnicamente verdade.

Ergo o rosto e deixo uma só lágrima escorrer devagar do olho direito. Uma expressão de pavor toma o rosto de Carl, vendo a lágrima descer até meu queixo.

Eu devia ganhar um Oscar por tamanha atuação. Dá licença, Meryl Streep.

Fungo ruidosamente e seco o rosto rápido, indo pegar a nota de vinte de volta.

— Desculpa. Vou só...

— Ei, quer saber? — diz Carl, alcançando a nota antes que eu pudesse, roçando a mão na minha de leve. — Deixa para lá.

Ele abre o caixa com um tinido e conta o troco rapidamente.

— Jura? — pergunto, com o cuidado de manter os olhos molhados e reluzentes.

— Juro. Sinto muito, hm, pelo término — diz, me entregando a nota fiscal e uns dólares e centavos do troco.

— *Muito* obrigada.

Pego o dinheiro e a bebida e abro um sorriso curto e agradecido, apertando a mão dele antes de declamar minha última fala. O grande final, por assim dizer.

— Com sorte, vou encontrar um cara legal que nem você, Carl.

Seria *impossível* ter resultado melhor. Ele abre um sorriso enorme quando saio da loja, e cuido para manter a postura triste e caída até virar a esquina do estacionamento, onde as garotas me esperam debaixo de um poste tremeluzente.

— Você conseguiu! — diz Cabelo Joãozinho quando entrego a bebida e o troco, me endireitando e me aposentando da carreira de atriz.

— Você está *chorando*? — pergunta a amiga dela.

— É comprometimento puro — digo, sorrindo.

Faz-se um longo silêncio, então continuo:

— Meu nome é Alex, por sinal. Sou caloura na Pitt.

— A gente também. Meu nome é Abby — diz a garota de cabelo cacheado.

— E o meu Cora — diz Cabelo Joãozinho, encontrando meu olhar.

Ela dá um passo à frente, devagar. Confiante.

— Não sei se você tem planos — continua —, mas... uma garota do meu colégio vai fazer uma resenha hoje na casa dela, se quiser ir com a gente. Como agradecimento.

— Hm.

Hesito, engolindo o sim que estava prestes a escapar.

Uma resenha.

Assim... não é uma festa.

Sei que Natalie não gostaria que eu fosse a uma festa com duas garotas que acabei de conhecer, mas, se for só uma resenha, não é *tão* grave.

Além disso, não posso ficar trancada no quarto, sozinha e claustrofóbica. É meu *primeiro ano* de faculdade! É minha oportunidade de... sei lá. *Fazer amizade.* Buscar conexões sinceras, como ela disse que me faltava *mesmo.*

Ela não pode ficar puta comigo por isso, né?

Só tenho que tomar cuidado com...

Cora abre um sorriso doce para mim, seus olhos cor de mel reluzentes.

Com *isso.*

— Claro — digo, desviando o olhar dela para Abby e me inclinando um pouquinho para trás.

Acompanho as duas até o ponto de ônibus, as ruas desconhecidas todas se misturando. Confiro a bateria do celular, aliviada por ainda estar em oitenta e dois por cento, porque *com certeza* vou precisar do GPS para voltar.

No caminho, descubro que Abby está estudando Engenharia Mecânica, e que Cora vai fazer História e Letras ao mesmo tempo.

Acho que, depois do nome, todo mundo na faculdade se apresenta com o curso.

— Todo mundo diz que fazer Letras não dá dinheiro, mas eu *amo* livros — diz Cora, se voltando para mim enquanto esperamos sob a placa azul e branca do ponto de ônibus.

Eu também amo, mas não quero contar. Na verdade, provavelmente teria sido meu curso, se não fosse por aquele fato específico.

— Ah, legal — digo, dando uma olhada na rua em busca do ônibus em vez de entrar em uma conversa sobre nossa lista de desejos de livros.

Provavelmente é mais seguro evitar ter muito em comum com Cora, agora que vivo em um convento de uma mulher só.

— E você? — pergunta ela quando me encosto no poste.

— O que está estudando?

— Medicina — digo, vendo o ônibus virar a esquina, um grupo de estudantes escapando do caminho.

— Aaaaah — diz Abby, com uma careta. — Você é mais corajosa do que eu. Eu não daria conta de todo aquele sangue e tal.

—Ah, bobeira — digo, mas não consigo negar a leve náusea que sacode meu estômago.

Felizmente, algumas coisas são mais importantes: Estabilidade profissional. Salário robusto. Não precisar sofrer para pagar aluguel e ter comida na geladeira. Qual é a importância de um leve enjoo se o ganho é tanto?

As portas se abrem com um assobio, e nos espremos lá dentro. Abby prefere ficar em pé, mas Cora se instala no banco ao meu lado, sorrindo quando nossas pernas se esbarram. Pigarreio e afasto minha perna, olhando pela janela.

Esta noite já foi um teste *e tanto*. Mais difícil do que eu esperava. E é só o segundo dia.

Não deixo de notar que Natalie estava certa, e não só sobre minha falta de amigos.

Fui tão programada para flertar que nem notei o quanto era frequente. Eu achava que era inofensivo, mas, na verdade, não.

Natalie, no entanto, notou. Por cinco meses. A culpa ressurge, mas não posso deixar que me consuma.

Em vez disso, decido que hoje é uma boa oportunidade. É um teste. Uma chance de mudar as coisas de verdade.

E agora estou ainda mais determinada a provar que sou capaz.

6.
Molly

Assim que entro, o corredor está apinhado de gente que não conheço, e sinto minhas mãos encharcarem de suor. A vontade de fugir é forte, mas me lembro: *Ater-se ao plano*. Pegar uma bebida. Fingir que pertenço a este lugar. Encontrar Cora. Aí, esperar que ela também esteja sozinha, em busca de uma pessoa conhecida para conversar. Quer dizer, só se passou um dia. Ela não pode ter feito tantos amigos, né?

Fico atenta ao ambiente enquanto vou me enfiando no meio da multidão, reparando onde é o banheiro, para o caso de precisar de um segundo de solidão. Abro caminho até a cozinha, pego um copo de plástico vermelho e o pressiono contra o dispenser de gelo da geladeira enquanto analiso as opções de bebida: um barril de cerveja, um engradado meio vazio de Mike's Hard, três garrafas de Fireball e umas latas de Coca-Cola. Levo um minuto para notar que não está saindo gelo.

— Tá quebrado — diz um garoto grande e suado, aparecendo atrás de mim com um copo cheio de um líquido marrom que provavelmente não é refrigerante. — Aqui. Tem que...

Ele abre a porta do freezer com a mão livre e saio do caminho com um pulo quando ele tira uma *machadinha* de verdade de trás. Horrorizada, vejo ele retalhar o gelo, a bebida derramando do copo no meu braço antes que eu tenha tempo de escapar.

É. Definitivamente não é refrigerante.

— Hm, valeu — digo quando ele pega um pedaço de gelo com as mãos e solta no meu copo.

Ele grunhe, joga a machadinha outra vez atrás do freezer e vai embora a passos largos, como se nada tivesse acontecido. Eu me encaminho para o "bar" e me sirvo de Coca-Cola. Ninguém precisa saber que não tem álcool no meio. Acho que esse não é o melhor momento para minha primeira bebida.

Atravesso a outra porta da cozinha e chego ao que provavelmente era uma sala de jantar, onde instalaram uma mesa de plástico para jogar *beer pong*. Sempre ouvi falar que Cora mandava muito bem no jogo, então parece o melhor lugar para esperar por ela e me misturar ao ambiente ao mesmo tempo. Encontro um espaço vazio perto da parede e tento fingir que estou fascinada pelos quatro caras que jogam bolinhas em copos de um lado para o outro. Chega a doer observar eles fazerem aquilo, quando *poderiam* usá-las para o que *realmente* servem. O belo jogo de pingue-pongue.

Olho de relance para o garoto ao meu lado e reconheço seu rosto.

— Oi — digo, encarando os olhos azuis de Jason Shober.

É estranho. Nunca dirigi a palavra a ele, mas, aqui, tão longe de casa, cercada por desconhecidos, a presença dele me acalma um pouco.

— E aí. Jason — diz, se apresentando, como se eu não tivesse passado quatro anos sentada na carteira na frente da dele na escola.

Estou prestes a dizer "Eu sei", mas engulo as palavras.

— Molly — respondo, sentindo que acabei de levar um soco no estômago.

Tudo piora a partir dali.

Quando volto a olhar para o jogo, um borrão branco voa na minha direção.

Eu poderia me abaixar.

Poderia levantar a mão para bloquear.

Mas não faço nada disso. Quinze pares de olhos veem uma bolinha de pingue-pongue quicar bem no meio da minha testa e cair no meu copo.

— Foi mal — berra um cara do outro lado da mesa.

Meu rosto imediatamente é tomado por calor, e sei que devo estar mais vermelha do que o copo na minha mão. A sala irrompe em vivas e aplausos quando um garoto de camisa polo desabotoada pega minha bebida e vira de uma vez, antes de cuspir a bolinha no chão, quase acertando minhas sandálias bordadas.

— Isso é Coca pura? — pergunta ele, fazendo uma careta, e entro em modo de pânico total.

— Quê? Não. É...

Ele arrota, me devolvendo o copo antes que me ocorra uma resposta. Não olho para ele, nem para mais ninguém, só ando diretamente até o banheiro pelo qual passei antes.

Fecho a porta e tranco a fechadura.

— Molly, o que foi isso...

Passo os dedos pelo cabelo e apoio os cotovelos na pia. Eu devia ter ficado em casa.

Estou em um lugar novo, cercada de gente nova, mas a verdade é que não mudei em nada. Estou só mentindo para mim mesma, fingido que posso ser outra pessoa. Fica cada vez mais claro que, por mais que as coisas mudem ao meu redor, continuarei sendo sempre a mesma Molly Parker. Sem amigos. Sem vida. Sem a menor chance de Cora falar comigo, quem dirá *sair* comigo.

Levanto o queixo para me encarar no espelho, totalmente horrorizada quando vejo o rímel e o delineador borrados ao redor dos meus olhos. *Merda*. Não uso maquiagem o bastante para lembrar as regras quanto a passar a mão no rosto. Isto é, não passar.

Olho para baixo e, sem hesitar, começo a revirar as gavetas. Normalmente, eu *nunca* faria isso, mas não é hora de me preocupar com invasão à privacidade alheia. Tenho uma emergência em mãos, ou melhor, na cara. *Bingo*. Encontro uma bolsinha de maquiagem na última gaveta. Obrigada, Kristen.

Lavo o rosto, esfregando com sabonete até as manchas pretas sumirem. Passo rímel de novo e deixo o delineador de lado, porque levei quase meia hora da primeira vez para conseguir desenhar uma linha reta.

Me observo no espelho. Minha pele está um pouco avermelhada, depois de tanto esfregar. Por isso, abro o pó-de-arroz e espalho pela cara.

Meu Deus do céu.

Meu reflexo arregala os olhos quando se torna óbvio que Kristen é uns dois, três... um milhão de tons mais clara do que eu. Faço uma careta, me aproximando do espelho. Pareço ter saído de *Memórias de uma gueixa*, exceto por ser metade coreana e só um quarto tão atraente.

Lavo a maquiagem toda *de novo* e me largo na tampa do vaso com um suspiro, apoiando o rosto nas mãos.

Talvez o universo esteja tentando me dar um sinal.

Talvez algumas pessoas estejam destinadas a ficar sozinhas.

Pego o celular e ligo para a única pessoa com quem quero conversar agora.

— Oi, amor — atende minha mãe, e eu fecho os olhos.

— Como você tá? E o alojamento? O que tá fazendo?

— Oi, mãe. Tudo bem. Estou só... — rio, olhando ao meu redor. — Estou escondida no banheiro de uma festa.

— Por que se escondeu?

— A Cora está aqui — digo. — Mas acho que não consigo. Não dá para falar com ela. Nem consegui ficar parada numa sala sem...

Solto um suspiro exasperado.

— Molly...

— Não quero mais estar aqui — cochicho no telefone, querendo estar em casa com ela.

Eu nunca deveria ter dito a ela que queria um pouco de espaço. Não se ela for a única pessoa com quem poderei conversar na vida.

— Me escuta — diz ela. — Você fala dessa garota faz muito tempo. Agora ela está bem do outro lado da porta. É a oportunidade perfeita!

— Ela não vai gostar de mim.

— Bom, você tem que dar uma chance para ela gostar, amor.

As palavras de Noah ressurgem em minha mente. É difícil negá-las, aqui trancada no banheiro. É basicamente a definição de manter as pessoas afastadas. Talvez os dois estejam certos. Cora nem estava na sala quando aconteceu aquilo tudo lá fora. Ainda posso ter um novo começo com ela. Não é tarde demais.

— Você está certa, mãe. Te ligo mais tarde. Tenho que ir.

— Lembre: nada de beber e dirigir! — grita ela, antes de eu desligar.

Meu Deus. Noah vai ficar furioso quando eu contar que eles viraram basicamente a mesma pessoa.

Guardo o celular no bolso e me levanto do vaso, começando a andar em círculos no banheirinho pequeno para bolar um novo plano.

Vou encontrá-la e, em vez de tentar esbarrar nela, vou me aproximar e cumprimentá-la. Vou conversar sobre as aulas desse ano, perguntar se ela está fazendo alguma aula de escrita de ficção, que nem a que a gente fez juntas ano passado na Oak Park. Já sei a resposta, porque vi a grade de aulas que ela postou nas redes sociais nas férias. Ela vai confirmar, e vou contar que estou na lista de espera de uma das outras turmas de Introdução à Ficção. É o tema perfeito para a conversa, porque é um interesse mútuo.

Pronto. Depois, é só ver o que acontece.

Não é muita coisa, mas é um plano realista. Dá pro gasto.

Estou prestes a tentar passar maquiagem de novo, quando uma batida forte na porta me dá um susto do cacete, e o rímel escorrega das minhas mãos e cai debaixo do armário.

— Um segundo! — grito, me ajoelhando para recuperá-lo, então voltando ao espelho para ver meu rosto.

Na verdade, me sinto bem melhor sem maquiagem. Pelo menos me sinto como sou.

Soa outra batida forte na porta.

Jogo tudo na bolsinha e a enfio na gaveta antes de abrir. Mal consigo sair antes de um garoto entrar correndo e bater a porta.

Com o coração quicando, seco as mãos no short verde--oliva e volto à cozinha para me servir de mais refrigerante. Com o copo em mãos, cuido para não deixar ninguém da mesa de pingue-pongue me ver e volto ao corredor.

Tem algumas pessoas conversando nas escadas, então suponho que o segundo andar não esteja fechado. Talvez Cora esteja lá. Subo, me apertando para passar por um casal se agarrando, como se não fosse o canto mais inconveniente da casa toda para aquilo.

Gargalhadas ecoam pelo corredor, então sigo para o último quarto à direita e olho lá dentro. Vejo algumas pessoas espalhadas em grupos, umas na cama, outras na janela, e...

Fico sem fôlego quando a vejo no chão, vestindo as calças mais maneiras que já vi.

Ela está exatamente como lembro. Cabelo estilo joãozinho, piercing no nariz e um sorriso capaz de me levar aos céus.

Está perfeita.

De repente, sinto que estou prestes a vomitar, então saio para o corredor e me encosto na parede, respirando fundo. Vou me lembrando do plano, dos tópicos de conversa.

Dê uma chance para ela gostar de você.

Tomo outro gole de Coca-Cola e entro devagar no quarto, passando... direto por ela, até um engradado laranja contendo livros no chão. Porque *claro* que ela está cercada por um grupo, como de costume, e meus tópicos não incluíam uma plateia ou um grupo no qual precisaria me encaixar.

Olho de relance para ela e a vejo soltar uma gargalhada e apertar o braço de uma garota alta e loira que é, bom, muito mais gata do que eu. Ela é meu oposto total, vestida de preto dos pés à cabeça, com anéis na maioria dos dedos.

Ela também não parece ter dificuldade *nenhuma* em conversar com Cora.

Que impulso maravilhoso pra minha confiança.

Até que a garota pega a bebida do chão e se recosta em um móvel, fora do alcance de Cora, como se talvez não quisesse encostar nela. Quem não quereria encostar em Cora Myers? Estou tão presa naquela reflexão que me esqueço de desviar o rosto. Cora deve sentir, porque olha para mim tão rápido que sei que não me esquivo com a velocidade necessária. Uma onda quente de pânico começa a surgir enquanto tento me concentrar nos livros aos meus pés.

— Ei, você não estudou na Oak Park? — ouço ela perguntar, mas não me viro.

Ela pode estar falando com qualquer um. Tem muita gente aqui da nossa escola, inclusive Chris. Talvez ela esteja falando com outra pessoa?

— *Molly, é você?* — pergunta ela, e, bom, não tenho como argumentar.

Ao mesmo tempo, de repente, entendo o que aquilo significa. ELA SABE MEU NOME. Cora Myers *sabe meu nome.*

É isso que me dá a confiança necessária para me virar devagar, muito devagar. Ela está me encarando. Abro a boca, mas nada sai, nenhum dos meus assuntos ou começos de conversa cuidadosamente planejados, porque sou basicamente uma poça de constrangimento nesse tapete bege felpudo.

— É Molly, né? — pergunta, mas, quando não digo nada, leva uma das mãos ao rosto. — Ai, meu Deus, não me diga que errei. Desculpa! — diz, e meu coração explode.

Fale, Molly. FALE!

— Ah, não — digo, pigarreando. — Desculpa, é, sim. Molly, sou eu.

Sacudo a cabeça.

Ela sorri, aliviada, e seus olhos cor de mel brilham na luz que vem de cima. Nossa, como ela é bonita.

— Você escreveu aquele conto na aula de inglês, né? Sobre as duas garotas que fogem juntas?

— Isso. Eu...

Ela. Lembra. Da. Minha. História.

— Fui eu — digo, tentando ao máximo conter a tontura que começa a embaçar minha visão. — Você vai fazer mais aulas de escrita aqui? — pergunto, apertando o copo de plástico com força, tentando não amassá-lo.

— Vou, decidi investir nisso — diz, e aponta para as duas amigas no chão ao lado dela. — Ei, a gente ia começar um jogo. Quer participar?

— Ok — respondo, me sentindo um pouco mais confiante com a ideia de exibir meus talentos com jogos de tabuleiro, aperfeiçoados em centenas de noites com minha família.

Respiro fundo e me sento ao lado de Cora, ajoelhada.

O que está acontecendo!?

— Essa é minha colega de quarto, Abby Williams — diz ela, apontando para uma garota de cabelo preto cacheado e óculos, que sorri e acena para mim. — E essa é a Alex...

Ela sustenta a última sílaba e inclina a cabeça na direção da garota loira encostada no móvel.

— Blackwood — completa a garota.

Corra franze as sobrancelhas e ri, uma gargalhada calorosa e aveludada.

— Você se chama Alex... *Blackwood*? — pergunta, impressionada. — Nossa, dava para ser ainda mais legal?

— Não sou tão legal assim — diz Alex, com um sorrisinho nada convincente, e toma um gole de Mike's Hard.

Tento ao máximo não revirar os olhos.

Espero alguém trazer uma caixa de Banco Imobiliário, mas, em vez disso, todo mundo só começa a papear e beber.

Tento *muito* acrescentar algo à conversa, inserir alguns dos meus tópicos, mas toda vez que desenvolvo a frase perfeita o assunto já mudou.

Finalmente, Abby começa a explicar que ela e Cora deveriam ter ido morar no alojamento Sutherland, em vez do Nordenberg. É a abertura perfeita para eu reclamar de ter ficado em um quarto particular, o que talvez me garantisse um convite para sair com elas, mas, quando abro a boca para falar, Alex muda de assunto *de novo*.

Então meio que fico ali parada, com um sorriso grudado na cara, assentindo e rindo com todo mundo.

Mesmo assim, estou aqui. Estou agora mesmo em uma *festa*, conversando com Cora Myers... Ou, pelo menos, ouvindo ela conversar. Comigo.

— Bom, faz quase vinte minutos que mandamos Rosie catar um baralho, então ela deve ter se perdido na mesa de pingue-pongue. O que mais podemos jogar? — diz Abby.

Uma abertura perfeita para eu me juntar à conversa e sugerir um jogo, mas...

— Eu nunca? — sugere Alex.

Ah. Esse tipo de jogo. Claro que ela quer um jogo para exibir todas as coisas "maneiras" que já fez.

— Acha que vai ganhar de mim? — pergunta Cora, em um tom que me causa uma pontada de ciúme. — Quem é aquela garota?

Alex dá de ombros.

— Só tem um jeito de descobrir.

Ela levanta a mão, os cinco dedos esticados.

O resto de nós faz o mesmo, mas não estou investida no jogo. Fico distraída pela proximidade das pernas de Cora no tapete, e pela esperança de que ela me olhe como olha para Alex.

Quando chega minha vez, tento pensar em alguma coisa que não seja extremamente boba, mas também nada constrangedor, como, bom, nada ligado a sexo, drogas e álcool, porque (SURPRESA!) Molly Parker nunca fez muita coisa. E, pelas informações que captei nessa primeira rodada, essa gente fez. Porque já tem mais de alguns dedos abaixados na roda, mas os meus ainda estão para cima.

— Hm. Eu nunca... fumei um cigarro — digo, porque todo mundo sabe que cigarros são armadilhas mortíferas e cancerígenas nojentas.

Não são maneiros. Claro que Alex abaixa o dedo, mas mais ninguém o faz. Finalmente, ponto para mim.

Mais gente se junta a nós, e as rodadas ficam mais longas conforme a roda aumenta. Sei que não é por causa do jogo. Que nem na escola, a atração magnética de Cora já está em ação, mesmo que ela não perceba.

As pessoas vão ficando mais ousadas com as declarações conforme a noite avança, e dedos continuam a ser abaixados, o que me deixa ainda mais nervosa, porque, quanto mais safado fica, mais provável é que eu ganhe e, nesse jogo, todo mundo sabe que ganhar é perder.

Aparentemente sou boa nisso, porque "ganho" três rodadas seguidas. É diferente aqui, no entanto. Não fui a nenhuma festa no ensino médio, por motivos óbvios, mas tenho a sensação de que teriam sido muito diferentes dessa. Cheias de cochichos e piadinhas. Aqui, ninguém parece ligar para o que não fiz, apesar de eu sentir o olhar de Alex em mim quando ela toma mais um gole de limonada alcóolica.

— Eu nunca andei de moto — diz um cara de barba cheia e um boné do time Pirates, no meio da rodada seguinte. Finalmente! Finalmente abaixo um dedo. Tomando um gole do meu copo, sorrio para Cora.

— Você já andou? — pergunta ela, esbarrando o ombro no meu.

— Andei — digo, assentindo, sentindo-me corar. — Meu tio restaura Harleys antigas.

Ela me olha com uma expressão levemente impressionada. *Isso não podia estar indo melhor.*

Até que chega a vez de Alex, e ela me olha bem de frente. Noto, pela primeira vez, como os olhos dela são verdes, quando ela abre um sorriso irônico para mim do outro lado da roda.

— Molly, quantos anos você tem? — pergunta ela.

— Dezoito — digo, suor escorrendo pelas minhas costas enquanto espero a piada.

— Eu nunca fui virgem aos dezoito anos — conclui Alex.

Solto um suspiro de surpresa e olho para ela, tentando processar se ela falou mesmo o que ouvi. Ela está com a testa apoiada nos joelhos, os ombros se sacudindo.

Minha reação foi óbvia demais para tentar mentir. Não que ninguém fosse acreditar. Abaixo o dedo, mas não parece nenhum tipo de vitória. Levanto o copo para tomar um gole, e olho para Alex do outro lado da roda, a vendo levantar o rosto, um sorriso enorme estampado na cara.

Minha visão se embaça, e tomo mais um gole para disfarçar.

Não chore. Puta que pariu, Molly Parker, não chore.

Engulo com força o nó na minha garganta e me obrigo a rir com o resto do grupo. Todas as pessoas da roda estão rindo de mim.

Menos uma.

Cora olha feio para Alex.

— Não teve graça — diz, dando um tapa no ombro de Alex, confirmando tudo que eu acreditava saber sobre Cora.

Ela é das boas.

— Eles discordam — diz Alex, dando de ombros e apontando com a garrafa para o resto do grupo. — Sua vez, chefe.

— Eu nunca comprei bebida ilegalmente para desconhecidos — diz Cora, estreitando os olhos para Alex, que ri, bate a garrafa contra a de Cora mesmo que ela não a tenha estendido, e vira o resto da bebida para acabar o jogo.

— Tenho que pegar mais uma bebida — diz Abby.

— Eu também — diz Alex, se levantando em um pulo para segui-la.

Meu coração fica mais leve. *Finalmente.* Até que Cora puxa de levinho o cadarço do All-Star de cano alto de Alex, parecendo ter esquecido a irritação.

— Pega mais uma pra mim também, por favorzinho? — pede, balançando a garrafa vazia. — Acho que estou bêbada o bastante para encarar o Fireball da Kristen.

Alex hesita, mas pega a garrafa e se vira para mim.

— Molly? Quer alguma coisa? — pergunta.

Uau, que simpatia.

Sacudo a cabeça.

— Não precisa.

Respiro fundo e meus olhos finalmente começam a secar. Graças a Deus.

Quando elas saem do quarto, Cora se mexe até ficar de frente para mim, arrastando as calças de listras coloridas no tapete.
— Ei, você sabe que era só brincadeira, né? Não precisa sentir vergonha.
Ela leva uma das mãos ao meu ombro. Cora Myers quer garantir que *eu* estou bem.
— Não estou com vergonha — digo, sacudindo a cabeça e tentando gargalhar de forma sincera. — Foi engraçado para cacete.
Sinto o calor da minha pele sob a mão dela. É tudo que eu quero faz muito tempo, mas não assim. Não como se eu fosse uma pessoa patética que ela precisa reconfortar. Confiro o celular, esperando que meu rosto não esteja tão vermelho quanto imagino.
— Mas acho que tenho que voltar para o alojamento logo... — digo.
— Ah, não, você devia ficar, sério! — diz ela, e isso também me dá vontade de chorar, mas por um motivo totalmente diferente. — Talvez, quando elas voltarem, a gente possa achar aquele baralho e jogar outra coisa.
Ela quer que eu fique.
— Tá. Provavelmente vai ser mais divertido do que ver Alex perder a noite toda — respondo, e ela gargalha espontaneamente, me fazendo derreter.
Eu me ajeito no lugar e ela afasta a franja do rosto com um gesto bonitinho.
Se ao menos ela soubesse que eu ficaria aqui a noite toda se ela pedisse.

7.
Alex

— Foi *muito* maior que uma mera resenha — digo para Cora, sentadas no banco do ponto enquanto Abby olha para os horários do ônibus no celular.

Acabou de passar das duas da manhã, e as ruas ao nosso redor estão escuras e silenciosas, exceto por outros estudantes, casais rindo e se agarrando, um grupo de amigos carregando uma caixa de pizza.

— Um pouco, talvez — diz Cora, rindo e pegando meu braço para se encostar em mim, o cheiro de canela do Fireball caindo em mim como uma onda.

Luto contra o impulso de puxá-la para mais perto e deslizo para o outro lado do banco. Abby solta um suspiro e vem até onde estamos sentadas, se largando bem no meio.

— Bom, nos fodemos — diz, guardando o celular no bolso. — O último ônibus passou vinte minutos atrás.

Olho para a colina enorme atrás dela, que subimos no caminho. Nem preciso abrir o Google Maps para saber que estamos a *no mínimo* um quilômetro e meio do meu apartamento, por um caminho sinuoso e mal-iluminado. Faço uma careta e me viro para encontrar o olhar de Cora por cima dos cachos de Abby.

Não estamos na Filadélfia, e *não* gosto de caminhar de madrugada em um lugar que não conheço nada bem. Especialmente depois de chegar ao meu limite autoimposto de duas bebidas e estar *definitivamente* meio altinha. E que mulher gosta?

— Podemos chamar um Uber — oferece Cora.

Um Uber estaria definitivamente fora do meu orçamento. O ônibus é de graça para universitários da Pitt. A esta hora, o Uber vai estar com tarifa dinâmica.

Mordo o lábio e tento me animar para a caminhada inevitável quando um pequeno sedã branco para na nossa frente. A janela desce devagar, revelando olhos castanhos, idênticos aos que estavam na minha frente durante a maior parte da festa.

Molly. Nunca na vida fiquei tão feliz de ver uma pessoa tão esquisita.

— Oi — diz ela, ajeitando o cabelo castanho-escuro e comprido para trás da orelha. — Vocês precisam de carona?

As palavras mal saíram de sua boca e já estamos entrando no carro, a enchendo de elogios.

— Você salvou nossa vida! — diz Cora, e Molly fica levemente corada sob toda a atenção.

Apertamos os cintos e dizemos aonde vamos. Cora e Abby moram juntas no Nordenberg, o alojamento mais chique para calouros no campus. Vi fotos na internet quando me inscrevi; tem máquinas automáticas de lanche no saguão, televisão de tela plana em todos os quartos e ar-condicionado. É o Ritz-Carlton comparado ao meu motel de segunda na rua Atwood.

Acabo enfiada no banco de trás, mesmo sendo *no mínimo* uma cabeça mais alta que Abby, que pegou o banco do carona. Apoio os braços nos joelhos, gostando da escuridão do carro, da música tocando no rádio e, confesso, de como me sinto depois daquela bebida. Normal, pela primeira vez desde que fui embora de casa.

Descendo as colinas traiçoeiras para chegar a South Oakland, pego o celular e confiro o Snapchat, atualizando algumas vezes só para confirmar que não é a internet lenta dizendo que Natalie *ainda* não respondeu. Ela abriu a mensagem do Cheetos *quatro* horas atrás e não mandou mais nada.

Ótimo.

Levanto o olhar quando o carro começa a desacelerar e vejo o prédio de muitos andares de vidro reluzente e tijolos que *só pode* ser Nordenberg aparecer lentamente. Mesmo com as latas de cerveja espalhadas na rua e as caixas de pizza transbordando das lixeiras, parece um palácio. Acho que vejo uma garota no quinto andar de moletom e cobertor, o ar-condicionado fresco e gostoso no calor do fim de agosto.

Molly embica em uma vaga e para o carro, e Cora me encara.

Ah, não.

Ela passa a mão na minha perna.

— Você pode subir, se quiser — cochicha, se aproximando.

Congelo, olhando para a mensagem ignorada e de volta para os olhos cor de mel de Cora. Tudo nela é aberto. Convidativo. Minha pele começa a pinicar sob o peso da mão dela, a promessa de uma noite sem ter que pensar em nada e do conforto de ter alguém por perto, só esperando que eu pegue o que me foi oferecido.

Eu podia me aproximar e beijá-la. Já fiz isso antes, sei que seria fácil.

Mas não quero fazer o que é mais fácil. O que é superficial, sem sentimentos e conexão. Não mais.

Não quando acabo mais solitária do que comecei.

Abro um sorrisinho e sacudo a cabeça.

— Eu, hm... tenho namorada.

— Ah — diz Cora, assentindo e se afastando, com uma expressão surpresa. — Garota de sorte.

Ela abre a porta e sai do carro. Em seguida, põe a cabeça para dentro, sorrindo para a motorista.

— Obrigada pela carona, Molly.

Quando a porta se fecha, vejo o reflexo de Molly no retrovisor, com uma expressão de desejo no rosto. Sigo seu olhar até Cora, e de volta para ela, virando a cabeça de um lado para o outro umas dez vezes até meu cérebro bêbado processar o que vi.

— Aaaaah meu Deus — digo, fazendo meu melhor para me enfiar entre os bancos até chegar na frente do carro, dando uma cotovelada acidental no peito de Molly antes de cair sentada no banco do carona. — Molly. Pede para usar o banheiro no quarto dela.

— Nossa, quanto você bebeu? — pergunta ela, fazendo uma careta incrédula e coçando o peito onde meu cotovelo bateu.

Franzo a testa; aquelas palavras normalmente teriam saído da minha própria boca, dirigidas à minha mãe apagada.

— Eu nem preciso ir ao banheiro — continua.

— Eu *sei* — digo, olhando pela janela.

O tempo dela está acabando. Cora está quase na porta.

— Mas Cora não sabe! — continuo. — Pede para usar o banheiro para poder entrar. Chega nela. Posso voltar andando.

Quase enxergo a placa da rua Atwood daqui, e o ponto de ônibus em que saltei de manhã fica logo na próxima quadra. Estamos muito perto do meu apartamento.

Encontro o olhar de Molly e vejo que ela está hesitando, refletindo. Ela se vira para olhar pela janela para Cora, que está passando o cartão para abrir a porta, empurrando a porta de vidro... entrando...

— Tarde demais — diz Molly, finalmente, quando a porta se fecha atrás delas, apertando as mãos no volante com força.

— Só porque você esperou tanto!

— Onde você mora? — pergunta ela, me ignorando.

Aponto na direção do apartamento.

— Para lá... Rua Atwood, quinhentos e trinta — digo, sorrindo e encostando na porta. — *Você gosta da Cora* — cantarolo quando ela dá partida no carro e revira os olhos.

— E você obviamente não gosta, então não sei por que passou a noite toda enrolando ela.

Eu me sinto ficar mais sóbria e agarro a alça puta que pariu para me ajudar a me sentar direito.

— Ei, não é minha culpa você não ter investido.

— Meio difícil para quem foi zoada por ser virgem — diz ela, franzindo com irritação as sobrancelhas escuras.

— Meio difícil para quem inventa desculpas antes mesmo de tentar — retruco.

Ela arregala os olhos castanho-claros, surpresa, e se vira para mim de relance. Sei que cutuquei uma ferida. Admito que não é a primeira ferida de Molly que cutuquei hoje, mas não vou deixar ela continuar a me julgar, que nem passou a maior parte da noite fazendo naquela roda na festa.

Espero outro comentário sarcástico, mas nada vem.

— Você está certa — admite, finalmente, entrando na rua Atwood.

De repente, me ocorre que ela não estava me *julgando*. Ela estava só... frustrada. Por não ter conseguido se aproximar de Cora.

Penso em nosso jogo de Eu Nunca. Em todas as rodadas que Molly ficou parada, com os cinco dedos para cima. Todas as rodadas que ganhou da gente por causa de tudo que não fez, de nunca ter fumado um cigarro a nunca ter passado a noite em claro ou nunca ter ido a um show.

Agora me sinto a filha da puta mais escrota do mundo todo pelo que falei. Especialmente porque ela está aqui, fazendo a única coisa que não sei fazer. Ser *honesta*. Ser vulnerável, mesmo que o tema seja sensível. Mesmo que seja difícil.

Mordo o lábio e noto que é um exemplo praticamente perfeito do que Natalie disse ontem. Ignorei completamente os sentimentos de Molly, assim como fiz com os dela por *meses*. E essa noite *ainda assim* tomou um caminho perigoso, a mão de Cora na minha coxa meros momentos atrás.

Para mim, teria sido tão fácil ficar com a Cora. E para Molly? Que gosta dela *de verdade*? É que nem escalar uma montanha.

É aí que me vem a ideia.

— Eu...

Minha voz morre quando me controlo.

Analiso o rosto de Molly, estreitando os olhos, pensativa, quando me olha de relance, desinteressada.

Quer dizer, é obviamente impossível ela sentir ainda *menos* atração por mim. Acho que repulsa deve ser a palavra mais adequada.

Além do mais, neste caso, minhas intenções são puras. Pela primeira vez.

— Posso te ajudar — digo, agarrando o braço dela, animada. — Posso te ajudar a fazer Cora se apaixonar por você.

É *perfeito*. Assim, se ajudar Molly, posso me manter longe de problemas *e* ter uma prova concreta e tangível para mostrar no mês que vem para Natalie que *mudei*.

Não só terei uma amiga para apresentar, provando que não sou a babaca "emocionalmente indisponível" que ela acredita que eu seja, mas mostrarei que alguma coisa *boa* pode vir da minha paquera. De mim. Sem todo... o resto.

Talvez, assim, ela veja que fui sincera ao dizer que quero ficar com ela. Que vale a pena ficar comigo. Mesmo à distância e com os fardos da minha vida pessoal.

Molly olha para mim, claramente sem achar graça.

— Quê? Como assim?

Aponto para a porta vermelha do meu prédio e ela desacelera e estaciona.

— Bom, ela ficou a fim de mim, então sei do que ela gosta.

Imediatamente sei que com certeza não foi um bom argumento.

Ela revira os olhos e destranca a porta, sem dizer nada. A conversa obviamente acabou.

Eu assinto. Legal. Ótimo começo.

— Valeu pela carona — digo, saindo do carro.

Molly não diz nada. Ela nem olha para mim quando pisa no acelerador e vai embora, me deixando parada na calçada, vendo o carro branco sumir de vista.

Mas não vou desistir. Porque a ideia é perfeita.

Só tenho que mostrar para Molly o que consigo fazer.

8.
Molly

Aula de biologia às oito e meia não seria minha primeira opção, mas, quando Cora postou os horários dela no Facebook mês passado, foi a única matéria que ainda tinha vaga. Então, acho que agora me interesso por organismos vivos.

Respiro fundo e ajeito o cabelo sobre os ombros antes de puxar a porta pesada e entrar no auditório.

Dou uma olhada nas fileiras. Vejo alguns alunos de aparência quieta sentados sozinhos na frente, grupos de amigos conversando sobre as férias no meio e uns atletas da Pitt no fundo da sala, com as pernas em cima das mesinhas.

Não há uma única pessoa que não pareça sonolenta por causa de alguma festa. É uma aparência que reconheço perfeitamente bem, pois era a mesma da segunda-feira depois da formatura e dos domingos no clube de esqui.

Pela primeira vez, no entanto, entendo mesmo o sentimento.

Também estou exausta. Sinto uma pontada de tristeza ao pensar na aula de contos de que abri mão por essa. Contudo, apesar de biologia ser principalmente uma aula introdutória para medicina na Pitt, também cobre meus requisitos básicos de ciências. Ou seja, me poupa de fazer aula de ciências em outros semestres. Portanto, não estou aqui *só* pela Cora, repito para mim mesma.

Abro caminho pelo auditório e finalmente vislumbro seu cabelo curtinho castanho. Ela está conversando com Abby, com um sorriso que me aquece até os ossos. Acho que é a única pessoa sorrindo aqui.

Seguro as alças da mochila e ando até a terceira fileira, onde ela está sentada. Abby está digitando no celular, e dou meio passo à frente, até estar perto o suficiente para encostar nas costas da cadeira de rodinha ao lado de Cora, se quisesse. A gente se viu ontem. Sentar junto dela é totalmente normal.

— Tem alguém sentado aqui? — pergunto de trás delas, tentando soar… não sei, sedutora, sei lá?

No entanto, sai basicamente um sussurro teatral. Entre minha voz e os atletas gargalhando no fundo, ela não me ouve. Olho por cima do ombro e vejo a garota da fileira de trás jogar o cabelo ruivo-fogo e me encarar como se dissesse "Senta ou sai daí, porra".

Pigarreio, prestes a repetir a pergunta, mas, simultaneamente, Abby diz:

— Cora, olha isso!

Cora vira a cadeira quando Abby levanta o celular para mostrar alguma coisa no Instagram. Eu me viro para o outro lado e hesito, encontrando o olhar da ruiva irritada, até finalmente decidir sair da fileira e encontrar um lugar no fundo antes que elas me notem parada ali.

Mandou bem, Molly. Que eficiência.

Solto as alças que estava apertando com força e largo a mochila no chão, me jogando no assento, tentando ao máximo deixar aquilo para lá e me concentrar na aula. Pego meu fichário e minhas lapiseiras, arrumando tudo à minha frente.

Tudo tão diferente, novo e *pronto*.

É exatamente como gosto, mas, ainda assim, não consigo afastar o desconforto na barriga sempre que meu olhar recai em Cora e no assento vazio que deveria ser o meu.

Enquanto o professor ajusta o microfone no pódio, a porta se escancara, e por ela entra ninguém menos do que Alex Blackwood. Atrasada. Sem mochila. Só um livro enfiado debaixo do braço e um sanduíche barato pela metade na mão.

Abaixo a cabeça e finjo estar muito interessada na ementa presa no fichário, rezando para ela não me ver. Pelo canto do olho, a vejo parar e cumprimentar Cora e Abby, que a veem e ouvem, claro, mas finalmente ela sobe os degraus saltitando e se esmaga para passar por cinco pessoas antes de se jogar na cadeira vazia, bem ao meu lado.

Ela dá uma mordida enorme no sanduíche e se apoia na mesa compartilhada à nossa frente, se voltando para mim. Continuo a olhar para baixo, mas ela não para de me encarar, mastigando alto no meu ouvido.

— Você sabe que sua garota tá sentada *bem ali* — praticamente grita, apontando com o sanduíche para a frente da sala.

— Shhh!

Olho para Cora, confirmando que ela não ouviu, e ela está conversando com Abby. A cadeira do outro lado dela continua vazia.

— Por que você não foi se sentar com ela? — pergunta Alex.

— Por que *você* não vai se sentar com ela? — pergunto.

— Ou em literalmente *qualquer* outro lugar.

Aponto para a enorme quantidade de cadeiras vazias no auditório.

— Ah, é, merda, esqueci — diz ela, rindo. — Você não precisa da minha ajuda.

Eu a olho feio, em silêncio, enquanto ela come mais um pedaço de sanduíche, e finalmente volto minha atenção ao professor, que está se apresentando. Ele começa a explicar a ementa e nos diz que não fará chamada, porque não estamos mais na escola. Se não formos à aula, vamos reprovar. Se não passarmos trinta horas por semana estudando, vamos reprovar. Se não fizermos essas coisas, podemos planejar fazer a matéria de novo semestre que vem.

Parece um pouco dramático.

Começo a fazer anotações, e vejo uma mão cobrir as páginas do meu fichário.

— Ei!

Dou um tapa na mão de Alex, e ela se encolhe, virando o rosto para mim.

— Jesus! Só preciso de lapiseira e papel emprestados — sussurra.

— Meu Deus do céu.

Reviro os olhos e arranco uma folha em branco para ela. Por que ela não trouxe nada para anotar? Estamos na faculdade, não no jardim de infância. Empurro uma lapiseira verde pela mesa e noto que o livro que ela trouxe não é o didático de biologia, mas um exemplar de *Anna Kariênina* de Tolstói.

Eu não imaginaria que Alex Blackwood fosse da literatura clássica.

Não que eu tenha passado tanto tempo pensando nela ou naquela oferta idiota.

Olho para Cora de novo conforme a aula avança, penso na carona, nas portas de vidro do alojamento se fechando atrás dela. Em hoje, quando pateticamente pedi para me sentar ao lado dela quando podia só *me sentar ao lado dela*.

Olho para o lado, vendo Alex fazer anotações no papel com sua letra bagunçada, enquanto o professor descreve nossas quatro avaliações, além da prova final do semestre. Já anotei as datas na minha agenda, mas aposto que Alex esteve ocupada demais enrolando garotas para olhar para a ementa antes da aula. Suspiro, tentando me concentrar no professor, mas meu cérebro não consegue. Alex não entende.

— Se ela ficou a fim de *você*, não iria sair *comigo*, de qualquer forma — cochicho finalmente, me debruçando sobre a mesa.

— Não se você não convidar — diz ela, ainda escrevendo.

— Ela mal sabe quem sou. Não posso simplesmente convidar.

— Eu convidaria — diz, nós duas fingindo ler nossas anotações —, e só conheci ela ontem.

— Bom, nem todo mundo tão descolado quanto você. Não dá para só estalar os dedos e conseguir tudo e todas.

— Você me acha descolada? — pergunta ela, um sorrisinho irritante se abrindo em seu rosto ao me olhar.

— Eu estava sendo jocosa — digo, revirando os olhos. — Significa que...

— Eu sei o que significa, mas você quis dizer "sarcástica" — interrompe ela, e noto que não usei a palavra corretamente. Merda.

— Enfim, não tem nada a ver com ser descolada. Eu tenho habilidade social — alfineta ela, me atingindo bem na ferida. — Talvez, se você também tivesse, não precisasse da minha ajuda.

— Nunca pedi sua ajuda! — digo, um pouco alto.

Algumas pessoas se viram para me olhar, e acho que é a primeira vez que já causei qualquer coisa que se assemelhe a uma interrupção na aula. Afundo na cadeira.

— É, ainda não — diz, cochichando exageradamente.

Em seguida, ela volta a se concentrar no professor e no resto do sanduíche. Aperto a mão ao redor da lapiseira, silenciosamente furiosa, esperando o momento certo para criar alguma distância de Alex Blackwood. Só estar ao lado dela já me dá vontade de berrar.

A aula finalmente acaba quando o professor explica a ementa, e saio rapidamente pela fileira ao lado, deixando, espero, Alex para trás de vez. Consigo me esgueirar entre dois jogadores de futebol americano e chego à porta bem a tempo de me enfiar ao lado de Cora no engarrafamento de gente tentando sair da sala.

Engulo em seco e respiro fundo. Não preciso de ajuda para isso. Não preciso.

Só diga oi.

Estamos quase saindo quando um braço comprido se estica na minha frente e cutuca o ombro de Cora com a ponta da *minha* lapiseira.

Eu me viro bem a tempo de ver Alex se esconder atrás da fila de gente, sumindo de vista. Quando me volto para a frente, Cora está me olhando.

— Oi, Molly! — cumprimenta ela, com aquele sorriso que deixa até meus pés dormentes. — Não sabia que você também estava nessa aula.

— Pois é.

Fale, Molly, fale!

— Serve para meu requisito básico de ciência — me forço a explicar rápido, cumprimentando Abby com um aceno.

Nós três saímos para o corredor. Juntas.

— É, pensei na mesma coisa, mas parece que é uma aula difícil, mais focada no pessoal da medicina. Acho que fiz a escolha errada — diz ela, com uma risada. — Ciências não são meu forte.

Eu sei, quero dizer. *Você é boa mesmo em escrever*. Contudo, começo a temer que ela ache que concordo que ela é ruim em ciências, e logo minha oportunidade some.

— Bom, vamos descer — diz ela, chegando à escada. — A gente se vê, Molly.

— Legal, tchau — respondo quando elas descem a escada.

Fico para trás, mesmo que eu também vá descer.

— Viu o que acontece quando não estou por perto?

Alex aparece ao meu lado do nada e cutuca meu braço com minha lapiseira.

— Não se mete! — digo, exasperada, arrancando a lapiseira da mão dela antes de enfiá-la no bolso.

Saio a toda pelo corredor, mesmo que não seja meu caminho.

Ela só precisa de alguns passos largos para me alcançar.

— Por que você não larga de ser teimosa e me deixa ajudar?

— Não quero sua ajuda, então deixa para lá. Cora não gosta de mim desse jeito. Ela nunca vai gostar. Então do que adianta? — sibilo.

— Molly.

Ela me puxa para um canto do corredor, deixando as outras pessoas passarem por nós.

— Eu vi em quantas rodadas você ficou com os cinco dedos levantados — diz. — Se passar a vida toda concentrada no *nunca*, não vai fazer *nada*. Você tem que largar essa autopiedade de merda. Você fica se fazendo de vítima, essa menininha de quem ninguém nunca vai gostar, mas como é que alguém vai ter a chance de gostar de você, se você nunca fala mais alto que um sussurro? — pergunta, e eu cruzo os braços.

— Eu não...

Minha voz se perde. Ela sorri, notando a abertura surgindo quando descruzo os braços e olho para a parede ao nosso lado.

Estou chocada e um pouco magoada, mas também talvez levemente impressionada pela honestidade descarada. Ela não tem interesse em dourar a pílula. As palavras dela são a mistura mais dura do que minha mãe e Noah disseram, mas é diferente quando vem de alguém da minha idade, alguém que nem conheço, alguém que, odeio admitir, tem muito mais experiência do que eu nesse departamento.

O que não entendo mesmo, no entanto, é por que uma garota como Alex Blackwood chegaria a *querer* fazer uma coisa dessas por mim.

— O que você ganha com isso? — pergunto, estreitando os olhos.

— É por pura bondade do meu coraçãozinho — diz, dando de ombros, a voz transbordando de doçura.

— Meu cu — digo, seca. — Você não parece o tipo de pessoa que faria qualquer coisa por pura bondade. Repito: o que você ganha com isso?

Ela solta um suspiro profundo e desvia o olhar.

— Preciso de provas.

— Provas do quê? — pergunto, a vendo olhar para todos os lados, menos para mim.

— Provas para minha... namorada, mais ou menos, talvez, de que eu sei ser uma pessoa meio decente.

Tento, sem sucesso, conter uma gargalhada, e a atenção dela volta imediatamente para mim, com uma expressão um pouco magoada.

Ela está falando sério.

Será que eu confio mesmo em Alex Blackwood, o bastante para deixá-la entrar nessa parte da minha vida, a parte que mal compartilhei com minha mãe, se não confio nela nem para emprestar uma lapiseira? Bom, não. Quer dizer, ela acabou de admitir que mal é uma pessoa decente.

Mas ela tem um bom argumento. Se os últimos dias me ensinaram alguma coisa, é que a faculdade não me mudou magicamente, como eu esperava. Então, posso correr o risco de mais quatro anos sonhando com Cora sozinha, na esperança de um milagre. Ou...

Imagino como seria, eu e Cora juntas, a caminho da aula de biologia, de mãos dadas, conversando sobre tudo que nunca pude conversar com ninguém, um grupo de amigos à nossa espera. Penso até em beijá-la. Um primeiro beijo com Cora Myers? Acho que eu aguentaria praticamente qualquer coisa por isso.

Não quero ser a campeã inveterada de Eu Nunca pelo resto da vida.

Encho o peito de ar e olho para Alex. Os olhos verdes e penetrantes já me fazem querer pular da janela. Talvez seja a pior decisão possível, mas preciso fazer *alguma coisa*.

— Tá bom.

Ela sorri e estende um iPhone velho com a tela quebrada.

— Por que está me dando esse celular ferrado? — pergunto, pegando o aparelho.

— Meu Deus do céu, Molly. A gente tem muito trabalho a fazer — diz Alex, revirando os olhos e abaixando as mãos.
— Salva seu número aí.

E, mesmo me arrependendo a cada dígito, obedeço.

9.
Alex

Desço a escada de pedra em espiral da Catedral do Aprendizado, desviando de alunos e sorrindo para meu "celular ferrado", no qual se encontra o contato de Molly Parker.

Vai ser moleza.

Ajudo Molly a ficar com Cora, por puro altruísmo. Mostro para Natalie que sou praticamente a Madre Teresa, em vez de uma escrota sem disponibilidade emocional e incapaz de me aproximar de outras pessoas. Ela fica com a garota. A gente volta. Todo mundo sai ganhando.

Assobiando, saio do prédio e viro a cabeça de um lado para o outro, tentando me localizar, procurando algum lugar para começar a me candidatar a alguns empregos antes da aula de química, para conseguir pagar o mês de aluguel que acabei de gastar em livros didáticos.

Mas não reconheço nada.

Aperto os olhos. Árvores altas. Fontezinha esquisita. Parque de grama do outro lado da rua, cheio de universitários pegando sol.

Parece a melhor opção.

Dou de ombros e sigo para lá, o celular vibrando ruidosamente na minha mão. Quando o olho, vejo uma ligação da *minha mãe* piscando na tela rachada.

Ela *nunca* liga.

A não ser que tenha algo de errado. E não tive notícia nenhuma dela ontem.

Como sempre acontece nesses momentos, sinto o estômago afundar, e aceito a chamada.

— Mãe? Está tudo bem...

— Aleeex — diz ela, arrastando a voz alegre, me interrompendo. — Como vai a faculdade? Suas... aulas. Tudo bem?

Afasto o celular da orelha para ver a hora. Não são nem dez da manhã.

Nada aconteceu, mas ainda tem algo errado.

Ela está de porre numa manhã de segunda. Que maravilha.

Ainda assim, é bom fingir, por um segundo, que ela só ligou para saber de mim. Como se eu fosse criança de novo, e fôssemos próximas como éramos, e ela tivesse mesmo interesse em saber como estou, em vez de só pensar na próxima bebida. Solto um suspiro e chuto o meio-fio, esperando o sinal abrir.

— Tudo. Tive minha primeira aula agora. Tá sendo bem legal...

— Apartamento! Como é sua colega? — pergunta ela, claramente tentando avançar a conversa para chegar ao motivo *real* da ligação.

A ilusão evapora.

Estico o pescoço para olhar para a Catedral do Aprendizado, apertando os olhos contra o sol.

— Não tão legal — digo, com uma careta. — Mas tudo bem. Tenho tentado ficar ocupada. Fora de casa.

Olho para a rua e vejo o sinal indicando para atravessar, enquanto o silêncio se estende do outro lado. Ela não tem mais perguntas. É melhor acabar com isso logo.

— E aí, mãe? Por que ligou?

Ela passa um tempo em silêncio, preparando o discurso.

— Escuta, meu bem — diz.

Eu circulo devagar pelo parque, vendo universitários deitados em cangas coloridas ou chutando bolas de futebol, se agarrando aos últimos dias de verão. Queria ser um deles, em vez de lidar com o que quer que *isso* seja.

— Eu ia ao mercado hoje à tarde e... — continua — acho que não tenho dinheiro para nada além de ovo e leite.

Além de uma garrafinha de vodca, quero dizer, mas aperto os lábios, esperando um momento para responder.

— Você não tem que se preocupar com o mercado. Encomendei entrega. Duas vezes por semana. Com todos os essenciais.

Faz-se um longo intervalo enquanto ela processa o que eu disse e calcula o próximo ângulo.

— Bom, será que você ainda pode me emprestar uns trocados? Pensei em finalmente ir ver a Rhonda para falar de trabalhar naquela lanchonete perto da ferroviária, então vou poder te devolver *com certeza* dessa vez. Seria bom comprar roupas novas pra entrevista.

— Mãe, eu... não sei.

Engulo em seco e passo o celular para a outra orelha, calculando meus gastos do fim de semana, tentando descobrir se tenho *algum* dinheiro sobrando.

— É que... — continuo. — Eu te dei dinheiro semana passada e você, bom, obviamente não gastou do melhor jeito. Praticamente dá para sentir o álcool pelo telefone.

Os soluços dela ecoam pelo fone, e paro fazendo uma careta. Levanto o olhar e vejo que estou em frente a uma placa enorme que diz BIBLIOTECA CARNEGIE DE PITTSBURGH. Meu olhar se dirige ao lindo prédio de pedra, com colunas e portas de madeira esculpida.

Ainda nem entrei, e já sinto a calma baixando em mim, a segurança de estantes e mais estantes de livros, do silêncio que chama meu nome.

— Alex, vai ser diferente dessa vez — diz ela, engasgando, me puxando de volta para a conversa. — Sabe, achei que você quisesse que eu arranjasse esse emprego. Não sei por que...

— Claro que quero. É só que...

— Quer saber? Deixa para lá. Vou dar uma ligada para o Tommy e ver se talvez...

— *Não* ligue para o Tommy.

Tento manter minha voz calma, mas sinto minha pressão subir até a atmosfera e mais, até o Sol. Como toda vez que ela me pede dinheiro, é essa a jogada que sabe que não resisto.

Tommy é o filho da puta que ela namorou por uns dois anos depois que meu pai foi embora. Ele sempre fedia a cigarro e sovaco, o cheiro tão forte que nem o desodorante barato que guardava no porta-luvas servia para esconder.

Uma montagem de momentos do lixo flamejante que foi o relacionamento deles me vem à cabeça. Aquela vez que ele gritou com ela por não fazer o jantar nos dois meses horríveis em que ele ficou lá em casa. Os amigos barulhentos que ele convidava nas noites de terça-feira, como se eu não tivesse aula no dia seguinte. As contas de bar que ele fazia ela pagar com dinheiro que não tinha, porque os dois só se davam bem quando tomavam todas.

Namorar o Tommy foi o ponto em que tudo piorou na relação dela com a bebida.

Ela fica quieta do outro lado da linha porque sabe que me pegou.

Fui totalmente fisgada.

Solto um suspiro demorado e afasto o celular da orelha, abrindo o app branco e azul do banco, sentindo a barriga revirar ao ver que mal tenho cem dólares na conta. A viagem a Pittsburgh e os livros didáticos tomaram quase tudo que economizei trabalhando no Tilted Rabbit.

Estou oficialmente fodida.

Tenho que pagar aluguel daqui a poucas semanas. Preciso comprar mais material para a faculdade. E minha mãe faz... *isso* a cada duas semanas.

Estou prestes a transferir metade do dinheiro para ela, meu dedo hesitando acima da tela. Levo o celular de volta à orelha.

— Vou te mandar sob uma condição — digo, retomando um pouquinho do poder. — Você precisa me mandar mensagem. Todo dia, só para eu saber que está tudo bem. Nada dessa merda de não me responder. Combinado?

— Claro! Com certeza. Todo dia — repete.

Solto mais um suspiro e clico no botão de transferir.

— Acabei de mandar.

— Ah, Alex. Obrigada! Vou te pagar. Vou mesmo.

Claro. E eu vou solucionar pi e me tornar a presidente mais jovem dos Estados Unidos.

— *Por favor*, gaste nas coisas certas dessa vez, mãe — digo, me encostando no corrimão de metal. — Ou não vai dar mais.

— Vou gastar. Sério.

É mentira, e nós duas sabemos disso.

— E *por favor* não faça nenhuma besteira se acabar gastando com outra coisa.

Estou aliviada por ter vendido o carro dela no ano passado, quando ela foi multada por dirigir bêbada. Ela ficou puta da vida, mas a venda pagou uns bons meses de aluguel e mercado. Era uma bomba-relógio, e eu ainda me culpo por não ter tomado a decisão mais cedo.

— Não vou. Prometo.

Espero que pelo menos *isso* seja verdade.

Quando ela desliga, subo os degraus de pedra e abro a porta de madeira pesada da biblioteca, como se fosse uma jangada e eu estivesse naufragada no meio do oceano. Minha pressão imediatamente se normaliza conforme percorro as estantes, passando a mão de leve pelos livros, as lombadas suaves sob meus dedos. Aqui é lindo, *muito* melhor do que a pequena biblioteca a poucas quadras de casa. Corredores de azulejos elaborados. Escadas de pedra com leves reentrâncias no centro de alguns degraus, o mármore cedendo sob cem anos de passos. Janelas grandes e arqueadas.

Subo e me instalo ao computador, a cadeira de madeira rangendo sob meu peso quando me sento.

Mexo no mouse e encaro o Google, as mãos acima do teclado.

Agora preciso *mesmo* encontrar um emprego. Rápido.

A tarde chega enquanto mando currículo atrás de currículo, para todas as lanchonetes de fast-food e cafeterias em um raio de oito quilômetros. McDonald's, Chipotle, Starbucks. A cada página de confirmação, contudo, vou sentindo menos esperança. Nem sei se metade desses lugares estão mesmo contratando.

Precisando me distrair, me recosto na cadeira e abro o Instagram, passando pelo feed e curtindo posts à toa. Uma foto bonita de pôr-do-sol. Uma xícara delicadamente posta ao lado de um prato de scones. Uma selfie de uma garota com quem fiquei um ano atrás, depois de um show no qual trabalhei.

Pauso e volto, tirando minha curtida.

Foco na linha de chegada, Alex.

Vou ao Instagram da Cereal Killers e vejo uma nova foto de Natalie e do resto da banda, A.J., Paul e Ethan, na frente do teatro Bluebird em Denver. O letreiro azul-claro acima da cabeça deles diz THE CEREAL KILLERS em letras pretas grossas e, logo abaixo, a hora do show, oito da noite.

Já tem umas duzentas curtidas. A banda definitivamente está fazendo mais sucesso desde que lançou o álbum em julho.

É... bem maneiro. É legal ver ela lá, arrasando, vivendo seu sonho. Lembro como ela estava animada na lanchonete, no sábado em que soube da turnê, e de atualizarmos juntas a página do Spotify para ver quantas pessoas tinham ouvido "Pretty Games" depois do lançamento. Sei que ela sempre quis tirar uma foto exatamente como aquela.

Mas não consigo deixar de sentir que o espaço entre nós só cresceu. Lá está ela, em uma aventura incrível, e eu continuo me virando de mal a pior, só que em outra cidade.

Espera aí.

Dou um zoom na roupa debaixo da jaqueta de couro de Natalie, e reparo que é uma camiseta preta desbotada do Led Zeppelin.

Minha camiseta preta desbotada do Led Zeppelin.

De uma vez, minha preocupação se esvai.

Ainda tenho uma chance.

Sorrindo, clico no emoji de aviãozinho de papel e mando o post para Natalie, com o comentário "bela camiseta ☺", antes de olhar para a foto mais uma vez.

Esqueci como ela fica bem nas minhas camisetas. Como fico inesperadamente feliz de vê-la assim, mesmo longe.

Dou uma olhada no relógio e vejo que daqui a meia hora começa minha aula de introdução à química, em um prédio que não faço ideia de onde fica.

Desligo o computador e sinto uma pontada de saudade. Do tempo que passávamos juntas antes dos shows. Ajudando a banda a se instalar. Vendo TikToks para ela relaxar. O chá com mel que ela bebia antes de subir ao palco.

Penso no telefonema que acabei de atender, e que ela é a única pessoa com quem quero conversar a respeito.

Sinto saudade disso. De ter alguém que eu podia apoiar. De ter alguém que me apoiasse.

Acho que queria ter notado antes que ela estava certa sobre isso tudo. Que sou muito fechada. Que sou ruim em dizer o que sinto. Que ninguém mais me apoiaria com essa merda toda da minha mãe.

Fico ainda mais motivada a dar um jeito na situação.

Pego minhas coisas e desço para o lobby, dando a volta no corrimão para sair. Quando passo pelo quadro de avisos lotado de papéis, noto um pôster do show da Cereal Killers mês que vem.

Fala sério.

Estou pronta para tirar uma foto para Natalie, mas um papel amarelo-mostarda saindo bem de baixo chama minha atenção. Abaixo o celular e levanto o pôster devagar, vendo VAGA EM FOOD TRUCK, PAGO EM ESPÉCIE rabiscado de pilot. Tem um e-mail anotado bem na pontinha, e é disso que tiro foto.

Sorrio. É como se Nat tivesse me dado a dica. Assim, não sei porra nenhuma sobre *food trucks*, mas grana é grana, e não parece que a vaga é muito exigente. E, honestamente, não pode ser tão difícil, né?

10.
Molly

Ela está atrasada.
Claro que está. Provavelmente ainda está dormindo, depois de passar mais uma festa toda flertando.
Pego o celular e digito uma mensagem.

Sabe que foi VOCÊ que ME pediu para me encontrar agora.

Antes que eu possa mandar, a cabeça de Alex surge no alto da escada que leva ao café no prédio de arquitetura do campus. Ela se larga na cadeira ao meu lado e reviro os olhos.
— Que foi? — pergunta.
— Você pediu para me encontrar aqui. Às *duas*.
— E?
Ela segue meu olhar até o celular aceso na mesa. *2:13*.
Respiro fundo e solto um suspiro barulhento.
— Deixa para lá.
— Foram só treze minutos.
— E se eu tiver aula daqui a pouco?

— Você não tem.

— Como você sabe?

Fecho o livro de biologia e o empurro para o outro lado da mesa.

— Molly, é sexta à tarde, e você nem teria *vindo* se tivesse aula.

Alex abaixa o queixo e me olha com seriedade. Juro que sinto que os olhos verdes dela estão me atravessando. Entendo como ela pode ser boa numa coisa dessas. Ela sabe interpretar as pessoas, entender os pontos vulneráveis delas, ou pelo menos os meus.

Não que eu vá admitir isso para ela, *nunca*.

— Por que estamos aqui? É a primeira etapa do seu grande plano? — pergunto, e vejo sua confiança fraquejar um pouco. — Você tem um plano, não tem?

— O plano... tem cinco etapas. É um plano de cinco etapas — diz, e faz um gesto com a mão no ar, como se lesse um letreiro acima da minha cabeça. — Como Ficar com a Garota — anuncia.

Meu corpo todo se retrai. *A garota* mal nota que eu existo.

— Sei que o título é meio tosco. Foi mal. Mas cada etapa serve para chamar a atenção de Cora até vocês *ficarem* em um relacionamento — diz, totalmente confundindo minha ansiedade descontrolada com críticas ao título. — Enfim, primeira etapa: conseguir o número dela. Então não vamos embora até você pegar o número de alguém.

Engasgo no ar.

— Número de telefone? — consigo tossir, finalmente.

— Não, Molly, CPF.

— Alex, não posso só parar alguém e pedir o número de celular! E que raios vou fazer com o número de uma desconhecida, afinal?

E se isso tudo for só outra tentativa de me humilhar, que nem no jogo de Eu Nunca? Talvez isso não tenha nada a ver com ela se provar para a *mais ou menos* namorada. Talvez Alex esteja só entediada e queira destruir minha vida. Fui ingênua de acreditar que ela era mesmo capaz de fazer alguma coisa legal para mim.

— Não vou fazer isso.

Sacudo a cabeça e me levanto.

— Vai sim — diz Alex, batendo no meu livro de biologia e o prendendo à mesa. — Senta aí.

Não me sento, e ela continua:

— A questão não é *só* o número. É ter a confiança para abordar alguém e pedir. Ou para sentar do lado da garota que você gosta na aula.

— Me dá.

Estico a mão com a palma para cima, mesmo que faça sentido. Ela puxa o livro para ainda mais perto.

— Alex — digo, firme.

Vejo as engrenagens rodarem em sua cabeça enquanto ela olha ao redor do café antes de voltar a atenção para mim.

— Olha, eu vou primeiro — diz. — Escolhe alguém. Qualquer pessoa aqui que não esteja de aliança. Se eu não conseguir o número, você pode ir embora.

Ela para, um sorriso se abrindo no rosto.

— Mas, se eu *conseguir* — conclui —, você precisa ficar e fazer isso. Combinado?

Solto uma gargalhada e abaixo a mão, olhando ao redor do café. Ainda não acho que pedir o número de uma pessoa aleatória me aproxima em *nada* de Cora, mas que mal faz ver Alex quebrar a cara? Filtro as pessoas, em busca do alvo perfeito. Um cara mais ou menos da nossa idade sacode um chaveiro no dedo indicador. Uma garota loira-arruivada digita sem parar no celular, à espera da bebida na ponta do balcão. Outra pessoa mais jovem ao lado dela, com cabelo curto e óculos cor-de-rosa.

Preciso de alguém que de jeito nenhum daria seu número para Alex, alguém como... *pronto*.

Na fila do caixa, vejo uma mulher com o cabelo preso com tanta força em um rabo de cavalo que *sem dúvida* vai acabar o dia morta de dor de cabeça. Ela veste uma saia-lápis justa cinza, com paletó combinando e salto alto preto. Deve ter uns vinte e muitos anos. Eu me inclino para a direita, para enxergar melhor a mão com que ela segura a alça de uma pasta estampada com o logo da faculdade de administração da Pitt. Nada de aliança.

Rio, feliz por ter um ingresso de camarote para o desastre completo que estou prestes a assistir. Reclino na cadeira e encontro o olhar de Alex do outro lado da mesa, antes de apontar com os olhos para a mulher. A cara fechada da mulher que escolhi me diz que a última coisa que ela quer agora é levar uma cantada, *especialmente* de alguém como Alex.

Vejo Alex olhar para trás, e de volta para mim. De jeito *nenhum* ela vai dar conta disso.

— A do terninho? — pergunta. — *Psh*. Moleza.

Ela se levanta sem pensar duas vezes e entra na fila atrás da mulher. Rio sozinha ao vê-la pentear o cabelo com os dedos um pouco e ajeitar a camiseta da Sylvan Esso para a parte da frente ficar mais ajustada na calça.

Espero Alex agir, cutucar o ombro da mulher, dar parabéns pelo belo rabo de cavalo, ou pelo belo *rabo*. Mas ela só espera. Enquanto a mulher faz o pedido, Alex finalmente se aproxima, como se fosse cochichar alguma coisa, e prendo a respiração à espera, mas, em vez disso, ela só... fica ali parada. A mulher passa o cartão na máquina e se afasta para esperar a bebida na ponta do balcão.

Ela amarelou. Alex Blackwood amarelou mesmo. Nem conseguiu *tentar*. Não foi tão divertido quanto eu esperava, mas, pelo menos, ela não conseguiu o número, o que significa que também não preciso conseguir.

Pego o celular para mandar uma mensagem enquanto ela faz seu pedido.

A gente se vê depois, então.

Três pontinhos piscando e...

Espera aí, Parker.

Levanto o rosto e vejo Alex me dar uma piscadela. Ela joga o cabelo loiro ondulado para o outro lado e se dirige ao balcão.

— *Mocha* desnatado diet com pouco gelo e chantilly — chama a barista.

Para minha surpresa, Alex e a mulher vão pegar a bebida ao mesmo tempo. Elas quase se esbarram, gaguejando atrapalhadas. De jeito nenhum aquele é o café da Alex.

Quando Alex faz um gesto indicando que a mulher deve pegar a bebida, ela se endireita, com os movimentos um pouco mais refinados do que de costume, o sorriso menos metido.

Inclino para a frente, tentando escutar o que ela diz, mas não consigo ouvir.

O que quer que seja, faz a mulher *rir*.

Aquela mulher de terninho chique e pasta dá *mesmo* uma risadinha.

Mesmo que ela já tenha pegado o café e esteja pronta para ir embora, ela não vai.

E aí... *ah, não*.

Alex estende o celular e Pastinha o pega e digita alguma coisa. Quando ela o devolve, Alex segura a mão dela por um segundo a mais antes de pegar o celular. Ela volta à mesa e tento não deixar meu queixo bater no chão. Não posso perder a aposta. Então mudo a abordagem.

— Não acredito que *ela* tenha dado o número certo para *você*.

Alex ri e aperta no botão de ligar, me mostrando o celular. Olho de relance para a mulher que está saindo do café. Ela tenta equilibrar o copo e a pasta enquanto procura o celular, que toca no bolso.

— Como? — pergunto, sacudindo a cabeça. — Aquela mulher é obviamente hétero.

— Ninguém é *obviamente* nada — diz, desligando o celular, sem dar a menor atenção à mulher que quase derrama o café para atender. — Pode confessar. Você está impressionada.

Não digo nada, e o silêncio se estende entre nós até a barista chamar:

— *Outro mocha* desnatado diet com pouco gelo e chantilly.

Alex saltita de volta ao balcão e retorna para a mesa, tirando a tampa da bebida.

— E aí? Você só pediu o mesmo café e magicamente acabou com o número dela?

— Não é mágico, Molly. É científico — diz ela. — Nada vai acontecer magicamente entre você e Cora sem que você inicie. Sabe como peguei o número da Terninho ali? *Confiança*. Tô te falando, confiança é tudo no flerte.

— Mas eu não tenho nada disso — respondo, antes de notar o que admiti.

A realidade da situação começa a me descer enquanto olho para Alex, que está chupando o chantilly todo de cima do café, que nem um aspirador barulhento.

— É, eu sei bem. Já te vi tentando funcionar em público. Mas não significa que você não pode construir alguma. É que nem... *biologia*. Se a gente tentasse fazer a prova final hoje, todo mundo reprovaria, porque não dedicamos as trinta horas semanais. Não fizemos as provas menores até lá. Mas, se formos à aula e estudarmos, a maioria da turma vai passar. É por isso que estamos *aqui* fazendo isso antes. É um simulado. E Cora? É a prova final. Não tem problema se você quebrar a cara hoje. Nunca vai ter que ver ninguém de novo. É aposta de baixo risco.

Quando ela explica dessa forma, até faz sentido. Massageio minhas têmporas em círculos e olho bem para Alex, que tampa o café e o empurra para o lado, aparentemente já tendo tomado a única parte que queria.

— Molly, fala sério. Você vai tirar de letra. Relaxa. É só outro dever de casa.

Ela olha ao redor do ambiente até se decidir por alguém atrás de mim.

— Ali — diz, apontando por cima do meu ombro.

Olho para trás e vejo um garoto sentado sozinho a uma mesa, lendo um livro de fantasia maior que a Bíblia.

— Hmm, é um homem — digo, me voltando para Alex.

— Meu Deus do céu, Molly! — exclama ela, se debruçando na mesa. — Não disse para você chupar o pau dele. Só pedir o número. Assim, você não liga *mesmo* para o resultado.

Tá, claro. Sacudo a cabeça. Ser um cara não torna nada mais fácil para mim.

— Tá. Então ela — diz, apontando para uma garota subindo as escadas, que eu acharia bem bonitinha se minha cabeça não estivesse ocupada por Cora cem por cento do tempo.

— Ela com certeza é hétero — digo, tentando enrolar, mesmo sabendo perfeitamente que ela está de gorro e camisa de flanela apesar de fazer quase trinta graus hoje, mas não é como se ela tivesse um arco-íris tatuado na testa, então...

Mas Alex continua apontando quando a garota chega ao balcão e um broche de arco-íris aparece na mochila dela.

— Vai lá. Eu ganhei a aposta. Vai — insiste. — Já falei, Molly, se você conseguir, vai ser um grande passo para se aproximar de Cora.

Solto um suspiro demorado e dramático e seco o suor das mãos, mas finalmente me obrigo a me levantar e entrar na fila atrás da Garota do Gorro. *Lá vamos nós.*

— Um *latte* de baunilha pequeno — diz ela para o caixa.

Em seguida, é minha vez.

— Oi, pode me ver um *latte* de baunilha pequeno, por favor? — peço.

Até aqui, tudo bem. Igual ao que Alex fez.

Sigo a garota até o balcão, imaginando a cena enquanto espero a barista chamar o pedido. Quando chegar o momento, vou me aproximar e tentar pegar a bebida na mesma hora que ela. Fazer contato visual. Sorrir. Dizer alguma coisa engraçadinha, tipo *Vi que você também é básica para cacete.*

Não. Isso não.

Tá, talvez eu não deva optar pelo humor. Não é muito minha praia. O problema é que não sei qual é minha praia. Se eu fosse só agir normalmente, nunca nem falaria com ela.

— *Latte* de baunilha.

A barista põe o café no balcão, e chega a hora antes que eu esteja pronta. Tento calcular perfeitamente, mas exagero *demais*, tentando alcançá-la, e acabo esbarrando no copo e o derrubando, derramando café pelo balcão *todo*.

— Tá me tirando? — pergunta ela, obviamente irritada.
— Nem era seu café.
O *que estou fazendo?*
— Desculpa. Mil desculpas — digo.
A barista deixa meu pedido com cuidado do outro lado do balcão antes de secar a bagunça, e eu pego o copo.
— Aqui, fica com o meu. É igual. Desculpa.
Entrego o copo e volto correndo para nossa mesa, evitando o olhar dela.
— Uau. Que porra difícil de ver — diz Alex.
Não olho para ela. Só afundo mais na cadeira.
— Primeiro, não acredito que você tentou mandar exatamente o mesmo truque que eu. E, segundo, Molly...
Ela para no meio da frase, notando meu estresse.
— Tá tudo bem, ok? — diz. — Sério. Como eu disse, você nunca mais vai ter que ver essas pessoas. Não tem importância, então deixa para lá.
Ela respira fundo e se debruça sobre a mesa.
— Acho que foi erro meu — continua. — Eu devia ter te dado mais instruções. Olha, você precisa meio que sentir o momento. A mesma coisa não vai funcionar para todo mundo em toda situação. Talvez, no caso dessa garota, você pudesse elogiar o broche, sacou? Segue o que você sente da pessoa. Mostra a parte de si que acha que vai fazer sentido pra ela. Entendeu? — pergunta, como se estivesse falando com alguém com o mínimo traquejo social.
— Alex, eu tentei. Tá bom? Não consigo. Nunca vou pegar o número da Cora. Já deu.
Vou pegar o livro de biologia, mas Alex dá uma cotovelada nele, o arremessando da mesa no chão.
— Uau — digo. — Que maturidade.

Quando me abaixo para alcançá-lo, outra mão pega o livro e o estende para mim. Sigo o braço até o rosto e encontro um garoto musculoso de cabelo raspado e olhos castanhos que reconheço. Jesus. Sei que metade da minha escola veio estudar aqui, mas não esperava encontrar colegas para todo lado. Me preparo para uma interação semelhante à que tive com Jason Shober na mesa de pingue-pongue, mas ele me surpreende.

— Oi, Molly — diz, lembrando meu nome, mas, apesar de reconhecê-lo, eu não lembro o dele. — Dustin — se apresenta, levando uma mão ao peito. — Você me salvou em...

— Ah, *anatomia*, no primeiro ano. Isso, lembrei — digo, rápido, finalmente localizando ele.

— Se você não tivesse me emprestado as anotações, eu teria zerado a prova final, sem dúvida — diz ele, rindo e coçando o pescoço.

Parece até que também está um pouco nervoso?

— Fico feliz em ajudar — digo, e sorrio, pegando o livro da mão dele. — Obrigada.

De certa forma, Dustin demonstrar nervosismo me acalma.

Na mesma hora, algo chuta minha canela por baixo da mesa e faço uma careta, olhando feio para Alex. Ela arregala os olhos em resposta.

Aaaah.

— Hm, Dustin — digo, voltando minha atenção para ele, me lembrando de como ele teve dificuldade na escola. — Se você quiser, a gente pode... se encontrar pra estudar, ou só se encontrar, sei lá.

Ele se alegra.

— Ah, isso seria bem maneiro, na real.

Alex me chuta por baixo da mesa de novo, e dessa vez chuto de volta, me viro para ela e murmuro, sem som: "Já saquei".

— Aqui — digo, e estendo meu celular para ele. — Salva seu número, que eu te mando uma mensagem. Não sei se isso vale como pegar o número de alguém do jeito que ela sugeriu, mas, tecnicamente, *consegui* o número dele. Dustin me devolve o celular, me agradece e segue para fazer o pedido no café.

— Cara! — diz Alex quando ele sai do nosso alcance. — Você conseguiu! É *bom*, né?

Ela está praticamente vibrando de emoção, mas eu não sinto muita coisa.

— Acho que sim. Sei lá — digo, dando de ombros e encontrando seu olhar verde. — Ele só me deu o número porque precisa de ajuda para estudar. Não quer nada além disso.

— Molly — diz ela, me olhando com seriedade. — Ele queria muito além disso.

— Meu Deus do céu — sussurro, meu rosto ardendo. — Cala a boca. Não queria, não.

— Hmm, eu tenho olhos, e ele queria, *sim* — diz ela.

— Mas, de qualquer jeito, você parou de surtar e pegou o número daquele gatinho. Então agora, quando for importante, *com a Cora*, você vai *saber* que consegue.

— Mas como? Não sou que nem você.

— Não precisa ser. Você agiu como *você* com ele. Encontrou alguma coisa que sabia sobre ele e usou como ponto de entrada. É isso. Só quero que você seja mais *você*, em vez de uma bolinha de ansiedade silenciosa no canto da festa.

Engulo em seco.

— Pegar o número dela não precisa ser formal, nem pesado. Convida ela para estudar, ou convida ela *e* a Abby para fazer alguma coisa. E aí, quando tiver o número, pode dar mole para ela por mensagem, que imagino que seja bem mais fácil para você. Né?

Assinto. Ela não me convenceu totalmente, mas está fazendo argumentos muito bons, que não posso ignorar. Conseguir o número de Cora não parece mais completamente impossível.

— E agora? A gente faz as cinco etapas assim? E depois aplico à Cora? Ou pego o número dela logo, e depois...

— Jesus — diz ela, me interrompendo. — Você tem uma puta tara por controle, né, Molly?

— Bom, mas é um plano, né? Então não é melhor você me contar o resto, para eu saber o que vai acontecer? — pergunto.

— Você não precisa saber o projeto todo agora, senão vai surtar. Só se concentra em falar com ela. Se concentra em criar confiança, e pegar o número dela quando parecer boa hora. Tá legal?

Solto outro suspiro demorado. Não gosto de segredos, mas...

— Tá bom.

— Show — diz ela, batendo uma das mãos na mesa e empurrando a cadeira para trás. — Tenho que vazar. Tenho uma entrevista de emprego às quinze para as três.

Tento imaginar Alex trabalhando. Empurrando pessoas nas cadeiras de rodas no Presbiteriano, o hospital do campus. Ajudando crianças a encontrar livros na biblioteca. Não consigo imaginá-la fazendo nenhuma dessas coisas.

— Qual é o emprego?

— Food truck.

Food truck.

Feiras, eventos de verão, choperias de madrugada. Todo dia algo diferente.

— Legal — respondo, honestamente.

Combina com ela.

— Aqui. Pode beber o resto.

Ela empurra o café para mim. Aquele do qual eu acabei de vê-la lamber todo o chantilly.

Olho para ela, com nojo.

— Não quero seu café contaminado.

— Tá bom — responde ela, como se estivesse ofendida.

— Só estava sendo simpática.

Ela pega o café e segue na direção da escada, e me sinto um pouco culpada por deixar as coisas assim, sendo que ela de fato me ajudou.

— Alex — chamou, e ela se vira para mim. — Talvez, não aja *tanto* que nem você na entrevista.

Não sei se melhorou, mas ela ri.

— Tá me dando conselhos, Parker?

Dou de ombros, assinto e acabamos as duas sorrindo até ela desaparecer escada abaixo. Pego meu celular, e a tela acende, mostrando a hora. *Duas e quarenta e quatro.* Um minuto antes do horário da entrevista dela.

Meu Deus. Sinto a ansiedade subir *por ela.*

Por que confiei minha vida amorosa a uma garota que vive ao deus-dará?

11.
Alex

Saio do ônibus e constato que oficialmente descobri o lugar mais bisonho de Pittsburgh. Um depósito gigantesco e mal conservado se estende à minha frente, com ferrugem e janelas quebradas o bastante para me convencer que ninguém deve achar mesmo que as posses ficam seguras aqui.

Parece abandonado. Garrafas de plástico velhas e embalagens de comida rolam pelo estacionamento vazio, as portas de garagem estão pichadas, e uma estrada de ferro desativada corre em paralelo ao prédio, com grama e mato crescendo por cima dos trilhos de metal.

Está abandonado?

Confiro o endereço que Jim, dono do *food truck*, me mandou de manhã, e comparo com o prédio à minha frente.

Surpreendentemente, está certo.

Se eu morrer aqui, deixo todos os vinte e seis dólares na minha conta corrente para minha mãe. O que, na verdade, provavelmente significa que deixo para a loja de bebidas Lydia's, logo depois do posto de gasolina a duas quadras da nossa casa.

Pensar nisso, por mais estranho que seja, me motiva a avançar.

Lá vamos nós.

Jogo o copo vazio do meu café caríssimo em uma lixeira que provavelmente só será esvaziada daqui a um milênio e sigo os números pelo prédio, até chegar à unidade 134.

Quem imaginaria que ser uma boa pessoa custava tão caro?

Paro devagar quando vejo uma porta escancarada e suspiro, aliviada, ao encontrar ali um *food truck* preto com RANGO DO JIM pintado na lateral. Sentado ao lado da van encontra-se um cara enorme vestindo uma bandana vermelha suada e uma camiseta cinza manchada.

A lenda em pessoa, imagino.

— Hm, Jim? — digo, enquanto ele joga uma caixa de papelão cheia de pão de sanduíche na van.

Ele bate a porta de trás e se endireita, secando as mãos em um pano de prato sujo e me analisando.

— Alex? — pergunta, um cigarro pendurado na boca.

Quando faço que sim, ele faz uma careta.

— Você tá atrasada.

— Eu estava ajudando uma amiga. Não vai acontecer de novo, prometo. Eu…

— Você não parece adequada pro trabalho — interrompe Jim, coçando o queixo malbarbeado e apertando os olhos. — Não é nenhuma merda fofinha e alegre. Sabe, não é só ficar sentada com essa carinha bonita.

Engulo uma resposta sarcástica *e* a vontade de revirar os olhos; o conselho de Molly ainda ecoa nos meus ouvidos.

— Bom, eu tenho muita experiência em não ficar sentada. Lavadora de prato, assistente de cozinha, caixa. O que imaginar, eu já fiz — digo, enquanto ele pega as chaves de uma mesa coberta por pacotinhos de ketchup Heinz.

Tive que virar meio faz-tudo no Tilted Rabbit, pulando para as funções que precisavam de gente nos meus três anos lá.

— Sei lá. É barra pesada — diz ele. — Sem ar condicionado, nem aquecedor. Sem pausa pra ir ao banheiro. Turnos longos.

Dou de ombros.

— Ótimo. Parece minha infância.

Ele ri com desprezo e puxa a porta do carona, subindo os degraus de metal.

Não vou ceder sem brigar. *Preciso* disso. Não tive resposta de nenhum dos outros currículos que enviei.

— Além do mais, já que você achou minha carinha bonita — digo, enquanto ele se instala no banco de couro gasto, com forro amarelo escapando por baixo —, pensa só as gorjetas que vou tirar.

Jim revira os olhos, sem morder a isca, e mudo imediatamente de estratégia.

— E se você me der uma chance? Mal não faz. Você claramente está indo trabalhar hoje — digo, avançando na direção da van. — E parece que vai ficar preso trabalhando na vitrine *e* na chapa.

Ele solta um suspiro demorado e joga o cigarro pela janela, pensativo.

Insisto, sabendo que acertei na mosca.

— Se eu for uma merda, não precisa me pagar. Sai de graça. Não custa nada.

Ele coça o queixo, apertando os olhos azuis injetados. Aperto meus olhos de volta.

Nós nos encaramos por um bom tempo, sem piscar.

— Sobe aí — diz ele, apontando para o banco dobrável, que está literalmente por um fio. — Você tem *uma* chance. Vê se não faz merda.

Subo, o banco rangendo quando o abaixo e me instalo. Olho para a esquerda e para a direita, mas só vejo a parede de metal.

— Tem...

— Cinto? — completa ele, sacudindo a cabeça e rindo.

— Não.

Que maravilha.

Ele gira a chave e o veículo mal tem tempo de ligar com um tremor antes de ele sair em disparada da garagem, fazendo uma curva fechada para a direita, as caixas de pão escorregando lá atrás, o cooler de metal quicando de um lado para o outro.

Se eu não acreditava em Deus antes dessa viagem, pode ter certeza de que nessa hora acredito, porque é só por milagre que chegarei inteira aonde vamos.

O trajeto só leva cinco minutos, mas Jim ainda consegue dar o dedo para dois carros diferentes por "cortar na frente dele" enquanto costura com a van por três pistas, o braço do cigarro pendurado na janela aberta para ser usado a qualquer momento.

Acabamos na cervejaria local, com mesas de piquenique instaladas sob círculos de luzinhas pisca-pisca. A tarde quente atraiu um grupo considerável de gente, que estica o pescoço para nos ver, com interesse.

Depois de ligar a fritadeira, Jim me mostra como usar o caixa e me passa um resumo rápido do cardápio superbásico. Hambúrguer, sanduíche de bife e três tipos de batata frita (simples, com queijo, e com queijo e bacon, naturalmente). Depois, ele me olha com seriedade.

— Agora, me escuta. Você pode dar *um* por cliente — diz, com um tapinha na pilha de guardanapos de papel amarronzado ao lado da caixa.

Em seguida, aponta para uma bacia enorme de garfos de plástico baratos bem ao lado dos guardanapos.

— E os garfos são *só* para as batatas com queijo e bacon — continua. — Se alguém pedir um, não dê.

Olho com atenção para a bacia gigantesca. Deve ter uns mil garfos ali, fácil.

— Por que não?

Ele levanta um garfo.

— Cada garfo me custa *sete centavos*. Eu iria à falência se desse uma porra dessas pra cada cliente.

Assinto, como se fizesse sentido, mesmo que esse homem cobre quinze dólares por um hambúrguer, uma garrafa de refrigerante e batata frita.

Ele passa por mim para dar uma olhada na fritadeira, assente em aprovação e, finalmente, a janela do *food truck* é aberta e estamos prontos para negócio.

Pelo menos, espero estar.

De início, é um pouco difícil. A fila de gente, o caixa, Jim resmungando atrás de mim enquanto cozinha.

Logo, no entanto, entramos no ritmo, meus três anos no Tilted Rabbit se mostrando úteis. Pegar o pedido do cliente, pendurar na fila de pedidos, servir quando Jim acabar de cozinhar.

Repetir mais um milhão de vezes.

Jim não mentiu. A chapa e o sol quente transformam essa caixa de metal em uma sauna em minutos, e em meia hora estou suando até a testa.

Além do mais, para meu choque, Jim não é de falar, mesmo que tivesse um monte de coisa a dizer lá no depósito.

Ele praticamente só grunhe ou xinga baixinho quando um cliente pede uma substituição.

Mesmo depois de algumas horas, quando o início caótico dá lugar a um período tranquilo, ele fica quieto. Então me deixo divagar enquanto observo as pessoas, se divertindo no fim de tarde na cervejaria. Vejo uma garota de cabelo preto comprido sentada a uma mesa com os amigos, jogando a cabeça para trás e gargalhando de um jeito que me lembra tanto de Natalie que meu peito dói.

Solto um suspiro longo e me encosto no balcão.

O que será que Natalie achará da Molly? Quer dizer, elas não podem ser mais diferentes. O jeito que agem, que se vestem, que se portam.

Pelo menos elas têm uma semelhança gritante: as duas falam na lata quando tô fazendo besteira.

Molly mais do que Natalie, até, talvez. E, honestamente? Só falei besteira hoje.

Tá, então, confesso, *talvez* estivesse enrolando no café com aquela história de "plano de cinco etapas". Mas Molly parecia muito precisar de uma etapa e, assim, não pode ser difícil inventar mais quatro.

Não quando já fiz isso cem vezes. Só preciso organizar e pensar *mesmo* no assunto.

Especialmente agora que notei que o que funciona para mim provavelmente não vai funcionar exatamente igual para Molly.

O que é a *chave* nisso tudo. Funcionar para a Molly.

Faço uma careta quando penso nela derrubando a bebida da garota e na conversa constrangedora que se seguiu.

Não demonstrei para Molly, mas, quando aconteceu, achei que a situação toda tinha potencial para ir por água abaixo. Ou, pelo menos, que seria muito mais difícil.

Achei que só mostrar o que fazer bastaria. Tipo, sei lá. Terapia por exposição, por aí. Dar as ferramentas e deixar que ela as use em um ambiente seguro, sem consequências.

Só que não pensei naquele latte pequeno de baunilha. Ou, bem, em Molly. No segundo que aconteceu o acidente com a bebida, notei que tinha feito merda.

Praticamente escutei Natalie me dizendo que eu a tinha "jogado aos lobos" e que "não estava ajudando ninguém".

Mas aí... o sorrisinho de Molly quando conseguiu. O choque em seus olhos castanhos quando *funcionou mesmo*. O fato de que ela achava que Dustin só estava interessado em *estudar*.

Sacudo a cabeça, sorrindo.

É *essa* a parada. É nisso que tenho que me concentrar ao montar "o plano".

Molly precisa encontrar as partes dela que Cora vai amar e...

— Pedido! — grita Jim, e volto à ação de repente, pegando a bandeja de papel listrada branca e vermelha e um único guardanapo para o cliente.

— Obrigada — digo ao playboy de boné virado para trás, e abro um sorriso sedutor quando ele pega a comida.

Ele empurra a bandeja desajeitado e, como esperado, tira uns dólares do bolso e enfia no pote que já transborda de gorjetas, das quais espero ganhar pelo menos uma pequena porcentagem.

Quando o pico do jantar chega ao fim, uma das bartenders aparece no balcão, e o Sr. Garfo de Sete Centavos me surpreende e serve um sanduíche de bife gratuito para ela.

— Querem alguma coisa lá de dentro? Cerveja? Sidra? Umas latas para levar?

— Não, valeu — diz ele, e também sacudo a cabeça, mesmo que aparecer na minha próxima festa com sidra artesanal fosse me transformar em celebridade.

A bartender agradece a Jim pelo sanduíche e volta à cervejaria.

— Parece uma vantagem bem boa. Não bebe em serviço? — pergunto, e ele ri.

— Passei uns vinte anos só bebendo em serviço — diz ele, virando um hambúrguer. — Sou alcoólatra em recuperação.

É o máximo que ele falou desde o começo do turno, o que já é alguma coisa.

Desvio o rosto, sentindo a barriga revirar. Quero perguntar mais. Quero saber o que fez ele parar e como conseguiu, mas um grupo de clientes chega ao balcão e forço um sorriso, pronta para pegar os pedidos e, espero, ganhar mais umas notas de gorjeta.

Quando fechamos o *food truck*, o relógio se aproxima da meia-noite. Jim pula da van para fumar enquanto eu embrulho o queijo e os vegetais, tentando adivinhar onde guardá-los no cooler. Dou uma olhada para fora e vejo ele tirar o cardápio, o chão tremendo quando ele fecha a vitrine. Ele dá algumas voltas na van antes de esmagar o cigarro no asfalto e subir para contar o dinheiro. Prendo a respiração.

— O salário é dez dólares por hora — diz ele, me oferecendo um sanduíche de bife embrulhado e um rolo de dinheiro. — Você ganha metade das gorjetas.

Penso em negociar as gorjetas, já que essa "carinha bonita" trouxe muito da grana, mas dá para ver que Jim não se convence facilmente. Nem mesmo por mim.

Então estendo a mão e aceito, inundada por alívio. *Consegui o trabalho.*

— Pode ir — diz ele, apontando pela janela para um ponto de ônibus no fim da rua. — Tenho seu número. Amanhã de manhã te mando os horários.

Sigo para a porta dos fundos, mas me demoro para sorrir.

— Mandei bem, não foi?

Ele sacode a cabeça, rindo enquanto fecha o zíper de uma bolsa velha, repleta do lucro da noite.

— Vaza da minha van antes que eu mude de ideia.

Não preciso ouvir duas vezes. Gargalhando, salto da van, gritando "Até mais!" para trás antes de fechar a porta.

É um alívio bem-vindo quando chego ao ônibus refrigerado, e ainda mais quando volto ao apartamento e conto o dinheiro que ganhei hoje.

Cento e sessenta e quatro dólares em dinheiro verde e vivo.

Divido em dois potes, um para mim e outro para minha mãe, como faço desde a época da escola.

Hesito, contudo, antes de deixar metade no pote da minha mãe, a mão paralisada no ar segurando as notas. Mesmo agora, aqui em Pittsburgh, *ainda* faço isso.

Oitenta e dois dólares.

São todos os livros da aula de inglês, se comprar em capa mole, usados. É quase um *quarto* do aluguel. É *muita* comida, se não for comprar mochas no café da faculdade.

Provavelmente vale uma semana de cachaça para ela.

Mas não posso deixar ela voltar para o Tommy. Não posso.

Solto um suspiro demorado e largo o dinheiro no pote, antes de me jogar na cama.

Estou exausta. Minhas pernas doem das horas em pé no chão de aço do *food truck* e o calor do começo do turno me afetou.

Quando meus olhos começam a pesar, o celular vibra ruidosamente no edredom ao meu lado, recebendo um Snap da Natalie.

Natalie. Parei de mandar mensagem para ela faz dois dias, porque não estava recebendo resposta. Eu *sabia* que, se desse um pouco de espaço, ela acabaria respondendo. Obrigo meus olhos a se abrirem e pego o celular, batendo na tela para abrir a mensagem.

Ela ainda está usando minha camiseta preta desbotada do Led Zeppelin, o cabelo comprido caído sobre um ombro. Sorrio, sonolenta, quando vejo o texto embaixo:

show no Texas foi ótimo hoje,
acho que essa camiseta dá sorte.

É uma *boa* resposta. Um flerte, até.

Que nem a Natalie das antigas.

Isso sim é progresso.

Clico no botão da câmera, tiro uma foto e acrescento um monte de emojis de coração. Meu dedão passa distraidamente pelo botão de enviar enquanto pego no sono, o rosto sorridente de Natalie dançando sob minhas pálpebras.

12.
Molly

Na semana seguinte, estou na fila para comprar um lanche e um chá quente na barraquinha de café do térreo da Biblioteca Carnegie quando uma silhueta magrela de capuz preto fura a fila *exatamente* na minha frente.

Encaro a pessoa, minha raiva queimando o moletom dela enquanto pega um suco de laranja e um bagel de canela embrulhado em plástico na vitrine refrigerada.

Ei, cara, tem fila aqui.

Abro a boca para reclamar, mas decido deixar para lá. Não adianta brigar por uma coisa dessas, especialmente no meio da biblioteca.

— Você vai me deixar furar a fila assim? — pergunta a pessoa encapuzada, em uma voz que conheço até demais.

— Meu Deus do céu. Você não tem mais ninguém para perturbar? — pergunto quando Alex se vira para mim.

— Sabe, já pode parar de fingir que não gosta de mim.

Ela abaixa o capuz, abrindo um sorriso que diz que se acha superengraçada por aparecer desse jeito.

— Pode deixar — respondo, seca, escolhendo um biscoito amanteigado embalado na cestinha de vime em cima da vitrine. — O que você está fazendo aqui? Além de me encher o saco.

— Ai.

Ela faz uma careta, levando uma mão ao peito antes de me mostrar o livro que carrega debaixo do braço.

— Sobre o que é? — pergunto, virando a cabeça de lado para analisar o livro de fantasia de mais de mil páginas.

— Ainda não sei — diz Alex, dando de ombros e colocando o suco e o bagel no balcão, na frente do caixa. — Acabei de pegar em uma estante no último andar.

— Você pegou um livro qualquer de uma estante qualquer e vai ler sem fazer ideia do que se trata? — pergunto, incrédula.

Ela dá de ombros de novo.

— A graça não é ler e descobrir?

Ela paga o lanche e se afasta, abrindo espaço para eu fazer o mesmo.

— Pode me ver um chá Darjeeling médio, por favor? — peço ao caixa, e volto a atenção para Alex, que está abrindo a embalagem do bagel com os dentes, que nem um animal.

Olho de novo para o livro, cuja capa desbotada tem uma ilustração de cavaleiros e criaturas míticas, todos enroscados sob um céu verde. Parece algo que meu irmão gostaria, mas *definitivamente* não é meu estilo.

— Parece... interessante — digo.

— Sua mãe nunca te ensinou a não julgar livro pela capa? Falando nisso, já pegou o número da Cora?

— Por que é "falando nisso"? — pergunto, olhando ao redor enquanto pego o chá no balcão, antes de arrastar Alex para um canto mais isolado. — O que seus hábitos bizarros de leitura têm a ver com a Cora? E você pode, *por favor*, parar de gritar o nome dela em público?!

— Bom, você gosta dela porque a capa é bonita — diz Alex, como se fosse a resposta mais óbvia do mundo.

Ela deve notar meu olhar de confusão, porque finalmente acrescenta:

— Ela é gata, né?

— Não. Quer dizer, sim, mas não é... Eu gosto *dela*, de tudo nela.

— Bom, você não *sabe* disso de verdade. Assim, você mal trocou duas palavras com ela.

— Troquei, sim.

Sinto que estou me chateando.

— Estudei com ela na escola por *quatro anos* — acrescento.

— Tá, mas você falou com ela nesses quatro anos? — insiste ela.

Decido ignorar.

— Ainda assim, ouvi falarem muito dela. Além disso, passei a festa toda sentada ao lado dela. Nós duas queremos ser escritoras. Temos muito em comum.

Eu me pego sorrindo para o futuro fantasioso sobre o qual pensei muito. Vamos virar escritoras e passar as noites em casa, vendo reprises de *Wynonna Earp*. Depois, vamos nos mudar para o subúrbio onde crescemos, para ficarmos perto da família, e...

— Bom, assim, você conhece ela tão bem quanto eu conheço... a Olivia Wilde. Sei o que vejo no Instagram, o que ela expõe ao mundo. Sei que nós duas gostamos de música indie, mas não *conheço* ela. Que nem você não conhece a Cora. Pelo menos por enquanto.

Respiro fundo, me lembrando de com quem estou conversando. É *Alex Blackwood*, a pessoa que dá em cima de garotas aleatórias que *não são* sua namorada. Claro que ela acha beleza o mais importante.

— Olha, você não entenderia. Tá bom?

Puxo minha mochila e guardo o biscoito no bolso da frente, para comer mais tarde.

— Por que não? — pergunta ela.

Rio, considerando a pergunta retórica, porque me parece óbvio.

— Não, por que eu não entenderia? — repete.

— Bom, obviamente você não sente a mesma intensidade pela sua namorada, senão não ficaria flertando com a Cora na festa — digo, dando de ombros. — Se sentisse o que sinto, nem *desejaria* fazer isso, porque já teria tudo o que quer.

Ela me observa em silêncio por alguns segundos, a expressão mudando de raiva para mágoa e para indiferença.

— Tá, talvez você esteja certa — diz, finalmente, esticando a cara e mordendo a bochecha.

Vejo que não é exatamente o que ela quer dizer, mas, mesmo assim, ela segue em frente.

— E aí, já pegou o número dela? — pergunta.

— Não.

A verdade é que tentei a semana *toda*. Sempre que vejo ela, bolo um plano para puxar assunto e criar coragem de talvez pedir o número. Mas controlar a neura é muito mais difícil quando se trata de Cora Myers e não de um cara qualquer da escola. Não consegui ir além de sorrir e acenar. A não ser que a gente conte a última quarta-feira, quando passei por ela na frente do Market. Estava prestes a cutucar o ombro dela e cumprimentá-la quando tropecei no nada e caí de cara no chão aos pés dela. Não era exatamente a melhor hora para pedir um número de celular.

— Ainda não encontrei o momento ideal — digo para Alex, mas sei que soo defensiva.

— Você sabe que todo dia que passa sem o número dela é um dia em que ela pode dar o número para outras pessoas — diz ela, tomando um gole de suco de laranja enquanto meu coração cai até a barriga.

Ela está certa. Preciso resolver isso. Logo.

— Você não pode me ajudar? — imploro, olhando para ela, mas Alex não está mostrando nenhum sinal de dó.

— Primeiro você me insulta, depois vem com essa? — pergunta, mas suaviza a expressão. — Molly, eu já te ajudei. No café.

— Preciso que seja mais direto. Não pode me ajudar pelo menos a criar o momento? Você que é a mente brilhante por trás disso tudo, não é? — pergunto. — Não tem nada no seu plano?

Ela solta uma gargalhada.

— *Claro* que está no plano. O plano é infalível. Sólido. Que nem concreto.

Meu celular apita com uma mensagem da minha mãe, uma foto de Leonard vestindo uma capa de chuva amarela. Olho para o horário. Suspiro.

— Merda.

— O que foi? — pergunta Alex, dando mais uma mordida enorme no bagel.

— Vou me atrasar para a aula. Alguém desistiu de Introdução à Ficção e consegui pegar a vaga, mas fica lá no terceiro andar da Catedral — digo, guardando o celular no bolso. — Depois me conta sobre o plano sólido que nem concreto?

— Claro, tranquilo.

Tento lembrar para que lado fica o prédio. Quando me viro na direção da saída sul, Alex segura meu ombro e me vira no sentido completamente oposto.

— A Catedral fica... para lá, Parker.

— Eu sei — minto.

Ando o mais rápido possível, saindo pela porta e atravessando a rua, tentando deixar tudo que ela disse para trás. Toda aquela baboseira sobre eu não *conhecer* a Cora. Não pedi a opinião dela. É só para ela me ajudar com o plano, me ensinar a fazer essas coisas que nunca fiz. Só preciso disso. Se ela me der isso, vai dar tudo certo comigo e com a Cora.

Confiro o horário de novo. Não devia ter deixado Alex me distrair. Provavelmente vou acabar me atrasando para a aula, sendo que já perdi a primeira semana.

Que maravilha.

13.
Alex

No segundo em que Molly falou de "Introdução à Ficção", eu sabia que ela estava na minha eletiva.

Sorrio e estico as pernas, batucando com o lápis no caderno enquanto o professor — ou, como ele pede para ser chamado, *Jon* — começa a fazer a chamada na frente da sala. Ela ainda *me* deu esporro por causa de atraso.

Levanto um pouco a mão quando ele chama meu nome, e uma garota de mechas vermelhas desbotadas que se senta duas cadeiras à frente da minha se vira um pouco para trás e me olha de cima a baixo, como faz toda aula.

Desvio o rosto para nem sentir a tentação de piscar para ela, e foco o olhar na porta de madeira quando Jon chama:

— Molly Parker?

Mas Molly Parker não está em lugar nenhum.

— Tem uma Molly aí? — tenta de novo, e a maçaneta gira como se aguardasse a deixa, revelando uma pessoa desgrenhada e conhecida.

— Presente! Desculpa — guincha Molly da porta, alisando o cabelo castanho e ajeitando a camisa, arregalando os olhos ao me notar.

Sorrio para ela, dando um tapinha na cadeira vazia ao meu lado.

Naturalmente, ela me lança um olhar de ódio que compensa eu ter precisado correr três lances de escada do lado oposto do prédio para chegar antes.

— Sente-se, srta. Parker — diz Jon, olhando para ela por cima dos óculos. — A aula começa às onze.

Molly murmura um pedido de desculpas, procurando outra opção de lugar na sala antes de se largar, furiosa, na cadeira ao meu lado.

— Por que você não me mostrou o caminho, se *sabia* que eu estava na mesma aula? — sibila ela, quando o professor nos dá as costas.

— *Molly* — digo, cruzando as pernas. — Não posso consertar sua vida amorosa *e* seu GPS interno. Sou uma só.

Ela revira os olhos e pega um fichário e uma edição surrada de *Noite de reis*, uma das minhas peças preferidas de Shakespeare e leitura obrigatória para as duas primeiras semanas de aula.

Jon começa a falar dos temas nas páginas que já lemos e as palavras que Molly disse na biblioteca me voltam à mente.

Bom, obviamente você não sente a mesma intensidade pela sua namorada, senão não ficaria flertando com a Cora na festa.

Não consigo nem aproveitar a aula sobre a porcaria da minha peça *preferida* porque não supero o quanto aquilo me incomodou.

Assim, ela provavelmente nem nunca beijou ninguém! Como pode saber do que está falando?

Sacudo a cabeça e olho de relance pela janela, vendo os universitários passeando à toa do outro lado, e sinto a pele formigar quando vejo o reflexo de Molly.

— E você?

Pisco, retomando o foco quando noto o professor olhando diretamente para mim e algumas cabeças viradas em minha direção. Ele empurrou os óculos até quase caírem do nariz, e me olha por cima deles com aquela arrogância professoral que é a *pior* coisa do mundo.

Molly levanta as sobrancelhas, *amando* a situação.

Pigarreio e forço um sorriso confiante.

— Quem? — pergunto, olhando para um lado e para o outro. — Eu?

— Sim — diz ele, mais esnobe impossível. — Você.

O olhar de condescendência dele é quase de pena. Como se eu não tivesse lido essa peça cem vezes. Como se essa lésbica aqui não tivesse visto *religiosamente* a adaptação cinematográfica com Helena Bonham Carter mil vezes mais.

— Perguntei que argumentos *você* acha que Shakespeare faz sobre romance.

— Bom — digo, pegando o livro da mesa de Molly e folheando até o ato 1, cena 5. — "Como é possível se contaminar por essa praga tão depressa?"?" — leio, repetindo a comparação que a personagem Olívia faz entre o amor e uma doença. — Romance, amor... é como uma praga — digo, dando de ombros, devolvendo a energia arrogante que o professor me passou um momento antes. — Para quem se sente dramática como Olívia, pelo menos.

Fecho o livro e o deixo na mesa de Molly.

— Assim, ela *acabou* de conhecer a pessoa sobre quem está falando, então drama é mesmo a parada dela — continuo, cruzando os braços no peito e me recostando na cadeira. — Então, acho que dá para dizer que Shakespeare está trazendo *dois* argumentos. Amar é sofrer, provavelmente porque se apaixona por alguém que mal conhece. E muitas pessoas estão apaixonadas pelo amor em si, não pela pessoa de fato.

Molly bufa.

— Talvez você esteja projetando — diz, tamborilando os dedos na capa do livro.

Eu me pergunto se ela chegou a notar que está falando com a turma toda.

— Quer dizer — continua —, no fim dá certo, não dá? Para todos os personagens. Olívia, Viola, Sebastião, o Duque Orsino. Todo mundo sai sorrindo, completamente satisfeito com o felizes para sempre, qualquer que seja sua forma. Ninguém sofre. O amor que sentiram bastava, quando era pela pessoa certa.

Ela enrubesce conforme fala, nós duas cientes de que a questão vai além de alguns personagens de uma peça de Shakespeare.

— Tá, mas quem sabe o que acontece depois do felizes para sempre? — pergunto, e Jon assente, da frente da sala.

— É uma boa questão — diz, e me sinto sorrir. — Quer dizer, quem sabe por quanto tempo a paixonite vai servir de gasolina.

— Olha, não quis dizer que vai — concorda Molly, uma pequena vitória depois daquele momento na biblioteca.

Ainda assim, ela fica ainda mais vermelha, a briga muito longe de acabar.

— Mas por que *tem* que ficar ruim depois? — pergunta.

Abro a boca para responder, mas... ela está certa.

Por que tem que ficar ruim? Por que automaticamente suponho que *vá* ficar?

Para mim. Para Molly e Cora. Acho que é esse meu problema. Acho que é por isso que sempre tenho tanto medo de me entregar.

Talvez Natalie seja a "pessoa certa".

Talvez *eu* possa ser a "pessoa certa" para Natalie.

Talvez Cora seja a pessoa certa para Molly, se eu ajudá-la a chegar lá. Ela é como meu próprio Duque Orsino, com dificuldade para confessar o que sente pela pessoa por quem está perdidamente apaixonada.

O professor se volta para o quadro, rabiscando alguma coisa em giz antes de continuar a aula.

Molly e eu continuamos nos encarando. Finalmente, assinto e desvio o olhar para meu caderno, concedendo a vitória pela segunda vez hoje. Mas, agora, é sincero.

— Não tem que ser.

Quando a aula acaba, Jon resmungando sobre a leitura da semana que vem antes de nos dispensar, Molly arruma a mochila e sai da sala antes que eu consiga fechar meu caderno.

Pego minhas coisas todas sem jeito e desvio dos outros alunos, correndo atrás dela e a segurando pelo braço antes que ela desça a escada movimentada.

— Molly.

— O que foi, Alex? — pergunta ela, com um suspiro, se virando para me olhar. — Tenho aula.

— Na próxima aula de biologia, a gente vai sentar do lado da Cora, tá? É esse o plano.

Quer dizer, ela não pode ficar para sempre na etapa zero. Precisa pegar o número da Cora, senão não pode... sei lá. *Ir viver seu final feliz* de calça de paraquedista arco-íris.

— Mas é melhor chegarmos na hora — digo, soltando o braço dela e abrindo um sorriso enorme. — Não dá para conversar muito se chegar atrasada.

Ela estreita os olhos, mas vejo um sorriso querendo surgir.

— A gente se vê às oito e vinte e cinco — diz, já virando de costas e desaparecendo pelas portas que levam à escada.

Sorrio e me surpreendo quando ela passa a cabeça de volta pela porta para me olhar.

— E, Alex?

Analiso seu rosto, uma ruguinha se formando entre as sobrancelhas enquanto ela reflete.

— Obrigada — diz, o olhar castanho mais suave. — E desculpa. Pelo que falei na biblioteca.

— Tranquilo.

Assinto, mas me sinto melhor, mesmo. Eu a alcanço e passo pela porta, para descermos a escada juntas.

Pego o celular no caminho, abrindo o Snapchat e vendo que Natalie abriu *mais um* Snap e deixou sem resposta, ainda chateada por eu ter pegado no sono depois do turno no *food truck*.

Aparentemente, dormi antes de mandar a mensagem, o que ela não acreditou de jeito nenhum quando me ligou no dia seguinte, com todo um discurso sobre eu provavelmente estar "metida nas minhas merdas de sempre" para não me prestar a responder a mensagem dela nem ligar. Mesmo que *ela* tenha passado os três dias anteriores sem responder minhas mensagens.

Mas lembro que ela não agiria assim se eu não tivesse dado motivos para ela sentir isso.

Enfio o celular no bolso, frustrada, mas minha motivação para ajudar Molly redobra.

Quanto mais rápido ela pegar o número da Cora, mais rápido terei algo concreto para mostrar para Natalie quando ela chegar no fim do mês.

Provas. De que não estou metida em nada. Que o que temos não *tem que* ser ruim.

Meu estômago ronca quando passamos pela porta da saída, e Molly oferece um pedaço do biscoito que comprou na biblioteca mais cedo.

Eu aceito, e ela aponta para a direita.

— Tenho aula de história no Posvar agora. A gente se vê — diz, antes de se virar na direção para a qual apontou, o cabelo castanho esvoaçando na brisa enquanto ela se afasta, tranquila.

— Molly! — chamo.

Ela para de repente e se vira para mim.

— Sentido errado? — pergunta, timidamente, e confirmo, incapaz de conter meu sorriso.

Aponto para o prédio certo e a vejo mudar de rota e desaparecer aos poucos à distância, a mochila enorme sumindo de vista.

Alex Blackwood e Molly Parker.

Não exatamente amigas, mas talvez chegando lá.

14.
Molly

Só tenho que entrar, puxar a cadeira e sentar a bunda. Assim parece bem fácil, mas o problema é *depois* de me sentar, quando tiver que de fato manter uma conversa com ela. Felizmente, Alex estará bem ao meu lado, fornecendo ideias quando meu poço de assunto secar.

Mesmo que ela me faça querer arrancar os cabelos quase todo dia, ainda é a única pessoa que já conheci, fora da minha família, perto de quem posso ser completamente honesta, sem ceder ao peso da ansiedade. Ainda não entendi exatamente o motivo.

Talvez seja porque não me importo com as opiniões dela sobre mim.

Olho pelo corredor, em busca de sinais dela, e meu celular vibra no bolso.

— Tentei te dar espaço, mas estou *morta* de curiosidade para saber como foi a festa! — vem a voz da minha mãe quando atendo, alegre *demais* para um horário tão cedo.

Ela provavelmente já virou o galão diário de café.

— Ah, hm.

Hesito, notando que faz mais de uma semana que não nos falamos. Mandamos mensagens curtas, sim, mas *falar* mesmo, conversar? Não. Normalmente, eu teria contado cada detalhezinho para minha mãe, mas agora me pego querendo guardar a maior parte só para mim. Pelo menos por enquanto. Talvez seja meu primeiro relacionamento. Não quero trazer azar.

— A festa foi boa. Jogamos uns jogos, e acabei ficando até bem tarde. Foi muito divertido — digo, sem contar os detalhes e o que aconteceu depois, do plano com Alex.

Acho que ela não ia gostar muito da ideia.

— Sem muitas novidades. Estou entrando na aula de biologia agora.

— Leonard está com saudade — diz ela, mas sinto que não deve ser só Leonard.

— Obrigada pelas fotos.

Sorrio, meu coração doendo ao pensar na foto que ela mandou ontem, dele enroscado na cama vazia.

— Já cansou da comida do bandejão? Talvez eu possa ir te visitar um dia desses para um almoço rápido? — pergunta ela, a voz cheia de esperança.

Seria *mesmo* bom vê-la, e é só um almoço.

— Quem sabe semana que vem?

Vejo Alex arrastando os pés pelo corredor, a boca cheia dos minidonuts açucarados do pacote que está carregando.

— Você *mora* no Seven-Eleven? — sussurro, encaixando o celular no pescoço.

— Seria uma sorte e tanto — bufa ela, enfiando outro donut na boca e me oferecendo um da embalagem.

— Molly?

A voz da minha mãe chama minha atenção de volta ao celular, enquanto tiro um donut do plástico.

— Foi mal. Tá. Semana que vem. Te mando uma mensagem.

— Ah, espera. Quero saber de você. Me conta das aulas — diz ela.

— São legais, mãe. Desculpa, uma delas está para começar — respondo, tentando ser impaciente sem parecer muito óbvia.

— Tá bom, tá bom. Entendi. Pode ir — diz, e tento ignorar a tristeza na voz.

Nós nos despedimos e guardo o celular no bolso de trás.

— Pronta? — pergunta Alex, enquanto eu mordo o donut com cuidado.

— Você tá com... hm... — digo, apontando para o pó branco na boca dela. — Um monte de coisa na cara.

— Ah.

Ela lambe os lábios, o que não serve para nada.

— Ainda tá.

— Limpa para mim? — pergunta, se abaixando um pouco para chegar na minha altura.

Ela abre um sorriso de boca fechada, ainda mastigando. Reviro os olhos, mas, em vez de ir embora, pego um lencinho no pacote que guardo no bolso da frente da mochila e entrego para ela.

— Valeu — diz ela, parecendo um pouquinho surpresa pelo meu gesto, antes de nos voltarmos para a sala.

Não surta.

Empurro a porta, determinada a não pensar, mas, assim que vejo Cora, meu cérebro acelera e volto imediatamente a ser a Molly da escola. Olho para trás, vendo Alex entrar, limpando os dedos sujos de açúcar na camiseta — que, por sorte, é branca, com um coelho preto pintado no bolso. Ela acena com a cabeça para mim e aponta com o olhar para a frente.

Eu consigo.

Começo a subir a escada. Cora e Abby estão olhando para baixo, mexendo no celular, e não me cumprimentam, como eu esperava, o que eu poderia fingir ser um convite. Quando chego à fileira delas, minhas mãos estão tremendo.

Não consigo.

Dou outro passo, me dirigindo às cadeiras onde nos sentamos na outra aula, mas Alex passa a mão pela alça de cima da minha mochila. Em um só gesto, ela me puxa para o degrau abaixo e me empurra, quase aos tropeços, para a fileira delas.

Cora olha para o barulho e prende a respiração, mas o rosto dela se ilumina quando nota que sou eu, o que também me faz sorrir.

— Oi — digo, ainda me recuperando de ter sido literalmente jogada na frente dela.

Olho com raiva para Alex, atrás de mim, mas ela nem me devolve o olhar.

— E aí, gente — diz ela.

Abby se inclina para a frente e nos cumprimenta com a cabeça.

— Uau — diz Cora, olhando de mim para Alex. — Não imaginei que vocês duas iam fazer amizade.

Rio, nervosa.

— Nem eu, mas não consigo largar dela — responde Alex, timidamente.

Acho que é para ser uma piada, mas ela arregala os olhos quando nota a impressão que passou. Cora parece ainda mais chocada.

— Por mais que eu queira que ela largue do meu pé — digo, rápido. — Somos amigas — acrescento, tentando ao máximo deixar abundantemente óbvio que não existe mundo em que eu chegaria a *pensar* na Alex desse jeito.

— Saquei.

Cora aperta os olhos e volta a atenção para o celular. Ao me sentar, bato com a mochila em Alex antes de largá-la no chão.

— *Ai! Cuidado com esse trambolho aí* — sussurra ela.

— Você tá de brincadeira? — respondo, baixinho.

— O que *foi*? Eu estava *tentando* te elogiar para a Cora — diz ela, defensiva.

— Vocês também se arrependeram de pegar aula às oito, ou só eu? — pergunta Cora, do meu outro lado.

Abandono a expressão de irritação que cobre meu rosto antes de virar a cadeira para ela.

— Também — digo, tentando formar uma resposta.

— Eu... eu podia ter dormido mais uma horinha hoje.

— Nem tive tempo para o café. Tô faminta — diz Cora, de cabeça baixa.

— Pô, cara, eu também — responde Alex, se esticando por cima da minha mesa.

— Você *acabou* de engolir um saco inteiro de donuts — sussurro para ela quando o professor começa a falar, algumas fileiras à nossa frente.

— São calorias vazias, Parker. Não conta — sussurra Alex, voltando para o lado dela da mesa.

Todas nos concentramos na aula, fazendo anotações. Até Alex trouxe caderno e caneta, mas, sempre que olho, as páginas estão só cobertas por fragmentos de anotações e desenhos rabiscados. Tento ignorar Alex à esquerda e Cora, à direita, mas não é fácil. Por motivos muito diferentes.

Mais ou menos na metade da hora de aula, Alex empurra o caderno na minha direção, com um bilhete escrito em tinta cor-de-rosa no alto da página.
Fala com ela.
Não posso falar com ela no meio da aula, escrevo em resposta.

Ela rasga a parte de baixo da folha, e o professor olha de relance para ela antes de se voltar para o quadro. Depois de escrever alguma coisa, ela passa o papel para mim, os anéis arranhando a mesa.

Abro o bilhete e decifro a letra rabiscada. *Querem tomar um café depois da aula?*

Olho para ela, confusa, mas *estou* com fome.

— Pode ser — sussurro, dando de ombros.

O rosto dela todo se fecha em uma linha reta.

— Dá. O. Bilhete. Para. *Cora* — cochicha ela.

Aaaaah.

Não é má ideia, mas *não consigo.* Sacudo a cabeça e devolvo o bilhete para Alex, que bufa uma lufada de ar.

— Tá, eu dou — sussurra, mas, antes que ela pegue o bilhete, estico o lápis e acrescento *no Market* no fim do recado.

Quando ela pega o papel, fica boquiaberta, fazendo uma careta de nojo.

— Molly, eu *não* vou pagar vinte dólares para comer no bandejão. Não tenho desconto por morar no campus, como vocês. — sussurra ela, mas estamos tão na frente da sala que o professor lança um olhar irritado.

Eu me empertigo na cadeira, esperando ele se voltar para o quadro.

— Relaxa, eu pago — cochicho com o canto da boca, olhando bem para a frente.

Ela dobra o bilhete ao meio, e ao meio de novo, se estica por cima da mesa e o empurra até Abby, na outra ponta. Com a visão periférica, vejo ela mostrar para Cora.

Volto a atenção para o quadro, secando as mãos nas pernas. *Respira fundo.* Se ela não aceitar, não é grave. Tranquilo. É só um café em grupo. Não vai ser uma rejeição. Nem fui eu quem convidou.

Pouco depois, as unhas pintadas de Cora aparecem à minha frente, largando o bilhete no meu fichário.

Abro o papel, sorrio, e o empurro para Alex. Ela estica o punho para mim debaixo da mesa, e eu dou um tapinha.

— *Ai, foi mal* — digo, reajustando a mão e dando um soquinho.

— Assim você me mata, Parker — diz ela, tentando conter uma gargalhada.

Mesmo que esteja rindo de mim, sei que ela também está animada.

Não sei por que me surpreendo por ela ficar feliz por mim, mas é o que sinto. Ainda mais estranho, saber disso consegue me deixar ainda mais feliz.

15.
Alex

Não existe comida mais gostosa que comida grátis. Olho maravilhada para os bufês variados instalados pelo carpete escuro e estampado, o cheiro de ovos, linguiça e rabanada passando por mim como uma nuvem.

Por onde começar? Será que cereal, e *depois* ovos? Bagel com cream cheese? Talvez fruta para equilibrar os donuts de...

— Você está atrasando a fila — diz Molly, me empurrando para a frente, e o grupo de universitários famintos atrás dela abrem um sorriso de gratidão.

Sigo Abby e Cora, minha cabeça girando enquanto caminhamos pela sala, pegando comida em pratos brancos velhos. Desvio quando vejo uma área de café e quase derramo na camiseta branca minha xícara perfeita, com leite e duas colheres de açúcar, quando Molly aparece do nada e agarra meu braço.

— Jesus... — digo, e ela abre um sorriso constrangido.

— Foi mal, eu só...

— Não queria ficar sozinha com a Cora? — concluo, e o silêncio dela me indica que acertei na mosca. — Molly. O *propósito* disso tudo é você conversar sozinha com ela — explico, equilibrando meus pratos para tomar um gole rápido de café. — Quer dizer, aqui estou eu, *sacrificando* meu tempo livre para te ajudar a pegar o número dela...

Ela ergue as sobrancelhas quando puxo um pedaço de bacon de um dos pratos e enfio na boca, mastigando ruidosamente.

— É, parece um sacrifício e tanto — diz ela, antes do rosto ser tomado por uma expressão já conhecida de pânico.

— O que eu *falo* para ela?

Dou de ombros.

— Pergunta sobre o dia dela! Como vai a faculdade. Qual é *a porra do número dela* para o caso de uma emergência biológica.

Paro no meio de uma mordida.

— Você já conversou na vida, né? — pergunto. — Com outro ser humano?

Molly revira os olhos e se serve de café.

Menos, Alex. Vamos aos poucos.

— Olha — digo, cutucando o ombro dela. — Isso é supercasual, tá? Estamos só comendo e batendo um papo.

Solto um suspiro demorado e, mesmo que atrapalhe *meu* plano, digo o que ela precisa ouvir para isso tudo ter *alguma* chance de funcionar.

— Se você pegar o número dela, pegou. Se não, a gente pensa em outra coisa, tá?

Molly demonstra alívio.

— Sério?

— Sério — digo, dando de ombros. — De boa. Mas, assim, sabe, é para *tentar*.

Seguimos para uma cabine bordô em um canto, onde Abby e Cora já estão comendo.

— Nossa, eu tava *faminta* — diz Abby, dando uma mordida enorme na panqueca.

Cora aponta um garfo para o prato de Molly.

— Fala sério. Tem omelete aqui? — pergunta.

— Hm, tem. Ali no…

Molly fica vermelha e aponta para um balcão perto da porta, onde se formou uma fila de espera pelas omeletes.

Há espaço para ela falar outra coisa, mas ela não diz nada, e faz-se um silêncio desconfortável. Só se ouve o som agradável de talheres batendo nos pratos.

Molly me olha, nervosa, e eu tomo um gole de café, limpando a garganta da comida. O que sei que elas têm em comum?

— Ei, Cora — digo, abaixando a xícara. — Você pegou Introdução à Ficção?

— Peguei — diz, segurando um bagel a caminho da boca.

— Com o Jon Davidson. Ele é… ok.

— Ai — digo, apontando de mim para Molly. — A gente também pegou com ele! Mas estamos em outra turma.

— Ele obviamente é fã dos clássicos — diz Cora, com um gemido de dor.

Ela dá uma mordida grande e mastiga com ruído.

— *Noite de reis*? — continua. — Pô, fala *sério*.

Praticamente explodo com todos os motivos para essa opinião ser horrível, mas mordo a língua, sem querer estragar tudo para a Molly.

Quer dizer, eu amo *todo* tipo de livro, mas foram os clássicos que me sustentaram na infância. Há algo de reconfortante em livros e histórias mais velhos do que a gente. Que continuam a ser relevantes muito depois de serem escritos, muito depois dos autores morrerem. Quando o mundo ao nosso redor está pegando fogo, existe certo conforto nisso.

Além do mais, a seção de clássicos sempre era a parte mais tranquila da biblioteca. E eu *precisava* de tranquilidade. Ia para lá quando queria fugir das brigas dos meus pais em casa, e no silêncio quase parecia que nada tinha acontecido.

Durante meu monólogo interno, ouço Molly encontrar a voz, as palavras dela me puxando de volta à conversa. *Felizmente* ela não faz só concordar.

— Espero que Ficção Intermediária seja um pouco melhor.

— Você também está fazendo Letras? — pergunta Cora, animada.

Todo mundo na Pitt é obrigado a fazer Introdução à Ficção, mas a partir de Intermediária as turmas costumam ser só de quem quer se formar em Letras.

— A gente devia tentar pegar algumas das mesmas turmas no semestre que vem! — diz Cora. — Seria muito legal.

— Claro! — diz Molly, o rosto se iluminando.

Quando Cora desvia o olhar, cutuco Molly por baixo da mesa e faço sinal de joinha.

Ela me olha feio, mas sei que é exagero.

Quer dizer, foi *sem dúvida* uma oportunidade perdida de pegar o número de telefone, mas, pelo menos, já é progresso.

Abby entra na conversa, dizendo que queria *muito* só ler livros, porque as aulas de engenharia são *superdifíceis*.

Eu a ignoro, me concentrando em limpar cada migalha do prato enquanto ela lista o que parece a ementa inteira de física, do começo ao fim, resmungando sobre ter três testes marcados para semana que vem.

Meu celular vibra no bolso e, quando pego, vejo que chegou uma mensagem da minha mãe.

Chegou o mercado obg

Ela realmente cumpriu a promessa e me mandou mensagem todos os dias desde o telefonema. Tonya passou para vê-la ontem e me disse que ela até estava de bom humor. Talvez seja por isso que decido insistir um pouquinho.

De boa. Teve notícias sobre o trabalho na lanchonete?

Sei que não tem, e sei que ela vai ignorar a mensagem, mas vale a tentativa.

De qualquer forma, é bom saber dela com mais frequência do que só quando ela precisa de alguma coisa.

— Enfim, Cora — ouço Abby dizer, enquanto sorrio quieta e guardo o celular no bolso. — Acho que não tem como eu ir na sexta. Não com tanta coisa para estudar.

Levanto a cabeça abruptamente, e Molly *me chuta* bem na canela antes que eu possa cutucá-la.

— O que, hm. O que tem sexta? — pergunta ela enquanto eu mordo o lábio, tentando não reagir à dor.

Puta que pariu. Vai ficar roxo.

— Teste de rúgbi! — diz Cora, animadíssima, enquanto pegamos nossos pratos para devolvê-los no balcão.

— Ah, legal! — diz Molly.

Já que ela praticamente quebrou minha canela na mesa, imagino que saiba se aproveitar da situação, então sigo na frente, devolvo meu prato e caminho tranquilamente até perto das torradeiras, de olho em um saco fechado de pão de forma.

Me encosto no balcão e cumprimento com a cabeça um dos funcionários do Market que está limpando as mesas, levando meus dedos devagar até a embalagem. Quando o funcionário vira de costas, pego o pão e o enfio dentro da blusa, dou meia-volta e praticamente trombo com Molly.

Ela levanta as sobrancelhas.

— Isso *aí* é novidade — diz, cutucando meus novos peitões.

— Cadê a Cora? — pergunto, dando um tapa para afastar a mão dela, procurando com o olhar atrás dela. — Pegou o número dela?

— Ela precisou ir para a aula — diz Molly, e vejo Abby e Cora a caminho da porta.

Aceno através do vidro e elas acenam de volta antes de desaparecer escada acima.

— E... — continua ela, com um suspiro demorado. — Não.

— Da próxima vez você consegue. Sem dúvida — garanto, tentando não demonstrar decepção.

Por nós duas, espero estar certa.

Saímos do Market e seguimos cada uma para um lado. Vou para a aula chata de química colina acima, nada animada para mais uma hora de seminário de um professor tão monótono que a turma toda dorme nos primeiros dez minutos.

Quando me sento, frustrada, na cadeira de madeira, que solta um rangido, lembro que preciso ser um pouco mais paciente com Molly. Assim, claro, hoje ela teve algumas oportunidades? Sem dúvida. Mas estamos em busca do momento *ideal*.

Tenho que seguir no ritmo de Molly.

Mas isso não significa que não posso dar uma de *Alex* para forçar um pouco a mão dela.

16.
Molly

Passei a última hora tentando me ocupar, limpando e organizando o quarto, dobrando as roupas de novo e arrumando por cor as blusas penduradas no armário. Normalmente, isso me acalma, mas dessa vez não ajudou a me distrair do que quer que Alex tenha planejado para hoje.

Mais cedo, recebi uma mensagem misteriosa dela.

Me encontra na entrada da Catedral às 18h20.

Ela não me disse o motivo, nem o que faremos. Só me mandou "vestir uma roupa confortável". Não sei o que significa, mas, para ser sincera, como a mensagem veio da Alex, o assunto deve ser a Cora. Decido vestir uma roupa confortável, mas bonita.

Enfio os tênis e saio para o pátio.

Do outro lado da rua, a Catedral brilha na luz dourada do sol, baixo no horizonte. Quando me aproximo, encontro Alex sentada no corrimão, com as pernas penduradas para fora.

Ela está usando uma camiseta com estampa de motosserras em um pote de cereal, e a calça jeans justa de costume foi trocada por leggings pretas.

— Que porra é essa que você vestiu? — pergunta ela, me olhando. — Falei para usar uma roupa confortável.

Olho para baixo, analisando minha roupa: short jeans e a mesma blusa que usei na festa, só que de outra cor. Até calcei um tênis.

— Estou confortável — respondo.

Ela passa as pernas para o outro lado, pula do corrimão e desce a escada correndo para me encontrar.

— Era para ser confortável tipo short de malha e camiseta — diz, olhando rápido do meu peito para a minha cara.

— No *mínimo* um top de ginástica, Molly!

— Bom, devia ter explicado melhor, então — digo, me virando para o pátio. — Mas tranquilo. Vou me trocar.

— Não dá tempo. A gente vai se atrasar — responde ela, olhando para o celular.

Nem tenho tempo para responder. Praticamente preciso correr para acompanhar os passos largos dela.

— Atrasar para o quê? — pergunto quando a alcanço.

Olho para baixo enquanto damos a volta na Catedral do Aprendizado, e é então que noto que ela não está usando nada nas mãos ou nos pulsos. Normalmente, ela está sempre de anel.

— É a etapa do plano em que você diz que preciso entrar em forma e me leva para a academia? — pergunto. — Porque preciso te contar que não curto exercício e...

— É o quê?

Ela para de andar e me olha, o rosto todo retorcido, como se eu a tivesse ofendido feio.

— Não — diz. — Por que eu diria uma coisa dessas?

— Parece exatamente algo que você diria — digo, ignorando a reação exagerada.

— Quer saber, Molly? Sei que sou bonita para caralho, e, tudo bem, talvez goste de flertar um pouco mais do que devia, mas não sou a *piranha burra*, egoísta e superficial que todo mundo acha que sou. Que *você* parece achar.

— Tá legal — respondo, dando um passo para trás. Nunca a vi mostrar emoções de verdade. Nem sabia que era possível ofendê-la.

— Pior que achei que a gente podia construir uma amizade de verdade, mas, se você me acha tão escrota... — diz, e faz uma pausa. — Molly, eu nunca falei *nada* sobre sua aparência, *nunca*, porque não tem nada de errado com você. Então não coloca palavras na minha boca.

— *Tá legal* — digo, mais firme, notando que talvez, dessa vez, seja *eu* a escrota, por julgá-la. — De-desculpa. Sério.

Não queria tratar ela assim.

Alex respira fundo e, por um segundo, temo que ela vá embora, mas ela continua o caminho, descendo os degraus dos fundos.

— E aí, por que você está com essa roupa? — pergunto, esperando que a gente possa passar desse momento.

Ela não responde, só sai do caminho de concreto e segue para a grama.

— Você vai continuar a me ignorar? — pergunto, dando voltas nas poças de lama da chuva de ontem e tentando alcançá-la.

Quando ela finalmente para, olho para cima e, bem à nossa frente na área aberta, encontra-se um grupo de umas vinte e cinco garotas. A maioria está com o cabelo preso em rabos de cavalo altos, os pés calçados em chuteiras coloridas. Algumas se alongam em círculo, enquanto as outras jogam uma bola de formato esquisito em...

Meu estômago afunda até a bunda quando noto exatamente o que estou vendo.

Rúgbi.

— Alex! — cochicho, alto, agarrando o braço dela, mas ela se solta. — Alex, por favor — suplico.

Olho de um lado para o outro, procurando por alguém que sei que *deve* estar aqui.

— Cora, oi! — grita Alex na minha frente, acenando para Cora Myers, tão linda de roupa de rúgbi e faixa de cabelo de arco-íris que preciso de um segundo para recuperar o fôlego.

Penso em todas as ameaças que poderia gritar para Alex, mas já é tarde, porque Cora para bem na nossa frente.

— E aí, gente! — cumprimenta ela, com um sorriso perfeito aberto no rosto. — O que vieram fazer aqui?

Fico ali parada, tentando não travar *completamente*, e Alex responde por nós duas.

— Viemos fazer o teste — diz, passando o braço comprido por cima dos meus ombros.

Teste?

— Ah, legal! Não sabia que vocês curtiam rúgbi — diz Cora, a atenção se demorando na minha roupa inadequada, mas ela não fala mais nada.

— Bom, eu sou uma merda em campo, mas a Molly... — diz Alex, dando um tapinha no meu braço e me puxando para mais perto. — Ela *ama* rúgbi.

— Jura?

Cora sorri para mim, os olhos iluminados de animação, fazendo purê do meu corpo todo.

— P-pois é — gaguejo. — Curto à beça.

— Por que você não jogava na escola? Ter mais algumas jogadoras em campo cairia bem, especialmente depois que Mariah, Skeggs e Anna sofreram fraturas na mesma semana.

— Hm — hesito, pensando em como valorizo todos os meus ossos. — Sou mais fã de assistir, mas... — digo, olhando feio para Alex, de relance. — Eu... pensei em experimentar.

Minha mentira deve ser pelo menos um pouco convincente, porque Cora sorri.

— Bom, mal posso esperar para ver no que dá. A inscrição é ali — diz, apontando para uma mesa de armar no meio da grama.

— Obrigada — dizemos eu e Alex ao mesmo tempo, passando por ela.

No segundo em que deixamos Cora para trás, me solto do braço de Alex e dou uma cotovelada forte nas costelas.

— Ai.

Ela ri, abraçando a barriga para esfregar o machucado.

— Guarda essa para o campo, Parker — diz.

— Vou te *matar* — digo, e me aproximo dela, abaixando a voz. — Eu nem sei como rúgbi funciona.

— Para de drama — responde ela, pegando a caneta da mesa e assinando nossos dois nomes na ficha presa na prancheta.

— Alex, acho que você não entendeu.

Acompanho ela até uma árvore próxima, onde ela larga o celular e a carteira no chão. Enuncio as minhas próximas palavras com clareza, o pânico me subindo pelas costas:

— Eu. Não. Sei. Nada. De. Rúgbi. Tá? Não sou uma dessas lésbicas atletas de que falam por aí. Minha mira é *tão* ruim que eu literalmente não consigo acertar um alvo nem se ele dançasse na minha frente.

— Bom, por sorte, não te trouxe aqui para impressioná-la com suas habilidades olímpicas. É para pegar o número dela, já que você obviamente não consegue sozinha, e não pode mandar mensagem sem o número. Já faz dois dias que fomos ao Market, e você nem falou com ela.

Alex levanta o pé, alongando a coxa.

— Não é verdade. Acenei para ela ontem, do outro lado do pátio! — digo, irritada.

— Você *acenou* para ela!? Uau... espera aí, o que é isso? — diz ela, levando a mão em concha à orelha, como se estivesse mesmo tentando escutar alguma coisa. — Acho que ouvi... os sinos da igreja?

Me viro e saio andando. Ainda não é tarde demais para me salvar. Se preciso fazer isso só para completar a primeira etapa, não quero nem saber das outras *quatro*.

Estou prestes a pisar no concreto quando ouço Cora me chamar.

— Molly! Pega!

Quando me viro, a vejo dar impulso e, antes que eu possa pedir para parar, ela arremessa uma daquelas bolas esquisitas na minha direção.

Pega, Molly. Por favor, pelo amor de Deus, pega.

Dou um passo para a esquerda. Um para a direita. Um para trás, levanto as mãos, me preparo. Estou perfeitamente alinhada, a bola voando pelo ar, até que...

Bonk. Passa direto pelas minhas mãos e quica no meu peito.

Sinto com clareza o olhar delas enquanto saio correndo atrás da bola pela grama.

— Ela é melhor na defesa — diz Alex, e Cora faz uma careta.

— Está se resguardando para o teste, que eu sei — diz Cora, com um sorriso encorajador.

Ótimo.

Já que a opção de ir embora ficou para trás, me arrasto pelo começo do treino. Na verdade, não é tão ruim, mesmo que eu esteja usando a roupa mais ridícula entre todas. Passamos uns quinze minutos só jogando a bola em dupla, e finalmente pego o jeito. A bola começa a voar em espiral pelo ar em direção a Alex, mesmo que os passes dela para mim ainda estejam girando todo tortos até minhas mãos. Começo a acreditar que *talvez* consiga fingir dar conta disso.

Até que chegamos à segunda parte.

— Legal — diz uma garota entroncada que usa a faixa de capitã.

Todo mundo para de jogar e ela caminha pelo centro do grupo, descendo o braço bem no meio, separando cada dupla.

— Esse lado aqui, peguem coletes. Vamos fazer uns vinte minutos de amistoso.

Amistoso?

Legal, então vou ter que jogar, sendo que nem sei qual é o objetivo do jogo. É touchdown? Gol? Jogar a bola em argolas?

Olho feio para Alex, do outro lado do campo, mas rapidamente mudo a expressão para um sorriso leve de quem está se divertindo horrores, porque encontro o olhar de Cora. As duas pegam coletes de uma caixa de papelão surrada perto da mesa de armar, porque ficaram no mesmo time. Claro.

Em alguns minutos, a capitã posiciona todo mundo, e acabo ganhando o apelido de Short Jeans.

Show. Show. Show.

Parada, à espera, vejo Cora de novo, perto do gol adversário. Nossos olhares se encontram, e ela sorri e faz um sinal de joinha, o que basta para me impedir de sair correndo dali.

Até que, do nada, um apito soa e todo mundo sai correndo ao meu redor, como se soubessem exatamente o que fazer, provavelmente porque sabem mesmo. Até Alex deu um jeito de tranquilamente fingir que está no lugar certo.

Viro a cabeça abruptamente para o lado quando ouço um grito vindo da esquerda. Uma garota do meu time, com o cabelo ruivo em tranças embutidas, está com a bola, mas foi pega por trás, dois pares de braços a derrubando violentamente. Caindo no chão, ela olha em desespero ao redor e, no último segundo, encontra seu olhar e joga a bola para mim (*PARA MIM*).

Merda.

Não sei o que fazer, mas não importa. Antes que eu consiga segurar bem a bola, uma garota, uma montanha de músculo, se joga contra mim com toda a força de sua corrida de rolo compressor.

Nem tenho tempo de registrar que não estou mais em pé antes de sentir meu corpo despedaçado.

— Molly! Tá tudo bem? — pergunta uma voz por perto, enquanto estou de cara na lama.

Mal escuto em meio ao barulho que sai de mim, minha respiração violenta, alta, tensa e arrastada, porque me falta oxigênio.

— Inspira pelo nariz, expira pela boca.

Obedeço a voz e, aos poucos, retomo o fôlego o bastante para abrir os olhos. Vejo Cora, agachada bem pertinho, os olhos cor de mel cheios de preocupação por *mim*.

— Você acha que consegue andar? — pergunta.

Cacete, como ela tem olhos bonitos, e nariz e boca e...
— Molly? — insiste, e pisco até voltar à realidade.
— Foi mal, hm, é. Acho que...
Eu me viro de lado, já atenta à dor que se espalha pelas minhas costelas. Quando dou impulso para me levantar, Cora passa por baixo do meu braço direito e abraça minha cintura com a mão esquerda, bem onde minha blusa subiu um pouco. De repente, não sinto mais dor nenhuma, porque só dá para sentir a pele nua e quente sob os dedos dela. Meu peito bate em ritmo dobrado enquanto ela me ajuda a sair do campo, andando até um carvalho alto, cercado de mochilas.

— Foi uma pancada e *tanto* — diz ela, me abaixando com muito cuidado. — Nossa. Acha que está bem?

Ela me ajuda a me sentar encostada no tronco, levando a mão até minha nuca. Engulo em seco, tentando não encarar demais ela.

— Acho que sim — digo, esfregando a mão no lado do corpo.

— São as costelas? Posso ver? — pergunta ela, e assinto.

Ela levanta minha blusa um pouco, revelando uma marca vermelha do tamanho de uma calculadora científica, que *com certeza* vai virar um hematoma. Cora faz uma careta, como se fisicamente sentisse minha dor. Eu a vejo analisar o machucado, a língua dela saindo pelo canto da boca, toda bonitinha, enquanto cutuca minha pele com os dedos.

— Vou viver, doutora? — pergunto.

Puta que pariu, me dou parabéns em silêncio pela lábia. Consegui fazer piada na presença dela e, melhor ainda, ela ri ao soltar minha blusa.

— Provavelmente é melhor um pouco de... — começa, mas, antes que conclua, Alex aparece correndo, *completamente* sem fôlego.

Parece até que foi *ela* que levou uma porrada. Ela ainda não consegue falar, mas oferece um saco plástico branco cheio de gelo. Não faço ideia de onde ela arranjou gelo, mas deve ter sido bem longe, para estar ofegante assim.

Cora pega o gelo e o leva às minhas costelas, nossas mãos se tocando quando pego dela.

— Obrigada.

Sorrio para ela e Alex sai ofegando para pegar um Gatorade do cooler laranja na mesa.

— Olha, Molly, não ia dizer nada, mas, agora que estamos aqui... — diz Cora, analisando minha roupa de novo.

— Qual é a do seu, hm, look?

Obviamente não posso dar o motivo de *verdade*, então improviso uma mentira. O choque do tombo parece estar me impedindo de ficar noiada.

— Ah, eu esqueci uma caixa de coisas na casa dos meus pais — respondo. — Todas as minhas roupas de ginástica.

— Você devia ter me ligado — diz ela, franzindo as sobrancelhas. — Eu podia te emprestar uma roupa.

Eu devia ter ligado!? Tenho que enfiar as unhas na palma da mão para não soltar um suspiro audível. É literalmente a deixa perfeita.

— Sério? — pergunto, que nem uma boba, em vez de aproveitar a oportunidade.

— Claro. Sempre que precisar — diz, dando de ombros, e olhando para o jogo que continua atrás dela. — Você acha que está bem? Quer tentar voltar ao campo?

Voltar ao campo?

— Aaah — solto, levando a mão ao machucado e fazendo uma careta. — Não, eu acho que não dá.

De jeito nenhum vou pisar naquele campo de novo.

— Mas você devia ir — digo. — Seria uma pena a futura estrela do time não passar no teste porque estava de médica.

Rio, com uma careta para a dor aguda que atinge minhas costelas.

— Bom, se precisar de outro conselho médico, é só me ligar — responde, com um sorriso.

O universo me deu outra chance. Olho bem nos olhos cor de mel dela. *É agora.*

— Pode me dar seu número? — pergunto, meu coração martelando, como se ainda estivesse correndo pelo campo.

— Para te ligar? Ou mandar mensagem?

Claro que é para ligar e mandar mensagem, Molly. Para que servem números de celular?

Espero a resposta pelo que parece uma vida.

— Posso, claro — responde ela, finalmente, e sorri, enquanto tento me manter acordada.

Deixei meu celular com o da Alex do outro lado do campo, mas, felizmente, Cora pega uma caneta do bolso externo de uma das mochilas ao nosso redor e estica a mão. Procuro um caderno, um papel, um post-it, mas não posso só remexer nas mochilas alheias. Volto a olhar ao redor, pensando em talvez pegar uma folha. Não acredito que ela ia me dar o número, mas não vai conseguir porque não tenho onde anotar.

Ela solta uma gargalhada baixa e, gentilmente, pega minha mão, esticando meu braço entre nós. Prendo a respiração quando ela arrasta a caneta na minha pele e escreve o número como se estivéssemos em um filme adolescente, sei lá. Essas coisas não acontecem de verdade.

Não na minha vida.

— É melhor eu voltar — diz, devolvendo a caneta à mochila e se levantando. — Que pena que o treino não deu certo — acrescenta, com uma careta.

— Acho que vou ser melhor na arquibancada mesmo — rio.

— Espero que sim — diz ela, antes de ir embora.

Ela espera que sim. Ela quer me ver na arquibancada.

Encontro o olhar de Alex por cima do copo de papel do qual ela está bebendo água, e estou tão feliz que esqueço a raiva. Faço um minúsculo aceno com a cabeça, mas abro um sorriso enorme. O queixo dela cai, e ela vem até mim dançando.

— Cara! Tá falando *sério*? — pergunta Alex.

Levanto a mão que não dói, e ela me puxa para ajudar a levantar.

— Não sei o que aconteceu. Eu fui tão... tão *de boa*! Foi aquilo que você falou no café, de eu precisar sair um pouco da neura. Acho que a porrada ajudou, parece que a ansiedade foi arrancada da minha cabeça à força! — digo, enquanto ela vira meu braço para olharmos o número de Cora, escrito claramente.

— Molly! Primeira etapa completa!

Ela me abraça, batendo com tudo nas minhas costelas, o que me faz soltar um grunhido.

— Ai! Merda. Foi mal — diz, mas me dá um empurrão no ombro de brincadeira logo depois. — Cara! Isso é incrível. A gente *precisa* comemorar.

Ela faz sinal para eu segui-la pelo gramado.

— Elas vão saber por que fui embora, mas não é melhor você falar com a capitã, sei lá, antes de irmos? — pergunto.

— *Psh.* Estou cagando para o que essa gente pensa.

Ela ri e eu aperto o passo para alcançá-la, fazendo uma careta para a dor que irradia das minhas costelas.

— Como você sabia o que ia acontecer? O tombo. A ajuda de Cora. Foi estranhamente perfeito — digo.
— Eu paguei a jogadora para te derrubar — admite ela, e fico boquiaberta.
— Ah, não, fala sério! — grito, incrédula, e Alex cai na gargalhada, sacudindo a cabeça.
Eu a empurro como posso com o lado machucado.
— Só achei que você estaria tão concentrada em tentar não passar vergonha no jogo que, quando acabasse, não estaria tão preocupada com a Cora — responde ela. — Senti que ela ia querer cuidar de você, mas acho que demos um pouco de sorte, também.
— Sorte!? — pergunto com um calafrio, revivendo a experiência fatal.
— Bom, *funcionou*. Né? — pergunta.
Ela *está* certa. Acho que talvez eu deva uma para ela por isso.
— Vem. Vamos tomar um *frozen yogurt*. Eu convido — digo.
Parece o mínimo que eu posso fazer, e a culpa de antes me volta com tudo.
— E, hm... — continuo. — Desculpa mesmo pelo que rolou antes, pelo que eu falei. Não queria...
— Relaxa — responde ela, tranquila, mas vejo, por sua expressão, que ela está agradecida pelas desculpas.
Me apoio no ombro ossudo dela e a conduzo até o Tutti Fresh Yogurt, do outro lado do campus.
Desde a festa naquela primeira noite até essa bagunça de rúgbi que de alguma forma acabou com Cora me dando o número de telefone, as coisas não têm sido bem como eu planejava, mas também me sinto melhor do que há muito tempo,

talvez o melhor que já me senti. Acho que Alex teve um impacto grande nisso, na verdade, o que eu não imaginaria.

O semestre finalmente está começando a se mostrar a experiência universitária pela qual eu esperava.

17.
Alex

Tutti Fresh Yogurt é o paraíso na terra. Fascinada, admiro o bufê gigantesco de opções. Há frutas frescas, massa de biscoito, Oreos, granulados de todas as cores imagináveis. Meu pote de papel de tamanho único já está cheio até a borda de iogurte, sabor biscoito com creme, e vai acabar transbordando.

Quando chego ao fim, meu braço já está quase doendo de tanto me servir, mas vejo que Molly só acrescentou uma colherinha de *flocos de arroz* no iogurte de morango dela, como uma psicopata.

— De tudo aqui, foi *isso* que você escolheu? — pergunto, sacudindo a cabeça. — Não é de admirar que não tenha namorada.

Ela revira os olhos e me dá uma cotovelada, me olhando com aquela cara de "Sério, Alex?" com a qual já me acostumei ao longo das últimas duas semanas.

Só que, agora, tem um leve sorriso no fundo.

Vamos até o caixa e pesamos os potes na balança, o meu iogurte provavelmente cinco vezes mais caro que o dela. Pego uma pilha de notas que ganhei das gorjetas do fim de semana, mas Molly levanta uma das mãos para me interromper.

— Eu pago, já falei — diz, passando o cartão antes que eu possa impedi-la.

Sinto um pouco de culpa, considerando que meu copo é dezoito vezes maior que o dela, então deixo algumas notas de um dólar no pote de gorjetas para o adolescente desinteressado trabalhando no balcão. Ele grunhe um agradecimento, os olhos concentrados em um vídeo no YouTube a que assiste no celular.

— Não imaginei que você fosse stripper — diz Molly, quando pegamos as colheres rosa-fluorescente e encontramos lugares perto da vitrine com vista espetacular para uma farmácia, um *fast food* e uma lixeira cheia.

Rio.

— Você me pegou. Estava pensando em montar uma coreografia para o projeto final de biologia — digo, apontando para ela com a colher. — Se quiser, pode trabalhar nas luzes. Fim do semestre? Segunda-feira de madrugada, cedinho? Está disponível?

— Vou ver se encaixo na agenda — diz Molly, enquanto pego uma colherada da camada de chantilly com granulado colorido, e desenterro o mar de massa de biscoito e pedacinhos de cheesecake.

Cutuco um dos pedaços de biscoito.

— Na verdade, é gorjeta do...

— Ah, espera aí, do *food truck*! Você conseguiu o emprego?

Os olhos castanhos dela se iluminam, e a empolgação dela, assim como o fato de ter lembrado, me aquece por dentro. Não comentei do assunto com ninguém, porque Natalie passou a semana chateada comigo e minha mãe é... minha mãe. É bom ouvir alguém com interesse sincero.

Além disso, mesmo se eu pudesse contar para Natalie, ela provavelmente acharia besteira. Ela sempre falava assim do meu trabalho no Tilted Rabbit, dizia que queria que eu não trabalhasse atrás do balcão, e sim no palco, em vez de ficar só na plateia. Às vezes, eu me perguntava se ela sentia vergonha por eu lavar copos e servir bebida em vez de mandar um solo irado no baixo, mas deixo para lá, como sempre fiz.

Ela disse que me ama.

— Isso! Meu chefe, Jim, é... um pouco desajeitado — digo, imaginando ele costurando com o *food truck* por três vias de avenida, o dedo do meio esticado pela janela, enquanto quico no assento dobrado, como acontece quase toda noite. — Mas acho que vai ser bom. Paga em espécie. E trabalho principalmente à noite e no fim de semana, então não fode o horário da faculdade. Além do *mais*, ainda ganho um sanduíche de bife ou um hambúrguer no fim do turno.

— A comida é boa? — pergunta ela, mastigando os flocos de arroz.

— É! Os sanduíches de bife com queijo são dignos da Filadélfia, o que não é pouca coisa.

— A batata frita é cortada à mão? — pergunta ela, o que já aprendi ser uma prioridade maior em Pittsburgh do que na Filadélfia.

Faço que sim com a cabeça.

— Como deve ser — digo, citando o que Jim sempre diz.

— Ótimo — diz ela, com um gesto satisfeito, mas logo franze as sobrancelhas escuras, apontando para meu iogurte.

— O que é isso aí?

Olho para baixo e vejo que uma bolinha de pobá de morango apareceu em meio ao mar de granulados.
— Isso? — pergunto, pegando com a colher. — É pobá.
— Não sei o que é.
— Que usam no *bubble tea*? — rio. — Eu quase engasgo quando tomo, para ser bem sincera.
Ela me encara, sem sinal algum de reconhecimento nos olhos.
Jesus amado.
— *Você nunca tomou bubble tea?*
— O que eu estou perdendo, se você quase *engasga* tomando? — retruca ela, corando de vergonha.
— É parte da *experiência*, Molly!
Uso minha colher de plástico para jogar o pobá de morango nela, que o rebate como se fosse Serena Williams, fazendo a bolinha cor-de-rosa voar pelos ares até cair bem no calcanhar do sapato de alguém, que nem repara. Caímos na gargalhada, e praticamente engasgo, apesar de não estar com a boca cheia de pobá.
Tento recuperar o fôlego quando meu celular se ilumina na mesa, com... caralho.
Uma *mensagem* da Natalie.
Largo a colher e pego o celular:

me liga amanhã ♥ saudades

— Porra! Finalmente acabou o gelo!
É isso que chamo de *progresso*.
— O gelo? — pergunta Molly.
— É, é só... a Natalie — digo, digitando **saudades tbm** em resposta. — Minha namorada — acrescento, porque é o que ela *será* no fim disso tudo. — Ela estava chateada porque não respondi a um Snapchat umas noites atrás.

— Por que não respondeu?

Raspo o fundo do pote de iogurte.

— Foi sem querer. Peguei no sono antes de enviar. O primeiro turno no *food truck* me deixou exausta.

Molly para de comer, levantando o rosto para me olhar.

— Não consigo nem imaginar ficar chateada com alguém porque a pessoa dormiu.

Né? Até que é bom ter alguém que não me ache a vilã. Por outro lado, se Molly soubesse a história toda, provavelmente não diria isso. Não dei muitos motivos para Natalie confiar em mim.

Minha última noite na Filadélfia foi só a gota d'água de *meses* em que fui uma namorada bem horrível. Natalie estava certa. Ela sabia a verdade sobre a minha mãe e me apoiou, sendo que ninguém mais faria o mesmo, e minha retribuição foi ser difícil.

— Bom, a gente não deixou as coisas nos melhores termos. E ela anda muito ocupada — digo, apontando para minha camiseta da Cereal Killers. — Ela é dessa banda aqui. Está fazendo turnê agora. Vão fazer um show aqui em Pittsburgh no fim do mês.

Desvio o olhar ao mencionar o prazo, porque não quero que ela surte. Porque, mesmo que obviamente ainda queira mostrar para Natalie que mudei, *isso* está começando a parecer outra coisa. Acho que estou fazendo isso tudo por Molly, mesmo, e não só por mim.

Acho que ela está até começando a confiar em mim. Apesar de ter levado uma porrada no processo.

— No fim *deste* mês? — pergunta Molly, e estreita os olhos para mim, desconfiada. — Tem alguma coisa que você não me contou.

Abro um sorriso tímido.

— Assim, não cairia mal se você estivesse meio *com* a Cora até lá. Sabe, para mostrar que te ajudei mesmo.

Ela arregala os olhos.

— Alex. É daqui a, tipo, *cinco segundos*.

Espero ela começar a entrar em uma espiral de ansiedade, mas me surpreendo ao vê-la franzir a testa de novo, com uma expressão determinada.

— Bom, já peguei o número dela, né? — diz. — É o que você falou no café. Se eu estudar e fizer os trabalhos, vou chegar lá.

Faço que sim com a cabeça, em aprovação.

— Quem é você, e o que fez com Molly Parker?

Ela ri.

— Talvez você não seja a única que é subestimada.

É um bom argumento.

— Você usou as etapas para ficar com a Natalie? As que estou usando com a Cora?

Eu me recosto na cadeira, pensando.

— É, com certeza usei uma versão disso — digo, e curvo o canto da boca em um sorriso. — Mas eu peguei o número dela no primeiro dia.

Molly me olha com irritação.

Eu me inclino para a frente, apoiada nos cotovelos.

— Mas foi bem incrível, né? A sensação de pegar o número de telefone da Cora Myers?

O rosto dela se abre em um sorriso enorme, ainda suja de lama na cara, a blusa manchada de grama.

— Eu seria derrubada um milhão de vezes por aquela garota se, no final, conseguisse o número da Cora.

Não consigo conter um sorriso.

— Você é firmeza, Parker. Assim, foi esmagada que nem uma panqueca lá no campo, mas se fez de fortona. Como seria possível a Cora *não* se apaixonar por você?

— Vamos torcer. Por nós duas — ri Molly, fazendo uma careta e segurando as costelas machucadas. — Vou passar a semana toda sentindo isso.

Aponto para a porta enquanto um grupo barulhento de gente entra.

— Quer que eu te acompanhe até em casa? — ofereço.

— Preciso garantir que seu corpinho frágil não vai virar pó.

Ela ri e aceita.

Empurramos as cadeiras e saímos do Tutti Fresh Yogurt, jogando os potes vazios no lixo. Lá fora, o céu escurece devagar, e os postes se acendem.

— E aí, vai me contar qual é a próxima etapa? — pergunta Molly, enquanto andamos lado a lado.

Olho para ela, vendo os shorts jeans e a camiseta manchada, que é o que eu a vi vestir, tipo, cinco vezes nas últimas duas semanas.

Por isso decidi que a segunda etapa é "arrasar no look". Acho que, encontrando roupas que a deixem mais confiante, Molly não só vai atrair o olhar de Cora, mas sentir a coragem de *fazer alguma coisa* quando isso acontecer.

— Antes, a gente precisa fazer uma coisa — digo.

Não há motivo para esconder nada dela, mas gosto de vê-la nervosa. Ela está tão acostumada com tudo estar planejado, com saber de tudo. Sinto que surpreendê-la é *bom*.

Foi por isso que planejei o que fizemos hoje. Ela não teve tempo para pensar demais. Não teve tempo de ficar ansiosa. Ela só... agiu.

Cutuco o braço dela, onde está o número da Cora.

— Você precisa mandar uma mensagem para ela.

Molly arregala os olhos, encarando o número, horrorizada.

— Mas mais tarde. Agora ainda é muito cedo. Você não quer parecer tão desesperada.

Descemos a Forbes, desacelerando perto do sinal, mas Molly ainda está mordendo o lábio de preocupação.

— E aí, preferiria ser derrubada cinco vezes ou reprovar em biologia? — pergunto, completamente do nada, tentando distraí-la.

Ela me olha, confusa, mas funciona.

— Ser derrubada — diz Molly, sem hesitar *nada*. — Se eu tiver que repetir biologia, meu plano de me formar em quatro anos vai ser *completamente* arruinado.

Claro. Ela provavelmente já planejou os oito semestres de aula e anotou tudo na agenda.

— Preferiria só comer no Market pelo resto da vida, ou só comer no *food truck* no qual você trabalha? — pergunta ela.

— Market, sem dúvida. A variedade é imbatível — digo, e olho para os dois lados. — Mas não conta para o meu chefe.

O sinal abre, e atravessamos a rua.

— Qual é sua música preferida? — pergunto.

Seguimos o jogo de perguntas no caminho todo até o alojamento.

Aprendo que o filme preferido dela é *Orgulho e preconceito* (a versão de 2005, uma escolha da qual eu discordo *profundamente*). A comida preferida é o macarrão à bolonhesa da mãe. E... que ela preferiria virar jantar de tubarão a cagar nas calças na frente da Cora.

— Quer dizer que você preferiria cagar nas calças na frente da Natalie?

— Claro! — digo, girando o chaveiro no dedo. — Não quero *morrer*.

— Acho que eu morreria nas duas opções. Seja pelo tubarão, ou de pura vergonha — diz ela, arregalando os olhos, as imagens passando em sua mente. — Por outro lado, praticamente morro de pura vergonha quase todo dia.

Acabamos dando a volta na praça algumas vezes quando fica claro que nenhuma de nós quer largar a emoção da vitória de hoje. Além do mais, é meio divertido. Ver o que temos em comum depois de duas semanas discutindo. Ver o que provavelmente sempre vai ser motivo para discutir.

— Três celebridades mais gatas. Vai.

— Fácil. Keira Knightley.

Ótima escolha.

— Cara Delevingne...

— Sabe, já disseram que *eu* pareço a Cara Delevingne — digo, interrompendo.

Molly solta uma gargalhada alta e me olha de cima a baixo.

— Bom, estavam mentindo.

Ela levanta um terceiro e último dedo, com uma expressão sonhadora enquanto eu finjo estar ofendida.

— Ah, e Dominique Provost-Chalkley. A Dom provavelmente está no meu primeiro lugar.

— Quem é essa?

— De *Wynonna Earp*? Sabe, aquela série da Syfy que fez sucesso uns anos atrás. Matam demônios com uma arma mágica. A bartender baixinha se apaixona pela policial ruiva gata?

Sacudo a cabeça, porque aquilo não me lembra nada.

Molly para de repente e me olha, completamente horrorizada.

— Você *nunca* ouviu falar de *Wynonna Earp*? E é... lésbica?

Dou de ombros.

— Prefiro, tipo... *Killing Eve*, sei lá.

Molly revira os olhos.

— Claro que você gosta da série da assassina psicopata gata.

— Você fala como se fosse uma ofensa — digo, quando chegamos ao alojamento dela pela terceira vez, as gargalhadas dando lugar ao silêncio. — Eu veria um episódio — continuo, dando de ombros. — Se quiser ficar mais um tempo papeando.

Hesito depois de falar.

É tranquilo, né? Assim, a Natalie não pode ficar chateada com isso. Não estou fazendo nada de errado. Somos amigas. É o que ela queria.

As palavras que Molly disse mais cedo voltam a mim, me impulsionando. *Não consigo nem imaginar ficar chateada com alguém porque a pessoa dormiu.*

Molly franze as sobrancelhas.

— Agora? — pergunta, olhando o horário no celular: 21h42. — Não precisa.

Não precisa? Ela acha que só ofereci por educação?

— Já passou da sua hora de dormir? — pergunto, com um sorrisinho.

— Não — ri. — Não, é que... sei lá.

Ela hesita, mas não desvia o olhar.

— Faz um tempo que não tenho alguém com quem passar tempo... — diz, apontando entre nós. — Bom, assim.

Isso me deixa um pouco triste, mas entendo.

Faz um tempo que não passo tempo com alguém assim. Alguém que eu não estivesse tentando conquistar, ou paquerar, ou manter a uma distância confortável. Alguém que só quisesse passar tempo *comigo*.

— É. Eu também — digo.

Acho que somos mais parecidas do que imaginei. Eu me pergunto como Molly veio parar aqui. Duas estradas diferentes, mas, de algum jeito, o destino foi o mesmo.

Ela dá de ombros e sorri para mim, irradiando tanto calor que sorrio de volta.

— Legal, vamos nessa.

18.
Molly

Noite passada, eu e Alex ficamos tão distraídas com o piloto de *Wynonna Earp* (que ela amou) que só quando a acompanhei até a rua reparei que tínhamos nos esquecido de mandar uma mensagem para Cora. Como já tinha passado de meia-noite, Alex decidiu que seria melhor deixar para outro dia.

De manhã, subo no balcão da cozinha de Noah e o vejo preparar os ingredientes para palachinkas. Estou com água na boca, imaginando a pilha de panquecas croatas fininhas que nossa avó fazia todo domingo.

— E aí, o que te fez querer fazer isso hoje? — pergunto.

Ele para o preparo e solta um suspiro profundo.

— A mamãe pediu para eu ver como você estava.

— Claro que pediu.

Bufo em resposta. Por um lado, eu entendo, dado meu histórico, mas, por outro, parece que ela não tem fé nenhuma em mim. Falei que estava ocupada ontem à noite quando ela me mandou mensagem! Não preciso de convites por dó. Não mais, pelo menos.

— Mas eu queria te ver de qualquer jeito — diz ele, dando de ombros e voltando à tarefa.

Por vontade própria ou não, quando ele me mandou mensagem hoje de manhã, me convidando para vir, foi *impossível* recusar. Eu e Alex já marcamos de trabalhar no que ela chama de etapa 1B, o que, para ser sincera, me parece enrolação, mas mandei o endereço de Noah e disse para ela me encontrar aqui, em vez do alojamento. Ela me mandou cinco mensagens perguntando aonde exatamente eu a tinha mandado ir, mas não respondi. Foi até bom ver *ela* ficar perdida, uma vez na vida.

No início, eu não estava nada preocupada, mas, quanto mais tempo passo aqui sentada pensando, mais entro em pânico. Nunca cheguei a apresentar amigos para o meu irmão. Espero que eles se deem bem.

— Impressionante — digo, me obrigando a me distrair, quando vejo Noah quebrar um ovo com uma só mão e despejá-lo na tigela grande de metal ao meu lado.

— As mulheres adoram — diz ele, quebrando mais dois ovos simultaneamente, sem desviar o olhar do meu.

Eu rio e reviro os olhos enquanto ele começa a misturar a massa com um garfo. Talvez eu devesse ter trazido o batedor de ovos da mamãe.

— Quem é essa garota que você convidou? — pergunta ele.

— Uma amiga que conheci naquela festa — respondo.

— Viu? O que eu falei? Festas são úteis.

Na mesma hora, um barulho lá fora chama nossa atenção para a janela.

Pulo do balcão e acompanho Noah pela casa pequena. Ele abre a porta e encontra Alex tentando subir até o alpendre com uma bicicleta laranja-fluorescente, fazendo muito barulho e obviamente frustrada. Antes que eu possa dizer qualquer coisa, Noah pula os degraus e pega a bicicleta dela.

— Valeu — diz ela, olhando para ele. — Ah, cara, você foi ao Pitchfork esse ano? — pergunta, apontando para a camiseta bege de Noah.

— É, eu vou todo ano com meus amigos da escola — diz, subindo facilmente com a bicicleta no alpendre e a encostando na grade de metal. — E você?

— Foi meu primeiro festival de música. Eu amei! Sábado foi inacreditável. Assim...

— Bed Revival!? — pergunta Noah, animado.

— Isso! Caralho. Eles arrasaram.

Meus ombros relaxam um pouco quando noto que eles estão se dando bem.

— Oi — digo, indicando minha presença e saindo para o alpendre. — Bicicleta nova?

— Comprei pela internet — diz Alex, dando de ombros, olhando de mim para a bicicleta. — É melhor que o ônibus.

— Até descer as ruas rolando seria melhor que os ônibus da Port Authority — digo, e ela ri, concordando. — Alex, esse é meu irmão, Noah — apresento, apontando. — Noah, Alex.

Eles se cumprimentam com um aperto de mãos e Noah pede licença para acabar de preparar o café na cozinha.

— Por que você não me respondeu? — grita ela, do primeiro degrau. — A gente tem que fazer a etapa 1B hoje. Você está tentando escapar?

— Não, mas não é uma atividade que muda com o local. A gente pode fazer daqui, porque agora vamos fazer palachinkas.

— Pala-quê? — pergunta, me olhando com uma expressão confusa.

— Palachinkas — rio. — São tipo crepes, mas melhor. Avanço na direção da porta, mas ela não se mexe.

— Tenho que estar na Hitchhiker Brewing ao meio-dia para trabalhar — diz.

— Até lá, vamos ter acabado. Prometo.

— Mas...

— Alex — interrompo, para não passarmos o dia discutindo. — Palachinkas exigem que você deixe a vida te levar, então vamos nessa.

— *Molly Parker* está *me* dizendo para deixar a vida me levar? — pergunta, abrindo um sorriso devagar enquanto sobe mais dois degraus, até estarmos na mesma altura. — Essas palachinkas devem ser especiais *mesmo*.

— São, sim. Além do mais, junta duas das suas coisas preferidas.

Dou um passo para trás, me aproximando da porta, e ela para, me olhando em confusão.

— Encher a cara de comida e passar tempo comigo — digo.

Alex revira os olhos, mas mesmo assim entra atrás de mim.

— E aí, pensou em uma mensagem para mandar? — pergunta, quando chegamos à cozinha.

— *Oooooh*. Mensagem para quem? — pergunta Noah, se virando para nos olhar, abraçado à tigela.

— Valeu, Alex — digo, olhando feio para ela, que só dá de ombros, inocente. — Cora — respondo, e Noah levanta as sobrancelhas de susto. — E pensei, sim. Ia dizer só "Oi, é a Molly!".

— Molly! — exclama Alex, horrorizada comigo. — Me dá seu celular.

Ela estica a mão.

— O que você vai dizer? — pergunto, cética.

— Ah, dá o celular para ela, Molly — diz Noah, ainda mexendo a massa.

— Você ainda não confia em mim? — pergunta Alex, balançando os dedos da mão esticada.

É óbvio o motivo da minha apreensão em apenas *entregar* meu celular. Ela teria poder total no que dizer para Cora. E já ouvi o tipo de coisa que Alex diz.

Mas... a gente já se conhece melhor, e ela não é a pessoa que aparentou ser durante aquele jogo de Eu Nunca. Mesmo dizendo que é só um esquema para se provar digna da Natalie, acho que ela se importa mesmo com o que pode rolar comigo e com a Cora. Ela entende a importância disso para mim, e tenho bastante certeza de que não me sabotaria.

Tiro o celular do bolso de trás e deixo na mão dela. Imediatamente, ela começa a digitar voando, me deixando ainda mais nervosa. Para piorar, *Noah* atravessa a cozinha para olhar por trás dela.

— O que isso significa? — pergunta, lendo a mensagem por cima do ombro de Alex.

— Piada interna — responde ela.

— Molly, vocês já têm piadas internas? — pergunta ele.

— Hm, não? — respondo, tentando olhar para a tela, mas Alex se vira, para me impedir de ver.

Que porcaria ela está digitando?

— Não, não — diz Noah, largando o garfo para apontar para o celular. — Usa aquele ali.

— *Deixa eu ver* — imploro, vendo os dois brincarem com minha vida amorosa.

— Eeeee... foi. Viu? — diz Alex, virando a tela para mim.

Bom, eu sobrevivi à noite, doutora 😉

— Alex! Emoji piscando? — pergunto, pegando o celular de volta.

Sinto o pânico de sempre voltar. Claro que ela não me mostraria *antes* de enviar.

— É dar mole *demais*! — digo.

— Nem olha para mim. Foi ideia do seu irmão — responde Alex.

Talvez ainda dê tempo de dizer que não fui eu que mandei a mensagem. Analiso o que foi dito.

— Espera. Como você sabe a piada da "doutora"?

— Eu estava a tipo, cinco metros de vocês. Deu para ouvir toda a conversa — responde, se largando em uma das cadeiras. — Relaxa. É uma boa mensagem.

Relaxa? Sou a Molly. Eu não *relaxo*. Não mando emojis piscando. Eu me sento na cadeira em frente à dela, encarando o celular à espera da resposta. Talvez eu devesse ter mandado "oi" para a Cora, como planejava antes de Alex chegar. Por que não consegui fazer nem isso sozinha?

— Ei — diz Noah, e levanto o rosto, vendo que ele está mexendo no celular. — Tenho que resolver uma parada de trabalho rapidinho. A massa está pronta. Podem ir começando.

Ele larga a tigela na bancada e sobe para o escritório que montou no segundo quarto.

— O que a gente faz? — pergunta Alex, mas já voltei a encarar o celular e a mensagem, que ainda não foi lida. — Molly, para de ficar obcecada com isso. Não precisa se estressar tanto com o que você mandou, como escreveu e o que ela vai responder. É que nem conversar pessoalmente. Dá uma de... pinkachala, *deixa a vida te levar* — diz, repetindo o que eu falei. — Vamos lá. Larga o celular. Você me arrastou para cá por isso, então...

Quando levanto o rosto, vejo que ela está olhando para a massa.

— Verdade. Desculpa.

Solto um suspiro profundo, deixo o celular de lado e me levanto para acender o fogão e encontrar uma espátula.

Mostro a ela como se faz, jogando um pouco de massa na frigideira quente e espalhando em uma camada homogênea. Olho para Alex, que está parada bem perto de mim, atenta. Uso a espátula para virar a panqueca com cuidado e deixo fritar mais dois segundos antes de botá-la no prato.

— Legal — diz ela, inspecionando.

No começo, só consigo pensar na mensagem. Mas, a cada palachinka, me vejo olhando menos para o celular.

— Opa! — grito quando acabo outra.

Dou um tapa na mão de Alex com a espátula, porque ela está tentando roubar *mais uma* palachinka do prato.

— *Espera* — digo. — Você precisa da experiência completa.

Ela solta um suspiro dramático, circulando pela cozinha.

— Vem cá — digo, deixando a espátula na bancada e dando um passo para trás. — Faz algumas.

Ela vem tomar o meu lugar com tanta animação que praticamente me joga contra a parede. Claramente estava só esperando que eu oferecesse. Eu a vejo despejar uma concha de massa e tentar acrescentar outra.

— É massa demais — digo, segurando o braço dela.

— Quero fazer uma *grandona* — diz.

Ela está tão animada que deixo para lá. Com os olhos arregalados, do tamanho de um pires, ela olha para a obra-prima. Nem precisa mexer a frigideira para espalhar a massa.

— Você devia ver minha avó fazendo isso — digo, me apoiando na bancada enquanto ela pega a espátula. — Ela fazia todo domingo, na casa dela. A receita rendia uma quantidade enorme, sempre achei o máximo. O bairro todo podia aparecer, e todo mundo saía de barriga cheia. Ela nem precisa da espátula. Consegue virar com a frigideira, que nem uma profissional.

— Assim? — pergunta Alex, pegando a panela e andando para trás até o meio da cozinha.

— *Nãaaao!*

Tento impedi-la, mas já é tarde. Horrorizada, vejo ela sacudir a frigideira, mandando a palachinka gigantesca aos ares entre nós.

— Pega! — grito, mas, pela gargalhada que sai de Alex, sei que ela não vai pegar de jeito nenhum.

Splat.

A palachinka cai no chão, espalhando massa crua pelos azulejos.

Olho feio para ela de onde estou ajoelhada, que fiz para tentar... nem sei o quê. Ela abre um sorriso culpado, a frigideira ainda parada no...

Ding-ding.

Esqueço tudo imediatamente e pulo para pegar o celular na mesa.

Por favor, que não seja minha mãe. Por favor, que não seja minha mãe.

— Ela respondeu! — anuncio, e me sento recostada na geladeira, respirando fundo antes de abrir a mensagem de Cora.

Bom sinal. Nada de hemorragia interna. O tratamento receitado é bastante sorvete e filmes.

Prendo a respiração, tentando processar. Ela está dando corda para a brincadeira. Está sendo engraçada, e *fofa!* Meus pulmões são só gritos, então me forço a respirar devagar.

— Ai, meu Deus, o que eu digo? — pergunto, mostrando meu celular para Alex, que dá a volta na bagunça e aproveita para desligar o fogão.

— Responde "Combinado. O que você recomenda?" — diz ela, se abaixando ao meu lado, contra a geladeira.

Mando a mensagem, e Cora responde imediatamente.

Quem sabe uma maratona na Netflix. Tudo combina com chocomenta 😊

— Um emoji piscando! Ela me mandou um emoji piscando! — grito, mesmo que Alex esteja lendo a mensagem por cima do meu ombro.

— Só curte — responde Alex.

— *Como assim?* — pergunto, olhando para ela, confusa.

— Tudo isso e não vou nem responder? A Cora vai achar que odeio ela!

— Confia em mim, Molly. Você precisa deixar ela com gostinho de quero mais. As garotas gostam do desafio — diz, mas não acho que é sempre verdade, porque *eu* certamente não gosto. — Dá um espaço. Enquanto isso, precisamos passar para...

— O *que* vocês fizeram? — pergunta Noah, parado à porta da cozinha, olhando da gente para a palachinka gigante espalhada no chão.

— A Molly tentou se exibir — diz Alex, e sacudo a cabeça para Noah.

Ele anda com cuidado até o prato de palachinkas e se serve de algumas.

— Bom, eu vou começar a comer enquanto as exibidas limpam essa bagunça.

Nós o vemos espalhar uma camada fina de geleia de morango em cada palachinka, antes de fazer rolinhos apertados.

— É por isso que elas são finas, sua esperta — cochicho, e nós duas nos levantamos do chão para limpar a bagunça *dela*.

Olho para o celular, aperto a mensagem de Cora e deslizo o dedo até o coração de curtir. Mas não parece certo. Não é minha cara. Solto a tela enquanto Alex limpa um pouco da massa do chão e joga o papel toalha no lixo.

Filmes, sorvete, quer dizer, é basicamente como sobrevivi à escola. Um ponto em comum. Depois de alguns segundos, digito uma mensagem com a qual fico satisfeita. Leio umas sete ou oito vezes, só para garantir, mas é muito mais fácil do que eu imaginava. Não há pausa ou prazo. Posso só pensar e agir sinceramente, como sempre me dizem para fazer.

Pode ser. Parece um sábado ideal.

Enviar.

19.
Alex

Ziguezagueio pelas colinas sinuosas de Lawrenceville e voo pela rua Butler, antes de cruzar a ponte até Sharpsburg, enquanto o celular no meu bolso vai me explicando o trajeto até a Hitchhiker Brewing.
Estou *cheia*.
Comi *muitas* palachinkas. Molly estava certa. Depois de cobri-las com a geleia caseira de morango da mãe dela, já era. Açucaradas e deliciosas, a massa fina e quente quase doce. Que nem crepes, mas... melhor.
Reconheço a chaminé alta da Hitchhiker Brewing das imagens que encontrei no Google, um resquício da época em que era uma fábrica. Faço uma curva para a esquerda e paro bem na frente antes de sair da bicicleta, o GPS do celular exclamando "Você chegou ao seu destino!".
Jim ainda não chegou. Faz sentido. Molly praticamente me empurrou porta afora para eu não me atrasar, e desci as

colinas de Lawrenceville bem rápido, pensando em ligar para a Natalie pelo caminho todo. Meus olhos ainda estão ardendo do vento.

Eu me sento no meio-fio e, tendo um pouco de tempo livre, aperto o botão de ligar logo abaixo do nome dela. Como Nat dorme até tarde, eu não pude ligar de manhã, e vou ficar ocupada no trabalho até tarde, então agora é a hora *perfeita*.

Além do mais, as palachinkas me lembraram das panquecas que comíamos na lanchonete, e passei o trajeto de bicicleta ainda *mais* animada para ouvir a voz dela.

Prendo a respiração quando o telefone toca. Uma vez. Duas vezes.

— Alex? — diz, ao atender.

Fico de pé em um pulo ao ouvir a voz dela, mas não soa tão animada quanto eu esperava. Nervosa, caminho pela calçada esburacada que ladeia o estacionamento. Ouço vozes abafadas ao fundo, o som de um baixo tocando algumas notas.

— Oi, amor! Como vai?

— Por que você tá me ligando agora? — pergunta ela, e franzo a testa, confusa.

Afasto o celular do ouvido e olho para a tela por um segundo antes de voltar a falar.

— Você *pediu* para eu ligar.

Ontem? Quando eu estava tomando iogurte? Tinha até um coraçãozinho.

— É — diz. — Mas não *agora*. Tenho show hoje. Preciso me preparar.

E lá se foi a hora perfeita para telefonar.

— Eu sei. Em Kansas City — digo, fazendo um cálculo de cabeça. — Não começa só daqui a umas seis horas?

Não tem jeito nenhum de ela precisar "se preparar" por seis horas. Até porque eu sei que ela não ajuda a carregar nada do equipamento.

Natalie solta um suspiro demorado.

— As coisas são diferentes na estrada, Alex. Você não entenderia.

As vozes abafadas no fundo somem quando ela vai para um lugar mais silencioso.

— Mas acho que a gente pode conversar agora, se for bom para você — diz.

— Se você não puder, tudo...

— Não, não. Está tranquilo — diz. — Como você anda?

— Arranjei um trabalho em um *food truck*. Tem sido legal. Boas gorjetas. Tudo em espécie. Estou esperando meu turno começar.

Chuto uma pedrinha no chão e a vejo quicar rua abaixo.

— Ah. Legal.

Ela não faz mais nenhuma pergunta, e o silêncio que se segue é ensurdecedor. Então eu decido perguntar:

— Como anda a turnê?

— Está sendo *muito* legal. As pessoas conhecem mesmo nossa música! Cantam junto e tudo. Tem sido uma loucura.

— Que *incrível*. Mal posso esperar para o show em Pittsburgh — digo, prendendo a respiração.

— É, nem eu — diz Natalie, e as palavras me fazem sorrir, especialmente depois de um começo tão precário.

— Só faltam vinte dias.

— Jura? Uau — diz, e hesita por um segundo. — E aí, já arranjou uma nova namorada, ou...?

Franzo as sobrancelhas e uma pontada de enjoo revira meu estômago, e não tem nada a ver com a montanha de palachinkas lá dentro.

Ainda não falei da Molly e do que andamos fazendo, e esse comentário me leva a crer que não é de jeito nenhum a hora ideal de falar, mesmo que seja minha primeira oportunidade de fato desde que fui embora da Filadélfia. Só não quero que ela entenda mal e fique irritada por nada.

Especialmente agora que ela parou de me dar um gelo.

— Ando muito ocupada pensando em você — digo, vendo um *food truck* preto virar a esquina voando, os pneus de trás batendo violentamente no meio-fio.

Pulo para longe antes que Jim possa me atropelar, e a van para cantando pneu na frente da cervejaria.

— Uhum — diz Natalie, nitidamente cética.

— Você vai ver quando chegar — digo, vendo Jim escancarar a porta.

Ele acende o cigarro que sempre fuma antes do turno, enquanto deixa a fritadeira esquentar.

— Espero que sim — diz ela, antes de afastar o celular da orelha para gritar *"Já vou!"* para alguém que a chamou. — Tenho que ir. Queremos ensaiar "Sleepy Girl" mais algumas vezes, já que anteontem o Ethan errou aquela melodia maneira do baixo na ponte.

— Adoro essa música.

— Claro que sim — diz, e ouço o sorriso na voz. — Quer dizer, escrevi *para* você.

Ouço o nome dela ser chamado, e ela solta um suspiro frustrado, a voz abafada ao gritar:

— Preciso de literalmente *dois segundos*, Paul!

— Bom show hoje! Merda! — digo, quando ela volta, e ela ri.

O clima de repente fica muito diferente das mensagens. Fica tão... *certo*.

Às vezes, parece que todo dia ela é uma Natalie diferente. Às vezes, queria que fosse só *essa* Natalie.

— Merda vai ser o baixo do Ethan se ele não se esforçar hoje.

Sorrio, finalmente sentindo voltar o ritmo conhecido, de antes da nossa briga de duas semanas atrás.

— Te ligo depois, tá? Quem sabe amanhã?

— Parece uma boa — digo, torcendo para que ela ligue.

A gente se despede e ando até Jim, que está recostado na van.

— Aquela bike é sua? — pergunta, apontando para a bicicleta laranja-fluorescente que comprei no Facebook, presa com cadeado na lateral do prédio.

Faço que sim e Jim ri com desdém, mesmo tendo sido ele quem sugeriu que eu comprasse uma bicicleta, depois que descobri que levaria uma hora e meia de ônibus para chegar ao lugar do almoço que vamos servir essa semana. De bicicleta, chego em quinze. Vai mudar mesmo minha vida.

— É feia para caralho — diz, apagando o cigarro antes de abrir a porta da van e entrar.

Reviro os olhos e o sigo para preparar tudo, um silêncio confortável caindo sobre nós quando começamos a rotina. Jim cuida do cooler enquanto eu exponho o cardápio, preparo a caixa e abro a vitrine na hora certa.

Quase imediatamente, os clientes aparecem lá de dentro, e o ritmo constante começa. Desligo a mente enquanto pego pedidos e entrego o produto final (com um só guardanapo!), de novo e de novo. É fácil sorrir o tempo todo depois da conversa com a Natalie, mesmo que o enjoo ainda me venha quando penso em como as coisas andam para Molly.

Molly levou *duas semanas* para pegar o número da Cora.

E a Natalie vai chegar daqui a meras três semanas.

Sei que o foco do plano é Molly, mas não tenho tanto tempo. Não posso enrolar, fazer palachinkas e comer iogurte, porque Natalie chega daqui a só vinte dias. Natalie precisa ver que sou capaz de me conectar com as pessoas, de ajudar. Que posso ter amigas que são *só amigas*. Que as pessoas podem se abrir sobre o que sentem e eu não vou sair correndo noite afora.

Ela não vai acreditar se eu disser que tenho saído com uma garota para ajudá-la a arranjar namorada. A garota em questão precisa já *ter uma namorada* ou estar perto para cacete disso.

Quando o fluxo de clientes diminui, pego o celular e mando uma mensagem para Molly:

Etapa 2 amanhã. Chego às 10h30.

Preciso de provas. *Rápido*.

Não é só Molly que está tentando ficar com uma garota.

Vamos torcer para que eu consiga manter a minha.

20.
Molly

— Tá legal. **Segunda etapa:** arrasar no look. Agora que você deu um jeito de pegar o número dela, é hora de dar um jeito — diz, fazendo um gesto vago para minhas roupas — *nisso*.

— Alex, essa etapa não devia ter vindo antes da primeira? Quer dizer, eu não devia me vestir melhor *antes* de pegar o número dela? Para causar uma boa impressão logo de cara? — pergunto, seguindo minha suspeita de que ela está só inventando as coisas na hora.

Não que eu possa reclamar tanto assim. Quer dizer, está funcionando. Né?

— Tá, primeiro, eu não sabia que a situação do seu armário era tão grave até te ver usar três camisetas idênticas, só mudando a cor.

É, justo.

— E, segundo, queria que você pegasse o número dela vestida bem assim — continua. — Se ela te deu o número com você vestida assim, imagina as possibilidades quando você estiver um pouco mais arrumadinha?

Ela hesita, fazendo uma careta para o que disse.

— Sem ofensa.

— Acho que você está sendo meio dramática. Não é *tão* grave — digo.

— Molly, digo isso como amiga, mas estou honestamente apavorada de abrir a porta desse armário...

Ela me olha de cima a baixo.

— Tá bom — respondo, bufando.

Melhor a gente acabar com isso logo. Ela passa por mim e para na frente do armário.

— Você já tem o número da Cora. A gente *precisa* resolver isso, porque a terceira etapa já está chegando e você *não* está pronta — diz.

Nem tenho o trabalho de perguntar qual é a terceira etapa, porque sei que ela não dirá.

Além disso, não só *tenho* o número da Cora. Tenho falado com ela. Depois de responder na casa do Noah, mesmo que Alex tenha me dito para não fazer isso, a gente passou o resto do dia conversando com pequenos intervalos. Decido não contar para a Alex, porque, para ser sincera, estou com certo medo de dizer que fui rebelde. Além do mais, já tenho preocupações o bastante com a segunda etapa.

— Vamos ver com o que estamos trabalhando — diz, abrindo a porta do armário. — Organizado — murmura, mais para si do que para mim, antes de imediatamente começar a revirar tudo como se fosse um furacão de categoria 5. — Molly! — grita, fingindo um sotaque inglês rebuscado. — De quantas calças de moletom uma jovem precisa?

Ela gira, segurando uma pilha do que chamo de "calças de relaxar no fim de semana", mas, em vez de me entregá-las, as larga no chão com o resto das roupas, antes que eu tenha tempo de pegar. As mãos dela vão imediatamente para mais cabides, mas, já que eu não ri, ela olha para mim por cima do ombro e abandona o sotaque horrível.

— Eu estava imitando o Tan do *Queer Eye*.
— É, eu sei, não vivo em uma caverna.

Eu me movo mais para o canto da cama, olhando para toda a destruição que ela já causou nos poucos minutos desde que chegou no meu quarto.

— Mas você *precisa* jogar tudo no chão? — pergunto.

Minha pele está pinicando só de olhar para o caos.

Mas, enquanto a observo, começo a notar que talvez não seja ruim. Só significa que eu vou *precisar* arrumar depois. E talvez possa aproveitar para reorganizar o quarto todo. Cora provavelmente riria se eu dissesse isso para ela. Noite passada, ela me falou que a Abby anda largando tigelas com resto de aveia todo dia na mesinha e que ela está enlouquecendo. Temos *outra* coisa em comum.

Alex levanta blusa atrás de blusa, criticando cada uma antes de jogá-las no chão.

— Onde você arrumou uma roupa assim? — pergunta, puxando uma regata roxa soltinha com bordado de pedrinhas verdes na gola.

Acho que usei essa roupa na minha formatura do oitavo ano. E nunca mais.

— E isso daqui veio com uma bermuda combinando?

Dessa vez, é uma camisa de botão quadriculada em preto e rosa que ganhei de Natal uns anos atrás.

— Não... — respondo, constrangida, mas, no segundo em que a palavra sai da minha boca, ela já encontrou a bermuda.

Com um olhar de julgamento, ela joga a bermuda no chão junto com todo o resto, antes de voltar a revirar o armário.

Pulôver branco. Bata vermelha estampada. Cardigan listrado.

— Garota. Que merda é essa? Eu nunca te vi usar nada disso.

Ela olha para minha camiseta simples verde-oliva e calça jeans skinny.

— Bom, você só me conhece faz umas duas semanas... — digo, dando de ombros.

— Verdade. Então por que já te vi usar essa camiseta quatro vezes?

Suspiro, olhando para minha camiseta, uma das poucas roupas com as quais me sinto mesmo confortável. Pego do chão um suéter lilás no qual não mexo faz um ano.

— Acho que não uso quase nada disso. Só não sou muito boa em achar roupas que curto — admito.

— Com quem você faz compras?

Ela se aproxima de mim, com a expressão muito séria, antes de levar as mãos aos meus ombros e me olhar nos olhos.

— Me conta quem fez isso com você.

Antes que eu possa responder, uma batida ritmada na porta chama nossa atenção. Assim que aperto a maçaneta, a porta se escancara e bate na cama.

— Oi, querida!

Minha mãe vem na minha direção, mas para de repente ao notar que tem mais alguém ali.

— Ah! — exclama. — Desculpa. Eu não queria... — diz, fazendo um gesto no ar, à espera de que alguma de nós a salve, mas não falamos nada. — Você deve ser a Cora.

Alex arregala os olhos e abre um sorriso.

— Ah, meu Deus. Você sabe da Cora?!

Fecho os olhos bem apertado e sacudo a cabeça.

— Não, mãe.

Escondo o rosto nas mãos. Minha mãe, Alex e eu. Todas no mesmo cômodo. Falando da Cora.

É meu pior pesadelo.

— Sou a Alex, guru do amor da Molly.

Ela aperta a mão da minha mãe, e as duas começam a rir como se fossem melhores amigas com uma piada interna.

— Não, não é. Ela é... é só a Alex.

Sacudo a cabeça, porque, na verdade, ela não está errada. Afinal, o que mais ela seria?

— Mãe, o que você está fazendo aqui? Como passou pela segurança? — pergunto, me aproximando para abraçá-la.

Tento não me encolher, mas minhas costelas conseguem estar ainda mais doloridas do que ontem.

— Falei que eu vinha te visitar para almoçar. O guarda me deixou entrar.

Ela dá de ombros e solta o abraço.

— Alex, quer almoçar com a gente? — pergunta, antes mesmo que eu diga que quero sair.

Alex olha de relance para o meu armário e volta para minha mãe, que está usando um short-saia de neoprene amarelo berrante e uma regata azul estampada. Ela me olha, com um sorriso de quem entendeu tudo.

— Na verdade, a Molly acabou de me falar que estava querendo comprar umas roupas novas. Tem algum shopping por aqui?

— Aaaaaah! — exclama minha mãe, fazendo uma dancinha. — Vamos ao Ross Park, a gente pode aproveitar o dia todo!

O quarto gira ao meu redor.

— Talvez a gente possa só ir almoçar, mãe. Já tenho muitas roupas — digo, sem querer ofender a pessoa que comprou a maioria das minhas peças, e também tentando ao máximo manter meus dois mundos separados.

Ela vai acabar dizendo alguma coisa constrangedora pela qual a Alex vai me zoar para sempre, ou simplesmente ficar com ciúme por eu ter uma nova amiga. Ela *precisava* vir logo quando eu finalmente estava avançando?

— Ah, *vamos lá* — insiste minha mãe, com uma piscadela para Alex. — Vamos fazer um programa de meninas. Vai ser bom passar um dia longe do seu quarto — acrescenta, sem fazer a menor ideia de como passo pouco tempo aqui.

Fico aflita.

— É, Molly, sai desse quarto um pouco — diz Alex, conseguindo me irritar ainda mais que minha mãe.

— Além do mais, seu quarto está um *desastre* — diz minha mãe, olhando para além de mim.

— Eu já falei para você arrumar, Molly — diz Alex.

— Você devia mesmo cuidar melhor das coisas.

Fecho os olhos, inspiro profundamente e expiro devagar, sabendo que já perdi a batalha.

Vamos sair, quer eu queira ou não.

Andando pelo segundo andar do shopping cheio, me viro para entrar na Talbots junto com minha mãe, mas uma mão pega meu braço e me puxa.

— Que *merda* você tá fazendo? — sibila Alex, arregalando os olhos verdes.

— Compras?

— E você por acaso já tem desconto de terceira idade? — pergunta, respirando fundo para se recompor. — Você é infinitamente frustrante.

Em seguida, ela volta a atenção para minha mãe.

— Sra. Parker? Posso roubar a Molly um segundo? Preciso da opinião dela sobre umas blusas que pensei em comprar.

— Claro. Vão lá. Se divirtam — diz minha mãe, com um sorriso sincero. — Mas, Molly, vem aqui um segundo — pede, e eu me aproximo, enquanto Alex caminha até a grade.

— O que foi? — pergunto.

— Gostei dessa Alex — diz ela, me puxando para ninguém mais ouvir. — Tem certeza de que não é dela que você gosta? Vai comprar um pretzel pra ela, ou algo assim.

Imediatamente faço uma careta.

— De jeito nenhum. Meu Deus do céu, mãe, fala sério — digo, rindo só de pensar. — Eu prefiro fazer cocô nas calças na frente da Dominique Provost-Chalkley, reprovar em biologia *e* ainda virar jantar de tubarão.

— Como é que é? — pergunta ela, confusa.

— Nada. Te mando uma mensagem daqui a pouco para a gente se encontrar — digo, e eu a deixo com as fileiras de casaquinhos e camisas de botão já muito conhecidas da Talbots.

— Tá, a gente está procurando roupas para um encontro — diz Alex.

— Saquei. Para um encontro — respondo, como se soubesse do que se trata.

Alex me conduz pelo shopping, para lojas às quais só fui uma ou duas vezes. Entramos e saímos da Forever 21 *e* da PacSun sem que eu chegue a pegar uma peça sequer.

— Molly, você pelo menos está *procurando*? — pergunta ela, com um suspiro, quando voltamos ao corredor do shopping.

— Nada disso é minha cara — digo, frustrada. — As blusas são muito curtas. As calças são muito apertadas.
— Mas nem *tudo* na loja é assim. Tem que olhar com calma. Vem cá.
Ela vira para o outro lado do shopping e me puxa para uma Urban Outfitters.
— Aponta três coisas de que gostou — diz.
Olho ao meu redor, para as prateleiras estilosas de madeira, as calcinhas fio-dental da Calvin Klein dispostas na mesa à nossa frente. Meu rosto se contorce em uma careta natural quando me viro para ela.
— Tá bom. Três coisas que não *odiou* — diz.
Vamos lá, eu consigo.
Preciso dar duas voltas na loja, mas, finalmente, aponto para três coisas. Uma calça jeans skinny parecida com a que estou usando, uma camiseta vermelha com um bordado de coração no peito e uma regata branca simples.
— Isso tudo é muito parecido com o que você tem — diz Alex.
— Bom, eu não fico bem nesses tipos todos de roupa, Alex. É verdade. Não tenho exatamente o corpo para usar cropped ou um daqueles macacões justinhos que nunca entendi.
— As pessoas não te veem do jeito que você se vê, Molly.
Ela solta um suspiro frustrado, mas não explica melhor.
— Escolhe três coisas de que gostou, mas que acha que não vai vestir bem. Você vai experimentar — diz, guardando minhas escolhas na arara errada.
Então eu escolho, e Alex me acompanha até o provador, onde eu as experimento, relutante.
— Experimenta isso também — diz, jogando uma calça jeans claro de cintura alta da Levi's por cima da porta. — Não

é tão justa quanto a maioria das outras calças jeans, mas ainda vai deixar sua bunda gostosa.
— Alex!
— Experimenta. Acho que você vai gostar — acrescenta.
— Tá.
Dois minutos depois, saio do provador para mostrar. Não tive coragem de experimentar as três blusas que escolhi, mas, pelo menos, enfiei a que estou vestindo na calça.
— O que acha? — pergunto, olhando no espelho.
A expressão no meu reflexo é quase surpresa quando olho meu corpo de baixo para cima. Estou com uma aparência que não sabia ser possível, mas que ainda é minha cara. Não sabia que calças podiam ficar *assim*. Tenho até uma cintura, e, bom, Alex estava meio certa. Viro de lado, sorrindo ao admirar minha própria bunda.
— Está *ótimo*, Parker — confirma Alex.
— A *sensação* é ótima — repito, fazendo uns agachamentos. — Essa belezinha permite muitos movimentos.
— Vai trocar de roupa para a gente pagar, Parker — ri Alex. — Ainda temos muito a fazer.
Encontrar uma calça jeans nova de que gostei tem algum efeito e libera uma fera das compras em mim, que eu não sabia que existia. Quero encontrar roupas com as quais me sinto *eu*, roupas que talvez me deem vontade de admirar minha bunda no espelho de vez em quando. Que possam fazer alguém me admirar também, em vez de só me misturar à multidão.
Quando chegamos ao provador da H&M, estou com uma pilha de roupas, e Alex também escolheu algumas coisas para experimentar.
Ela começa a me seguir para a mesma cabine.

— O que você tá fazendo? — pergunto, apontando as vinte cabines vazias.

— Vai levar uma vida para você sair e me mostrar tudo — diz, trancando a porta.

Meu rosto fica vermelho. Não estou acostumada a tirar a roupa na frente de outra pessoa. Nunca pratiquei esportes, e por ter trabalhado de voluntária na diretoria, consegui fugir da educação física durante todo o ensino médio.

Não que tirar a roupa na frente de Alex fosse importante. Afinal, é a Alex.

Tiramos a blusa de costas uma para a outra, e tento também não ficar de frente para o espelho.

— Experimenta o cropped com a calça que você comprou. Sei que você está em dúvida porque é curto, mas mal vai notar, de tão alta que é a cintura da calça — diz, enquanto cada uma de nós veste uma peça diferente e se vira para decidir se é sim ou não.

Depois de dois nãos, experimento a combinação que ela sugeriu e, por mais que eu odeie admitir, ela está certa, *de novo*.

Levo as mãos à lombar e me viro para todo lado, me admirando no espelho. Alex ri, e rapidamente solto as mãos.

— É assim que você deve se sentir ao falar com a Cora. É o que deve sentir em um encontro — diz, me fazendo sorrir.

— Confiança.

Na metade da pilha, acabo com mais blusas do que eu imaginava no gancho onde está o que vou levar.

— Estou ficando com fome — diz Alex, enquanto tiro uma regata preta que eu tinha certeza de que ia gostar. Muito simples. Muito sem graça.

— Uau, Alex Blackwood, com fome? Quem diria? — respondo.

— Cala a boca — ela ri. — Enfim, como eu ia dizendo, vi um restaurante coreano irado na praça de alimentação.

— Ah — digo, sentindo a ansiedade se fechar ao meu redor ao imaginar minha mãe chegando *perto* daquele lugar.

— Lembra quando eu falei que nunca provei bubble tea? Bom, na real eu nunca comi *nada* de comida asiática, para ser sincera.

Faço uma careta, esperando ela me perguntar o porquê. Afinal, que tipo de pessoa com ascendência coreana nunca *provou* comida coreana? Mas ela nem pensa duas vezes.

— Ah, cara. A gente *definitivamente* precisa ir lá, então.

Respiro fundo, me preparando para explicar por que talvez não seja boa ideia. Não falo disso com ninguém nunca, mas não vejo outra saída.

— Minha mãe é meio...

Quando me viro para Alex, noto que ainda estou sem blusa. Ela também está.

— Puta merda, Molly.

Ela estica a mão, tocando o hematoma roxo que se espalhou ao longo do meu tronco ao longo dos últimos dias. Eu me encolho com um arquejo mesmo que o toque seja leve como uma pena, pois algo me assusta.

— Desculpa — diz, afastando a mão. — Não sabia que estava tão ruim. Você devia ter falado...

Ela vai parando de falar enquanto olho para o sutiã de bojo dela, o peito subindo e descendo em sincronia com minha respiração. Descendo mais, meu olhar percorre o desenho suave do abdômen dela, a calcinha azul aparecendo pela braguilha aberta da calça.

Me forço a voltar o olhar para cima, mas ela não está me encarando.

Ela também está olhando para o meu corpo. Fico corada conforme o olhar dela passa pela minha barriga, pelo meu sutiã branco, até alcançar meu rosto.

Fico ali parada, paralisada sob seu olhar, até que uma mulher bate na porta da cabine, interrompendo meu transe e fazendo meu coração saltar.

— Posso ajudar vocês com alguma coisa? — pergunta, e eu imediatamente me viro de costas para Alex e enfio a camiseta verde pela cabeça.

— Hmmm. Eu vou... — digo, pegando as coisas que vou levar e deixando a regata preta para trás, me espremendo atrás de Alex o mais rápido possível. — Espero lá fora — falo, já na metade do caminho dos provadores, passando direto pela funcionária.

Eu me largo em um bloco de madeira aos pés de um manequim e mando uma mensagem rápida pedindo para minha mãe nos encontrar aqui.

Aperto a mão contra o peito quente, meu coração ainda martelando a toda.

Isso foi... desconfortável.

Meu Deus, espero que o clima entre a gente não fique esquisito quando ela sair.

Não, não vai ficar.

Estávamos só experimentando roupas. Só isso. Não tem nada de esquisito. Estou só pensando demais, como de costume.

— Oi, aí está — diz minha mãe, virando em uma fileira, e dou um pulo. — Cadê a Alex?

No mesmo instante, Alex aparece, e chego a sentir uma certa gratidão por não estar sozinha com ela.

Minha mãe acompanha meu olhar até Alex, que está inspecionando as duas blusas que experimentou, como se ainda não tivesse decidido. Ela olha as etiquetas e acaba deixando as duas na arara de devolução, mesmo que eu *saiba* que ela gostou. A gente a vê olhar ao redor da loja por um segundo até nos encontrar.

— Molly, você vai levar isso tudo? — pergunta, como se estivesse tudo normal.

Eu assinto, concentrando meu olhar um pouco à esquerda da cara dela.

— Legal — diz, sorrindo em aprovação.

— Molly, eu compro de presente para você — diz minha mãe.

— Não, mãe, não precisa — respondo, mesmo que nós duas saibamos como a história vai acabar.

— Dá aqui. A gente se encontra lá fora para almoçar — diz, pegando as roupas das minhas mãos.

Eu e Alex vagamos pelo corredor, olhando pelo parapeito para as pessoas no andar de baixo.

— Por que não comprou suas coisas? — pergunto.

— Não preciso — diz, dando de ombros. — E tenho que pagar o aluguel no fim do mês.

— Ah.

É tudo que consigo responder. Acho que é a primeira vez que fico envergonhada de falar na frente dela. Mas ela não está agindo de forma esquisita pelo que aconteceu, então talvez o momento no provador tenha sido só minha falta de jeito, como sempre.

— Aqui — diz minha mãe, de trás de mim.

Ela estende duas sacolas da H&M — uma para mim e outra para Alex, que inclina a cabeça para o lado, em dúvida.

— Aqui, pega — encoraja minha mãe, e Alex obedece.

A cara dela fica extremamente confusa até tirar da sacola as blusas que deixou para trás.

— Ah — diz, sacudindo a cabeça para a sacola, e, quando ergue o rosto, juro que parece estar com os olhos marejados.

— Isso... Não, não posso...

Ela procura as palavras certas.

— Eu trabalhava no turno da noite para pagar a faculdade de farmácia que fazia no turno da manhã. Lembro bem como é — diz minha mãe, com um sorrisinho. — Vem — fala, dando um tapinha no ombro de Alex. — Vamos comer.

— Obrigada, sra. Parker — diz Alex, com mais sinceridade do que já a ouvi falar qualquer coisa.

Alex me olha como se não acreditasse que minha mãe comprou duas blusas para ela.

É um olhar que me faz pensar que talvez estivesse errada sobre ela desde o começo.

Sinto certa vergonha ao reparar que pensei muito pouco na vida de Alex, para além da função dela como minha guru do amor.

Talvez ela não seja uma garota para quem tudo é fácil.

Talvez ela seja tão boa em me ajudar a me mostrar para o mundo porque teve que aprender a se proteger dele.

21.
Alex

A praça de alimentação está *lotada*. O barulho de bebês gritando e adolescentes fofoqueiros deve estar prestes a romper a barreira do som. Pego todas as amostras grátis de comida pelo caminho, analisando cada opção diferente, e arregalo os olhos quando vejo *exatamente* o que estava procurando. Bulgogi Boyz. Esmagado entre um Subway e uma hamburgueria.

Tem um grupo de caras de vinte e poucos anos simplesmente *arrasando* na chapa e na preparação, carne e legumes voando para todo lado através da nuvem de vapor e fumaça. Lembra o *food truck*, só que muito menos gorduroso, muito mais organizado, e com espaço de sobra.

— Ah, *agora* sim. É aqui — digo, com a boca cheia de frango teriyaki e minissanduíches de carne.

Pego o braço da Molly, abrindo caminho pela multidão até o restaurante coreano, Beth vindo logo atrás.

— A Natalie me apresentou ao Bulgogi Boyz nas férias. Tinha uma franquia na quadra do Tilted Rabbit, onde eu trabalhava. Ela pedia comida lá *direto*, e ando louca de vontade de comer aqui desde que me mudei.

Molly hesita quando entramos na fila, mordendo o lábio e olhando de relance para a mãe. As palavras que ela não concluiu no provador me voltam quando enfio mais uma amostra grátis na boca e sigo o olhar dela, vendo que a sra. Parker está de braços cruzados, fazendo uma careta, olhando para alguém que carrega uma bandeja vermelha cheia de arroz e bife quente e delicioso.

Não entendo exatamente o que está acontecendo, mas sei que tem alguma coisa esquisita.

— A gente pode comer outra coisa — digo, dando um tapinha no braço da Molly. — Aquele minissanduíche de carne que provei estava uma *delícia*.

Molly volta a olhar para mim, e sacode a cabeça.

— Não, não. Tá tranquilo — diz, dando de ombros, quase... desafiadora, cruzando os braços no peito. — Quero experimentar.

Quando chegamos à frente da fila, o homem mais velho do balcão abre um sorriso enorme, pega nosso pedido e grita para os caras mais jovens da chapa. Em seguida, ele olha para a mãe da Molly, que está atrás da gente.

— O que a senhora quer? — pergunta.

Ela não diz nada, provavelmente porque a voz dele se perdeu em meio ao barulho da praça de alimentação lotada.

E aí...

Ele repete a pergunta em coreano, achando que talvez seja *esse* o problema.

Vejo Molly fazer uma careta quando Beth olha para o homem com desprezo.

— Eu não falo... — diz, com um gesto vago — ...sua língua.

Puta merda. Umas das pessoas na fila se viram para olhar para a gente.

Beth ajeita as sacolas e aponta para a hamburgueria do lado.

— Estou com vontade de hambúrguer. Vocês pegam uma mesa?

Molly confirma com a cabeça e se volta para o homem do balcão, que parece mais confuso do que qualquer coisa. Quando Beth se afasta, ela solta um pedido de desculpas sussurrado.

— Desculpa por isso. Ela só... Eu...

O rosto dela está vermelho-vivo, e eu a vejo mexer na carteira, desajeitada, tentando tirar o dinheiro do bolsinho interno. Cai tudo no chão, que tenho bastante certeza que ela deseja que ele se abra e a engula.

— Deixa comigo — digo, entregando uma nota de vinte para o homem antes de me abaixar para pegar a carteira e devolver apara ela.

Deixo os três dólares de troco no pote de gorjeta e seguro a mão de Molly, a puxando para esperarmos chamarem nosso número.

— Tudo bem? — pergunto, analisando o rosto corado, os olhos castanhos um pouco marejados.

Ela assente, mas, quando pegamos a comida e encontramos uma mesa, fica claro que não está. Ela continua em silêncio quando a mãe chega com uma bandeja vermelha, trazendo um hambúrguer e uma pilha alta de batata frita.

— Estou *faminta* — diz Beth, empurrando o saco transbordando de batata para a beira da bandeja. — Podem pegar à vontade, meninas!

Ela toma um gole do refrigerante antes de começar a comer, agindo como se nada tivesse acontecido.

Molly nem levanta o olhar da comida.

Pego uma batata e enfio na boca, tentando acabar com o constrangimento.

— Sabia que o *food truck* onde eu trabalho tem batatas *ótimas*? — pergunto. — Cortadas à mão.

Espero que isso faça Molly sorrir, mas não é o que acontece.

— Eu *amo* batatas cortadas à mão — diz Beth. — Nossa. Preciso aparecer lá um dia para comer! Né, Molly? Ia ser muito divertido!

Molly faz que sim com a cabeça, mas não diz nada.

— Olha quem ficou tímida de repente — sussurra Beth, exageradamente.

Abro um sorriso meio tenso antes de mudar o assunto, perguntando sobre o trabalho de Beth com farmácia. Felizmente, ela se distrai pelo resto da refeição, falando de todos os detalhes da pequena farmácia local na qual trabalha. A fofoca sobre Brittney e Dylan, dois dos técnicos de lá, que estão apaixonados. Que ela sabe *todos* os homens da cidade que tomam Viagra. Que teve uma invasão uns anos atrás e nunca descobriram o culpado.

Molly, no entanto, continua quieta. Tudo que faz é murmurar "Isso é *muito* bom" quando a mãe se levanta para jogar o lixo fora.

Finalmente, quando o sol começa a se pôr, Beth nos leva de volta ao campus, se despede animada e espera entrarmos no alojamento antes de seguir caminho.

— Quer subir? — pergunta Molly, e eu aceito.

Quando chegamos ao quarto, Molly pega um garfo e pula na cama, abrindo o pote com as sobras do Bulgogi Boyz. Ela fecha os olhos enquanto mastiga, finalmente revelando a reação que conteve na praça de alimentação.

— Eu honestamente poderia comer isso todo dia. Sério.

— Quer o resto do meu? — ofereço, me sentando ao lado dela.

Ela abre os olhos, animada.

— Jura?

Faço que sim, oferecendo a embalagem de isopor.

— Juro, juro.

Ela põe o resto da minha comida junto com a dela, sacudindo a cabeça.

— Eu *sabia* que ela ia agir daquele jeito. É *sempre* assim — fala, soltando um suspiro. — Só não sabia se ia fazer uma careta para a comida, dizer que era nojento, mas... foi pior ainda.

Fico em silêncio, esperando ela continuar. Ou parar. Não vou insistir para ela falar sobre um assunto que não quer elaborar. Especialmente porque entendo como pode ser difícil falar das nossas mães.

— Ela tem uma relação bem complicada com as origens — diz Molly, cutucando o bulgogi com o garfo. — Ela foi adotada da Coreia do Sul e cresceu em uma família branca em uma cidadezinha no cu do mundo, e as pessoas eram bem escrotas com ela... — hesita, com uma careta. — Eu entendo, em parte. Quando se cresce ouvindo xingamentos racistas e sendo empurrada no mato na escola, ou levando tiros de armas de brinquedo no caminho do mercado, entendo por que se odiaria essa parte de quem é, e tudo que está associado a isso.

— Esse tipo de coisa também aconteceu com você? — pergunto, sentindo uma dor por dentro ao pensar, até que Molly sacode a cabeça.

— *Nada* tão grave, mas sei que minha aparência me marcou como diferente a vida toda, e às vezes isso também me faz não querer aceitar essa parte de mim — diz, dando de ombros. — Mesmo algo tão simples quanto isso — explica, levantando uma garfada de bulgogi. — Sei que é só comida, mas parte de mim não *quer* gostar. Como se, por eu gostar, estivesse convidando as pessoas a verem que *sou* coreana, o que às vezes ainda parece negativo. Não *quero* sentir vergonha dessa parte de mim, mas é difícil, porque aprendi a me sentir assim desde pequena — continua, enfiando o bulgogi na boca. — Sei que parece besteira.

— Não é besteira — respondo, olhando bem nos olhos dela, para ela saber que foi sincero.

— Acho que é isso que minha mãe sente, mas, tipo, dez vezes pior — diz ela, com um suspiro profundo e audível. — Ainda assim, não acredito que ela fez aquilo hoje. Foi muito constrangedor.

Sacudo a cabeça.

— Relaxa. Já passei muita vergonha por causa da minha mãe — rio, sacudindo as pernas. — Minha mãe já foi expulsa de vários Applebee's por beber margarita de morango barata até cair.

Paro de rir quando vejo que Molly não está achando graça. O rosto dela está sério, me observando.

Levo um segundo para notar o que falei. O que *contei*.

— Deve ter sido bem difícil. O que... o que você fez?

Pigarreio e paro de balançar as pernas, meus dedos pressionando o edredom estampado, sentindo calor de repente.

— Hm, só levei ela para apagar em casa. Nada fora do comum.

Molly estreita os olhos.

— Ela sempre bebeu muito?

Coço o queixo.

— Piorou muito depois que meu pai foi embora, mas, olha, pelo menos acabaram as brigas.

Forço um sorriso irônico, mas não se sustenta por mais de alguns segundos. É pesado demais. Falso demais. Odeio falsidade. De repente, me sinto como uma ferida aberta, sangrando no tapete, no edredom e na cama, a parte escondida de mim tornando-se impossível de esconder. Odeio essa sensação. Odeio me sentir fraca. Odeio me sentir vulnerável. Não consigo nem *olhar* para ela, porque pensar em ver tudo aquilo nos olhos dela, em ver *pena*, faz minha pele coçar.

É por isso que escondo coisas e guardo segredos, deixando Natalie desesperada. Foi o que fiz em todo o nosso relacionamento. Não quero ser um livro aberto. Não *posso* ser. Porque, logo abaixo da superfície, sou toda podre e, no fundo, tenho medo de que ela saiba disso.

Às vezes acho que talvez você acabe igualzinha à sua mãe.

Molly tenta pegar minha mão, os dedos mal chegando a roçar nos meus antes que eu me afaste abruptamente, fingindo olhar para o celular.

— Esqueci totalmente de fazer a lição... da... aula de amanhã cedo — murmuro, olhando para a tela rachada, os números brancos, o plano de fundo embaçado.

Qualquer coisa que não seja Molly, a mão agora no edredom entre nós.

Pulo da cama e pego a sacola de blusas, enfiando os pés nos All Stars.

— Hm, *falando* da aula de amanhã. Não se esquece de usar uma roupa nova, tá? Vamos colocar a segunda etapa em ação, que a terceira já vem aí! — falo, sem olhar para trás.

Ela mal tem tempo de acenar antes que eu bata a porta. Desço de escada em vez de pegar o elevador, meus passos ecoando alto nos degraus. Pego a bicicleta no bicicletário e a empurro até a rua antes de subir. Logo, minhas pernas estão ardendo, voando rua abaixo e colina acima, dando a volta no Schenley Park até chegar ao meu apartamento.

É o trajeto mais longo, mas preciso de um minuto para respirar.

Passo por vitrines e pelo Phipps Conservatory, por placas e carros estacionados, as cores se misturando ao meu redor. Quando olho para o horizonte de Oakland, a Catedral do Aprendizado assomando à distância, a realidade do que aconteceu me atinge completamente.

Eu nunca... *contei* aquilo para ninguém.

Nem mesmo para a Natalie. Ela descobriu por acidente.

Parece uma traição tão grande, contar esse segredo para outra pessoa. Me abrir tão facilmente com *Molly* e não com ela.

Não consigo conter uma onda de culpa.

Que porra é essa, Alex?

Viro para a direita e, depois, para a esquerda, parando na frente do meu prédio, o peito arfando quando levo as mãos à cintura e olho para aquela porta vermelha horrorosa.

Ela disse que ia me ligar hoje, mas ainda não ligou. Talvez *eu* deva ligar. Falar com ela. Que nem me abri com a Molly.

Desço da bicicleta, tranco o cadeado e subo a escada, dois degraus por vez, enquanto tiro o celular do bolso e clico no botão de ligar debaixo do nome de Natalie.

Eu me sinto... desesperada. Como se precisasse consertar alguma coisa, mesmo sem ter quebrado nada.

Aperto o celular contra a orelha, abrindo a porta do apartamento, e a fecho com os pés, acendendo as luzes.

Toca uma vez. Duas vezes. *Cinco* vezes.
Eu me largo na cama, resignada a deixar um recado, quando ouço os estalidos do telefonema.
— Oi, Alex.
— Natalie! Oi. E aí. Como vai?
Eu me endireito e me levanto, começando a andar em círculos pelo quarto, de um lado para o outro, sem parar.
— Como foi ontem em Kansas City? — pergunto.
— Bom — diz, e eu a ouço mastigar. — Paramos agora para jantar antes de continuar o caminho até Des Moines.
— Legal! Legal. Que ótimo.
Giro no calcanhar, completando outra volta.
— O que foi?
— Nada, eu só... Você falou que ia ligar hoje, então...
— Tá, bom, *você* ligou. O que foi?
Mais mastigação. O barulho de gelo tilintando no fundo de um copo de refrigerante.
— Eu só...
Fala alguma coisa, Alex. Você acabou de contar toda a porcaria da sua vida para a Molly.
— Eu queria conversar. Conversar *mesmo*. Sobre a gente. Sobre o que você anda pensando. Sei que combinamos de esperar até você chegar em Pittsburgh, mas sinto que as coisas andam meio esquisitas ultimamente, e queria te dizer todas as coisas que não te disse naquela noite na Filadélfia. O que sinto por você. O que...
Natalie para de mastigar, me interrompendo no meio da frase.
— Por que resolveu me falar isso agora? — pergunta, desconfiada.
— Porque estou com saudades. Porque não falei lá em...

— É tarde demais para isso, Alex — diz ela, suspirando alto. — Eu te dei uma chance naquela noite, e você não aceitou. Já te dei *tantas* chances, por tanto tempo. A gente não vai fazer isso agora só porque funciona no seu horário, tá?

— Certo. Claro. Desculpa. Eu só...

— A gente se vê em Pittsburgh, Alex — diz ela, e faz-se silêncio.

Afasto o celular da orelha, mas só vejo o plano de fundo, a ligação terminada.

Ótimo. Bom para caralho.

Jogo o celular na cama e solto um suspiro demorado, torcendo para que, daqui a dezenove dias, quando Natalie chegar a Pittsburgh, eu consiga fazer ela enxergar como estou diferente.

Tenho que fazer ela enxergar.

Estou prestes a entrar no banheiro para tirar a maquiagem quando meu celular acende, vibrando ruidosamente no edredom estampado. Corro de volta e pego o aparelho, na esperança de ver o nome de Natalie na tela, mas é... uma chamada de *vídeo*. Da minha mãe.

Isso é novidade.

Clico no botão verde para aceitar, e os olhos azuis e cabelo até os ombros da minha mãe aparecem na tela.

— Oi, mãe. Agora não é exatamente a melhor...

Vejo que os olhos dela estão desfocados, a cabeça balançando de um lado para o outro da tela. Perfeito. Puta que pariu.

— Alex, olha... — diz, arrastada, me interrompendo. — Só preciso de um pouco de din...

— Não — digo, ainda exausta da minha briga com Natalie, sem ter mais nada para oferecer. — Agora não. Só... — falo, sacudindo a cabeça. — Agora não dá.

— Mas eu tenho te mandado mensagem! Todo dia.

Aperto o maxilar e desvio o olhar da tela, tentando não chorar, pensando na mãe de Molly, que apareceu para almoçar só porque estava com saudade.

— Não é o suficiente. É para você fazer isso. É para você querer falar comigo. Querer me perguntar como ando. É para você se *importar* comigo, em vez de ser *sempre* o contrário.

— *Claro* que me importo com você. Eu só...

— Só quando precisa de alguma coisa — digo.

E, pela primeira vez na vida, desligo na cara dela, as lágrimas começando a escorrer no segundo em que a tela se apaga.

22.
Molly

Puxo o capuz para cobrir a testa, tentando desesperadamente me proteger da chuva. Alex não ficou muito feliz quando apareci hoje na aula de biologia com minhas roupas de sempre, mas não *deu* para estrear as roupas novas hoje. O tempo está ruim demais. Ia acabar molhando tudo... ou, pelo menos, foi o que argumentei. Na verdade, *talvez* eu tenha me acovardado.

Abro a porta do alojamento, abaixo o capuz da capa de chuva e entro no elevador. Quando as portas estão prestes a se fechar, uma garota entra no prédio, completamente *encharcada*, da cabeça aos pés. Normalmente, eu me esconderia no fundo do elevador e fingiria não ter visto, para evitar interagir, mas, por reflexo, estendo o braço para as portas abrirem de novo.

— Obrigada — diz a garota, entrando correndo e indo até o lado dos botões.

— De nada — respondo, reconhecendo a garota, que mora no quarto a umas duas portas do meu, e joga futebol na Pitt, de acordo com a mochila, que também está encharcada.

Ela aperta o 5, e espero que pergunte qual é meu andar, sabendo que provavelmente não me reconhece. Em vez disso, no entanto, ela abaixa os braços e me olha com um sorriso amigável.

— Você mora no quarto individual, pertinho do meu, né? — pergunta, e olho para ela, meio chocada, mas me lembro de respirar fundo e não pensar demais.

— Isso. Molly, prazer — digo, estendendo a mão.

— Jordan — diz ela, apertando minha mão. — Gostei da sua capa. Me avisaram sobre o clima daqui, mas mesmo assim não me preparei.

Ela esfrega as mãos nos braços expostos, água pingando no chão.

— De onde você é? — pergunto, enquanto o elevador sobe.

— De uma cidadezinha ao sul de Los Angeles. E você?

— Yinzer, desde que nasci — digo, e aponto por cima do ombro. — E se *isso* te incomodou, vou ficar preocupada com sua saúde mental durante seu primeiro inverno em Pittsburgh — brinco.

Fico imediatamente tensa, notando que a piada pode não cair bem. Mas, para minha surpresa, ela *ri* em resposta, e sinto uma onda de confiança por causa da pequena vitória.

— Ai, meu Deus, nem me lembre — implora. — Não quero nem *pensar* nisso ainda.

As portas do elevador se abrem, e caminhamos lado a lado na direção dos quartos.

— Olha, eu e Kendall, que mora comigo, estamos tentando começar uma noite de jogos toda quinta — diz ela. — Te interessa?

— Que tipo de jogos? — pergunto, me lembrando da noite da festa e do jogo horrível de Eu Nunca.

A noite já parece ter sido há tanto tempo, mas ainda dói.

— Banco Imobiliário, Cards Against Humanity, talvez até pingue-pongue no salão, sei lá — diz, dando de ombros. — Kendall tem certa obsessão por jogos. Elu já tem, tipo, uns trinta jogos de tabuleiro no quarto.

Pingue-pongue. Um dos meus grandes amores. Imediatamente penso na mesa no porão de casa, onde eu e Noah jogávamos, apostando quem faria a faxina. Era a única coisa na qual eu conseguia realmente competir com ele.

— Claro, eu acharia superlegal.

Tento não mostrar que sou uma boba animada. Porque isso é... exatamente minha praia.

— Posso levar alguém comigo? — pergunto.

Talvez eu acabe convidando Cora, sei lá.

— Claro. Quanto mais gente, melhor. Quinta, às oito, no salão?

— Vejo você lá — respondo, quando paro na frente do meu quarto, e ela continua pelo corredor.

Entro e me encosto na porta fechada.

Que estranho.

Foi tudo tão... tão *normal*.

Como se eu não fosse a Molly silenciosa, que só pensa na escola e não fala com ninguém.

Fui só... Molly.

Pensando melhor, talvez essa reputação fosse minha culpa. Hoje, deixei Jordan se aproximar. Claro, em escala muito pequena, mas deixei. Segurei a porta do elevador para ela. Fisicamente ofereci a mão para cumprimentá-la, em vez de me encolher no canto.

Talvez o plano da Alex esteja me ajudando de várias formas. Porque, sim, mesmo sabendo que estou destinada a ficar com a Cora, esse ano também tem envolvido fazer uma amiga de verdade.

Nunca tive alguém como Alex, para me ouvir, fazer companhia e contar coisas que ela não costuma compartilhar com muita gente. É, claro, ela sabe me irritar exatamente que nem minha mãe, mas qualquer melhor amiga faz isso.

Qualquer *melhor amiga*.

Hum...

Não sei identificar exatamente quando isso aconteceu, mas acho que deve ser verdade.

Só queria que ela não tivesse fugido ontem.

Isso me faz pensar que essa história toda não é mais *só* para me ajudar a me abrir. Talvez seja para ajudar nós duas. Porque, em escala menor, acho que também estou ajudando ela, e que ela acha isso tão assustador quanto eu acho.

Meu celular vibra no bolso, e quando o pego vejo uma mensagem de Cora.

Abby e eu vamos à biblioteca hoje à noite, se você e Alex quiserem vir junto 📚

Legal, que horas? A gente se encontra lá!

6. Térreo. Vou estar do lado da garota que reclama sem parar ☺

Respondo com um ☺. Abby passou a maior parte da aula de biologia hoje resmungando que não entende nada, mesmo que a gente ainda esteja na introdução básica da matéria.

Biblioteca com Cora e Abby hoje às 6!!!,

mando para Alex.

VOCÊ convidou ela!? 😳 Vai com CALMA, está se adiantando no plano! Kkkkk

Eu rio, mas, enquanto digito a resposta, chega uma mensagem da minha mãe. Eu a ignoro para acabar de responder Alex.

KKKKK não, Cora ME convidou!

Melhor ainda. Uau eu sou BOA mesmo. A gente se vê lá.

Um segundo depois...

E MOLLY É BOM VOCÊ USAR AS ROUPAS NOVAS MESMO SE ESTIVER NEVANDO

Sorrio, jogando o celular na cama e tirando a capa de chuva. Ainda não tive tempo de arrumar o quarto, então preciso dar a volta nas roupas que estão jogadas pelo chão por causa do momento *Queer Eye* da Alex.

Passo a mão pela calça jeans nova, dobrada nas costas da minha cadeira, e depois olho para as blusas novas, penduradas no armário quase vazio.

Eu me sinto muito menos nervosa para usar as roupas novas na frente da Cora agora que tive aquela interação bem--sucedida com a Jordan. Tento me lembrar de como me senti ao me olhar no espelho no shopping. Essas roupas vão só melhorar minha confiança hoje, e aceito toda a confiança que puder.

23.
Alex

Entro na biblioteca, encharcada da cabeça aos pés. Nada como descer uma colina de bicicleta em um aguaceiro torrencial para fazer a gente se sentir viva.

Enquanto seco os tênis ensopados no carpete da entrada, uma mão pega meu braço e me puxa para um cantinho perto da porta.

— Eca — diz Molly, secando a mão na calça Levi's nova.

— Você está molhada.

Reviro os olhos, e finjo torcer a barra da camiseta em cima dela. Ela pula para trás, me olhando feio.

— É, bom, eu teria esperado a chuva diminuir no prédio de química, se não fosse por *alguém* me mandando mensagem a cada dez segundos, perguntando quando eu ia chegar.

Estico o pescoço, olhando para o salão atrás dela e encontrando uma mesa retangular perto do café, onde Abby e Cora já estão sentadas, com livros abertos.

— Você já foi até lá, ou ficou esse tempo todo parada perto da porta que nem uma doida?

— Parada perto da porta que nem uma doida — responde Molly, puxando as alças da mochila enorme.

Dou uma olhada nela. Não só ela obviamente tem um guarda-chuva, como está bem bonita. Vestiu a calça nova e uma camiseta estampada legal que a gente escolheu na H&M, e prendeu o cabelo castanho escuro em um coque bagunçado, para protegê-lo da chuva.

Faço um gesto com a cabeça, um pouco impressionada. É uma melhora considerável das quatro roupas de costume.

— Gostei da calça!

Molly enrubesce de leve.

— Valeu — diz, olhando para as roupas. — Levei quase uma hora para decidir o que vestir. Quis deixar as melhores opções para um encontro de verdade.

— Mandou bem. Gostei dessa perspectiva. Agora... — digo, pegando o braço *dela* dessa vez, a girando de frente para o salão da biblioteca. — Vamos ver o que Cora acha.

Seguimos até a porta, e Cora e Abby levantam o rosto quando chegamos.

— Oi! — diz Cora, puxando os livros para abrir espaço.

Abby faz o mesmo, tirando do caminho o livro gigantesco de engenharia, na frente de um mar de marca-textos coloridos.

— Oi — responde Molly, e... se larga na cadeira mais distante de Cora.

— Gostei da camiseta! — diz Abby, e Cora concorda com a cabeça, o que é melhor do que nada.

— Ei, Molly — digo, dando um chutinho na perna da cadeira dela. — Você não precisava usar a tomada?

Aponto para o lugar vazio *bem na frente* da Cora, esperando que ela entenda.

Felizmente, entende.

— Ah! É mesmo. Isso — diz Molly, arregalando os olhos de nervosismo e mudando de lugar.

Capricha, garota. O time todo está contando com você.

— Já leram o material para a aula do Jon? — pergunta Cora, mostrando um exemplar de *1984*.

Molly e eu assentimos, e olho para ela como se gritasse "Fala alguma coisa!".

— É, hm, achei que a gente tinha deixado isso para trás na escola, mas parece que não.

Que bom, finalmente algum progresso. A piada faz efeito e Cora ri, sacudindo a cabeça.

— Nem me fala. Ler uma vez já foi *mais* do que o suficiente. Quanto a esse livro específico, até concordo.

O papo furado evoluí para os estudos em si, e passo a hora seguinte tentando me interessar por ligações eletrovalentes e covalentes, enquanto Molly olha para Cora de relance, de um jeito nada casual, cento e uma vezes, batucando com a caneta no caderno.

Recosto na cadeira e me espreguiço, as roupas molhadas fazendo barulho na cadeira enquanto dou uma olhada nas estantes.

Já acabei o calhamaço de fantasia que peguei na segunda semana de aula, e ando doida para pegar uns livros novos desde que briguei com a Natalie. E com a minha mãe. Especialmente porque não tive notícias de nenhuma das duas desde ontem à noite.

Tamborilo os dedos na mesa e olho para o celular. Nenhuma mensagem.

Culpada pelo que disse ontem, mandei cinquenta dólares para minha mãe hoje cedo, e ela devolveu imediatamente, sem uma palavra de explicação. Tentei ligar e ela não atendeu. Tentei mandar mensagem... e nada.

Sei que não deveria ficar nervosa. Quer dizer, as contas estão em débito automático, e mandei entregar mercado, e Tonya tem ido lá dar uma conferida nela, mas não consigo parar de...

Empurro a cadeira e me levanto, e todo mundo vira a cabeça para mim por causa do movimento repentino.

Relaxa, Alex. Vai com calma.

— Vou dar uma volta. Não dá para continuar aprendendo sobre ligações atômicas com a tentação de livros novos logo ali, né? — digo, me espreguiçando casualmente antes de empurrar a cadeira de volta e seguir na direção das estantes.

Molly arregala os olhos quando falo, mas, no caminho, aperto o ombro dela de leve, para tranquilizá-la.

Enquanto ando, vejo Heather, minha colega de apartamento, na fila do café. Cumprimento ela com a cabeça e, milagrosamente, ela acena de volta.

Isso sim é progresso!

Jackson não tem aparecido, então ando me perguntando se foi esse o motivo para a melhora sutil na simpatia. Outro dia ela até agradeceu porque botei o lixo para fora.

Eu já devia começar a fazer nossas pulseirinhas da amizade.

Sigo para a seção de ficção jovem adulta, onde pego uma releitura de *Romeu e Julieta* e um livro de fantasia que não paro de ver no *BookTok*, antes de ir atrás de alguns favoritos: *Cyrano de Bergerac*, *Adoráveis mulheres* e *Orgulho e preconceito*. Este último anda na minha cabeça desde a brincadeira das perguntas com Molly, semana passada. Sei que não terei tempo de ler tudo em duas semanas, mas só tê-los em mãos me deixa mais calma e, com tudo que tem acontecido com a Natalie e com minha mãe, preciso mesmo disso.

Quando volto para a mesa, Cora está *gargalhando* de alguma coisa que a Molly disse, e Molly está sorrindo de orelha a orelha, como se tivesse ganhado um Oscar.

— Nossa — diz ela, cutucando minha pilha de livros quando chego à mesa. — Por que exatamente você estuda medicina, se só faz ler?

Dou um tapa no dedo dela.

— Não sei, pela segurança profissional? Pelo piso salarial de duzentos e oito mil dólares ao ano?

Molly revira os olhos.

— Você pelo menos gosta dessas coisas? — pergunta, levantando meu livro de química, o braço tremendo pelo peso.

— Não muito — digo, pegando o livro dela, e aponto para o *1984* da Cora. — Mas você não gosta *disso*, então...

— É, mas você *ama* isso aqui. Provavelmente mais do que nós duas — diz Molly, pegando *Orgulho e preconceito* da minha pilha, e Cora assente em concordância do outro lado da mesa.

— Você diria o mesmo sobre qualquer parte da medicina?

Ergo as sobrancelhas.

— Você ouviu o que eu falei sobre o salário?

— Ah, fala sério — diz Cora. — Dinheiro não é tão importante quanto fazer o que se ama.

Reviro os olhos com tanta força que eles quase pulam do crânio.

— Vocês ao menos *sabem* como vão pagar as contas com um diploma de Letras?

Molly dá de ombros.

— Bom, não. Ainda não, mas...

— Não é o que importa agora — diz Cora, a interrompendo para defendê-la.

Sério? Abro a boca para falar, mas Molly intervém, tentando apaziguar a discussão.

— Acho que as duas coisas podem ser importantes. Dinheiro, fazer o que se ama — diz, olhando de mim para Cora, e voltando a me olhar com firmeza. — A gente pode concordar em discordar.

Ela me dirige um sorriso de desculpas e larga o livro de volta na pilha. Rio com desdém e pego o livro, abrindo a primeira página, feliz pela conversa ter acabado.

Mas as palavras se embaçam na minha frente enquanto continuo a pensar. Apesar de não ter certeza se quero mesmo passar uma década estudando alguma coisa que nem gosto, não tenho o luxo de pensar no que *gosto*. Não tenho o privilégio de só *fazer o que amo*. Não com as coisas como são. Não quando preciso sustentar minha mãe.

Olho para o celular, resistindo ao impulso de mandar *outra* mensagem.

— Bom, vou pegar alguma coisa no café — diz Molly, afastando a cadeira.

— Eu vou junto! — diz Cora.

Molly arregala os olhos, imitando perfeitamente um bichinho pego no pulo. Mas ela se recompõe rápido.

Engulo a irritação e faço um joinha quando Cora se abaixa para pegar a carteira na mochila amarela.

— Querem alguma coisa? — pergunta Cora.

— Biscoito de chocolate — diz Abby, dando o cartão para Cora pagar.

Sacudo a cabeça, as observando ir embora. Molly está com as mãos enfiadas nos bolsos da calça, nervosa, enquanto

Cora fala sobre o biscoitinho que comeu aqui outro dia e que Molly *precisa* experimentar.

Sorrio, sentindo uma onda de alívio. E aí, Natalie? Isso sim é progresso!

É uma sensação esquisita, no entanto. Especialmente depois do telefonema nada ideal do outro dia. Talvez isso não prove mais nada para ela, mas, mesmo assim, eu só...

Eu genuinamente quero que Molly se dê bem. Porque me importo com ela. Porque ela é minha amiga. O que quer que Natalie ache.

Sacudo a cabeça e olho para o livro.

Que a terceira etapa comece.

24.

Molly

Apoio minhas mãos com firmeza nos ombros dela e a encaro, olho no olho. Uma gota de suor escorre pela minha testa e as vozes ao redor ficam cada vez mais abafadas, até restarmos só eu e ela.

— Blackwood, preciso que você se concentre. Está me ouvindo? — digo, mais séria do que já disse qualquer outra coisa.

Ela assente com a cabeça, firme, como se entendesse a gravidade da situação.

— Vocês vão se agarrar, ou vamos jogar? — pergunta Kendall, nos tirando da discussão e trazendo de volta ao salão do Holland Hall.

Elu tem um sorrisinho de desafio no rosto, quicando a bola na mesa velha de pingue-pongue.

— Saca logo — digo, fazendo o que posso para engolir uma gargalhada e manter a cara séria para a competição.

Alex olha de mim para Jordan e Kendall, a dupla adversária, do outro lado da mesa.

— Eu *nunca* vi ela assim — diz Alex, com uma risadinha de diversão.

— Vinte a dezoito. Match point — anuncia Jordan quando Kendall saca, e imediatamente entramos no ritmo.

Nós quatro estamos totalmente focados, rebatendo a bola de um lado para o outro.

Eu estava bem nervosa de vir à primeira noite de jogos sozinha, mas, mesmo sabendo que o prazo de Alex se aproxima, ainda não cheguei ao ponto de convidar Cora, então, naturalmente, chamei Alex para vir comigo. No entanto, o nervosismo foi embora surpreendentemente rápido. Aquecer o corpo com um jogo que eu *amo* me relaxou bastante e me ajudou a ser só quem eu sou.

Alex está sustentando bem o lado dela da mesa, considerando a pouca experiência, mas Kendall joga *bem*. Se quisermos vencer, preciso usar alguns dos truques que Noah me ensinou nas férias da faculdade.

Quando a bola vem voando da raquete de Jordan na minha direção, tento rebater com efeito para trás, mas a bola perde um pouco de força e cai bem no canto de Kendall.

— É assim que você quer fazer, Molly? — pergunta Kendall, girando a raquete em um ângulo perfeito, bem por baixo da bola.

A bola voa por cima da rede para Alex, que não está nada pronta para o efeito abrupto. Ela sacode a raquete no ar, e a bola quica pelo chão.

Game over.

— Droga! — grito, antes de um sorriso se abrir em meu rosto. — Bom jogo, bom jogo.

— Foi mal, Parker — diz Alex.

— Na próxima a gente ganha — respondo em voz alta, para a dupla adversária ouvir.

— Quero ver — diz Jordan, rindo, e as duas garotas que moram no quarto na frente do meu pegam nossas raquetes, tomando nosso lugar no jogo.

Alex e eu andamos até a "mesa de piquenique", que é só um monte de lanches de qualidade baixa espalhados por uma mesa de sinuca tão velha que o feltro verde está praticamente cinza. Pediram para todo mundo levar alguma coisa. Eu consegui cortar um pouco de cheddar e servir em um prato de papel com biscoito de água e sal, e Alex trouxe dois sacos de batata chips da sua loja de conveniência preferida, a 7-Eleven, é claro.

— Meu Deus do céu, quem fez isso? — pergunto, dirigindo a atenção de Alex a um pote aberto de massa de biscoito crua, com uma faca de plástico enfiada no meio.

— Não sei, mas vou pedir essa pessoa em casamento — responde ela, e retorço a cara de nojo ao vê-la cortar um pedaço da ponta e enfiar de uma vez na boca.

— Que coisa nojenta.

Pego umas batatinhas da loja de conveniência.

— Ei — diz Alex, passando a massa de biscoito para um lado da boca, para conseguir falar. — Você é, tipo *muito* boa. Achei que você tinha dito que não era uma "lésbica atleta" — fala, fazendo aspas com os dedos.

— Pingue-pongue não é um esporte — digo. — É uma arte.

Alex me empurra, brincando.

— Você é ridícula.

Meu celular vibra com uma mensagem e, quando o pego, vejo toda uma sequência de mensagens da minha mãe, que devo ter perdido na emoção do jogo.

A primeira é uma foto de Leonard, perseguindo um bando de gansos em um laguinho do parque.

Vim caminhar com seu pai.

Pensei em ir te ver amanhã.

Talvez almoçar com seu irmão?

Como vai a Alex? Você já estreou as roupas novas?

Está ocupada?

Molly?

Vai querer almoçar?

... imagino que não queira?

— Meu Deus do céu, minha mãe tá tipo...

Deixo minha voz morrer, enfiando o celular no bolso e esfregando o rosto, frustrada.

— O que foi? — pergunta Alex, espalhando massa de biscoito em um dos biscoitos de água e sal que eu trouxe.

— Ela só tem sido... um pouco *demais*. Falei que precisava de espaço, mas só parece ter funcionado por uma semana.

— Talvez você deva ligar para ela? Quando foi a última vez que vocês se falaram? — pergunta ela.

— A questão não é essa. Quer dizer, eu estou na faculdade. Ela não pode só aparecer sem avisar no alojamento e me carregar para um *programa de meninas* sempre que quiser.

— Molly, acho que ela só quer fazer parte da sua vida — diz Alex. — Quer dizer, eu meio que mataria por uma mãe que realmente se importa.

— Ah. Foi mal. Eu...
Quero ser compreensiva, mas não quero que ela fuja de novo, que nem naquela noite. Decido que o melhor é me explicar.
— É só que, por muito tempo, minha mãe foi minha melhor amiga. Minha única amiga. Mas agora... preciso de um pouco de espaço dela, cacete. Estou tentando ganhar um pouco de independência — digo, e respiro fundo. — Assim, está funcionando. *Isso* está funcionando. Sou praticamente outra pessoa, se comparar com quem eu era quando me mudei para cá no começo do semestre.
— É — diz ela, soltando uma risada, certamente pensando em alguma lembrança vergonhosa de mim. — Você progrediu muito, mas ainda temos mais três etapas, e...
— Alex, Molly, prontas para a revanche? — pergunta Jordan.
— Dessa vez a gente pega leve — acrescenta Kendall.
Sacudo a cabeça, rindo, tentando afastar minha mãe do pensamento.
Chegamos à mesa, mas, bem na hora do saque, meu celular vibra no bolso de novo.
— Espera aí.
Pego o celular, achando que talvez seja Cora, mas é minha mãe *de novo*, agora tentando me ligar. Viro o celular para Alex ver, curvando os ombros.
— Talvez seja melhor só atender? — sugere ela, com uma careta, sabendo que não quero.
— Já volto — digo para Kendall e Jordan antes de sair para o corredor.
Passo o dedo na tela e aparece o rosto granulado da minha mãe.

— Oi, querida! Aaaah, o que é isso aí? Você está com suas amigas? *Amigas*. Amei! — diz, e olho para trás, notando que ela consegue escutar os ruídos do outro lado das portas duplas.

Sigo pelo corredor para me afastar e me recosto na parede.

— O que foi, mãe? — pergunto, tentando não soar muito irritada, mas não é fácil.

— Só liguei para saber de você. Faz um tempo.

— Faz, sei lá, três dias — digo, sentindo outra pontada de frustração quando me lembro do que aconteceu naquele dia na praça de alimentação.

— Eu sei, só... — começa ela.

— Mãe, preciso ir. Estou ocupada agora, tá?

Bato com o pé no chão, de novo e de novo.

— Tá, não vou te atrapalhar, volta para suas amigas. Mas não esquece de me ligar uma hora dessas, quando estiver livre.

— Claro — respondo, brusca, antes de desligar e guardar o celular no bolso.

Alex me entrega a raquete quando volto ao salão e me junto a ela à mesa. Tento esquecer isso enquanto jogo, mas não consigo me livrar daquela sensação incômoda.

Eu *sei* que vou precisar ter uma conversa *de verdade* com minha mãe sobre isso, sobre precisar me afastar um pouco dela. Sobre a cena constrangedora na praça de alimentação e como esse tipo de coisa me afeta. Mas agora não. Agora, só quero arrasar nesse jogo.

25.
Alex

Não acredito que estou assistindo a um jogo de rúgbi. Em uma *noite de sexta*. Eu saía! Ia a festas!

Quem diria que eu viria parar aqui?

Prendo o cadeado da bicicleta e corro pela rua até o campo. A multidão irrompe em vivas quando uma garota de uniforme branco e bordô é esmagada que nem a Molly de duas semanas atrás, a bola escapando de suas mãos.

— Você está atrasada — diz a voz conhecida de Molly Parker, que está encostada em um carvalho enorme, com os braços cruzados no peito. — Como sempre.

— Trouxe lanche — digo, mostrando um saco de papel com o mesmo tipo de biscoitinho açucarado que uma vez ela comprou na biblioteca antes da aula.

Não acrescento o fato de que já comi três biscoitos no caminho.

— Que orgulho estudantil, hein? — provoca Molly, se afastando da árvore para analisar minha roupa toda preta.

Ela está toda fantasiada de Pitt. Azul e dourado da cabeça aos pés. Até a calcinha deve ter PITT estampado na bunda.

— Bom, o time adversário é da Filadélfia, então tenho que ser a Suíça — digo, com um sorrisão, enquanto ela desenrola o cachecol que veste. — Beijei muitas meninas da Temple, não posso traí-las agora.

Ela revira os olhos e para na minha frente, ficando na ponta dos pés para enrolar o cachecol no meu pescoço, uma vez, duas vezes.

— Bom, mas agora você está aqui, então pode começar a agir de acordo.

Nossos olhares se encontram quando ela amarra a ponta do cachecol.

Tão perto dela, não consigo deixar de pensar naquele momento no provador. No jeito que o olhar de Molly... Pigarreio e nos afastamos.

Não foi *nada*. As pessoas me olham daquele jeito *sempre*. Além do mais, eu não faço *mesmo* o tipo dela, e ela *definitivamente* não faz o meu.

— E aí, você faz a *mínima* ideia de como funciona um jogo de rúgbi? — murmuro para ela quando Abby acena para nós das arquibancadas de metal.

— Ah, claro — diz Molly, subindo os degraus. — Depois de três minutos de jogo, culminando em uma experiência quase fatal, sou uma especialista certificada.

Eu rio quando chegamos aos nossos assentos, cumprimentando Abby com a cabeça.

— O que a gente perdeu?

— Nada de especial — diz ela, como se eu não tivesse acabado de ver uma pessoa de verdade ser transformada em panqueca. — Está no zero a zero, o que é melhor do que perder.

Vejo as jogadoras dos dois times se aglomerarem, passando os braços pelas cinturas, a bola rolando no meio enquanto Pitt ganha o domínio e empurra pelo campo. A torcida ao nosso redor vai à loucura.

— Ah, que *scrum* foda! — grita um cara na arquibancada, batendo palmas altas quando nosso time avança a bola por alguns metros e toma posse.

É o *quê*?

Levanto as sobrancelhas para Molly e ela dá de ombros em resposta, pegando um pedaço de biscoito no saco de papel que ofereci. Migalhas caem na calça jeans desbotada quando ela congela, arregalando os olhos ao ver Cora, que corre pelo campo como uma minúscula gazela graciosa, acenando rapidinho em nossa direção no caminho. Ela está usando uma faixa de cabelo amarelo-mostarda e pintou os olhos com uma quantidade agressiva de tinta preta, que se espalha pelas bochechas, como se estivesse a caminho da guerra.

Justo.

Não sei bem se estou assistindo a um esporte ou a um combate fatal de gladiadores. Antes mesmo do intervalo, duas garotas já foram tiradas de campo em macas, uma com uma concussão, outra com o nariz quebrado. Faço uma careta e desvio o rosto ao ver o sangue pingando da cara dela, e Molly me olha, achando graça.

— Achei que você ia ser médica?

Faço uma careta e jogo o saco de papel amassado nela antes de descermos um pouco da arquibancada para esticar as pernas.

— Vou dar um pulo no banheiro — diz Abby, apontando para um trio precário de banheiros químicos azuis.

Nós a vemos sair correndo, e espero ela estar bem distante para falar:

— Então, a gente provavelmente devia começar a terceira...
Molly cobre minha boca com a mão.
— Não. Agora não.
Franzo as sobrancelhas, me soltando.
— Como assim? Por que não?
— Sei que você está com pressa, mas eu não estou... pronta. Quer dizer, as mensagens estão indo bem, não quero estragar tudo.
Olho para ela.
— Molly. Você não vai *estragar* nada. Provavelmente vai só...
— Não estou pronta, tá bom? — diz ela, me interrompendo, com a voz firme.
Solto um suspiro longo, sacudindo a cabeça. O tempo está acabando, mas, mais importante...
— Olha, por mim, tudo bem, mas lembre que ela não vai esperar para sempre...
Aponto com a cabeça para trás de Molly, e ela gira para ver Cora sentada no banco, rindo do que uma das outras pessoas do time diz, tocando seu braço. *Definitivamente* tem uma energia de paquera ali.
Viro Molly de volta para mim antes que sua expressão de choque fique muito óbvia.
— Então, assim, sem pressa — digo. — Não quero te forçar a nada sem você estar pronta. Mas não espere demais, ou vai perder sua chance, tá?
Ela assente, mordendo o lábio.
Quando o jogo começa de novo, voltamos à arquibancada e tiro o celular do bolso e abro as mensagens para minha mãe.

Oi. Espero que seu dia esteja bom.

Clico em enviar, acrescentando mais uma mensagem ao mar de mensagens do lado direito, com uma ou outra resposta monossilábica na esquerda. Ela está cada vez pior em responder, desde nossa briga há quase duas semanas.

Felizmente, Tonya tem ido visitá-la, e diz que nada parece especialmente incomum, mas ainda estou preocupada. Mesmo me sentindo culpada, também fico um pouquinho irritada. Eu não deveria estar preocupada com minha mãe no meio de um jogo de rúgbi universitário.

A torcida começa a irromper em vivas, e viro a cabeça para ver uma garota de azul e dourado correndo com tudo, a bola enfiada debaixo do braço. Mesmo que não faça ideia do que está acontecendo, me envolvo no momento. Todo mundo fica de pé em um pulo, a arquibancada tremendo com a empolgação, conforme a garota percorre o campo, seguida de perto por uma jogadora da defesa.

Quinze jardas.

Dez jardas.

Cinco jardas.

Ela chega à *end zone* e arremessa a bola no chão, com uma expressão ousada. As companheiras do time a cercam enquanto a torcida vai à loucura. Arranco o cachecol de Molly e o giro acima da cabeça, e Molly pula na cadeira ao meu lado. Abby começa a entoar "Panteraaaaas!" do meu outro lado, e todo mundo canta junto.

Logo, nossa cantoria vai diminuindo, o jogo volta ao normal, e todo mundo retoma os assentos. Vejo Cora sair correndo do campo, cumprimentando a substituta no caminho.

Sinto uma coisa inesperada no peito quando ela abre um sorrisinho para Molly antes de se sentar no banco da reserva.

Esfrego o peito, pensativa.

Provavelmente não deveria ter comido tanto biscoito.

26.
Molly

Ainda flutuando depois de ver Cora *arrasar* no campo de rúgbi ontem, acompanho o grupo de alunos que atravessa o pátio até vislumbrar o que *era* o bulevar Bigelow e agora virou uma feira. Já sinto o cheiro de comida enquanto caminho pela grama, e vejo uma mulher pendurada em duas fitas compridas de tecido presas a um mastro de quase cinco metros de altura bem na frente da Catedral. Um cartaz enorme está pendurado em uma estrutura de metal, dizendo BALBÚRDIA BIGELOW, um evento que acontece todo ano na Pitt. Há um oceano de universitários suados, todos amontoados às mesas de piquenique armadas no meio da rua. Dos dois lados das mesas, umas trinta barracas brancas oferecem amostras grátis e vendem arte. Na outra ponta da rua, as carrocinhas de comida estão enfileiradas ao longo das barreiras de madeira instaladas para impedir a passagem dos carros.

O celular vibra na minha mão e, quando o levanto, vejo que é minha mãe, ligando pela segunda vez hoje. Conversamos por alguns minutos de manhã, mas ela começou a fazer todo tipo de pergunta sobre Cora e se a gente já tinha "se conectado". Parece que ela acha que é esse o único motivo para eu estar ocupada.

Tentei mudar de assunto, falar da comida no campus, mas também não foi bom. Quando mencionei que ia ter barraca do Bulgogi Boyz, praticamente escutei a careta que ela fez ao me dizer para tomar cuidado com o que ia pedir, porque "nunca se sabe o que eles colocam naquelas coisas".

Que coisa escrota de se dizer. Não que eu já não tenha ouvido ela falar coisas do tipo antes. Meu sangue estava praticamente fervendo, então interrompi a conversa bem rápido. Como não quero encarar uma segunda rodada, mando a ligação direto para a caixa postal.

Sigo na direção da comida, onde tem muito menos gente. Não estou interessada nas barracas *nem* na mulher se retorcendo nas fitas. Estou aqui para ver...

Aquilo.

Alex está pendurada para fora da janela de um *food truck* preto no fim da fila, o gerador soltando um ronco alto, fazendo força para sustentar tudo. Não está muito cheio, só tem umas duas pessoas na fila.

Quando ela me falou que ia trabalhar na Balbúrdia Bigelow de hoje, *precisei* ver ao vivo. Além do mais, ela me prometeu um sanduíche de graça se eu aparecesse no fim do turno.

Cheguei cinco minutos mais cedo, então pego um lugar no meio-fio para ver Alex trabalhar.

Ver ela servindo o público assim me faz rir.

Quer dizer, eu não esperava nenhum glamour, mas parece ser bem difícil, na verdade. Pelo suor brilhando no rosto de Alex, eu diria que faz ainda mais calor lá dentro do que parece.

E o chefe dela tem cara um pouco mais grosseira do que ela expressou. Eu o vejo pular dos fundos da van, acender um cigarro e basicamente soprar a fumaça bem na cara de um cliente que acabou de pegar a comida.

Volto a olhar para Alex, que está com o rosto paralisado em um sorriso muito falso de atendimento ao cliente, e sorrio. Os fregueses provavelmente não sabem que é falso, mas eu sei. Nessas últimas semanas, aprendi a lê-la muito bem. Eu a vejo pegar o pedido de um veterano no balcão e pedir o nome dele. O cara enfia a mão no bolso de trás da calça jeans e tira o dinheiro.

— Você pegou meu nome. Quer meu número também, gata? — pergunta ele, agarrando a fivela enorme do cinto, como se fosse o xerife do campus.

Espero ela dar mole para ele, jogar o cabelo loiro e comprido para trás e convencê-lo a deixar uma boa gorjeta. Em vez disso, ela abandona o sorriso fingido e o olha com uma expressão quase de desânimo, que só vi uma vez.

É a expressão que ela fez antes do treino de rúgbi, quando falou sobre como as pessoas tratam ela como uma "piranha" por causa da aparência. Nunca pensei muito em como ser considerada gostosa seria negativo, mas claramente é um porre com babacas que nem aquele. Ou até com gente que nem é tão babaca. *Eu* cheguei a conclusões precipitadas sobre ela, o que, depois de ver essa cena... faz com que eu me sinta ainda pior. Não a tratei muito melhor do que o Fivelinha a está tratando.

Sempre acusei as pessoas de não me darem uma chance, e foi o que fiz com ela.

— Vamos nessa — insiste ele. — Vou te levar a um lugar bem gostoso.

Alex revira os olhos e pega o troco na caixa. Normalmente, tenho *certeza* de que ela se defenderia, que nem fez comigo, mas talvez não queira fazer escândalo na frente do chefe.

Bem quando ela está prestes a entregar o troco, Jim aparece de trás dela. Ele pega os dez dólares do cara na caixa e se estica para fora da janela.

— Por que *você* não vai a um lugar bem gostoso? — pergunta, e arremessa a nota pela janela, fazendo Fivelinha sair correndo atrás do dinheiro.

— Você vai se arrepender disso — diz Fivelinha, ainda tentando pegar a nota. — Vou detonar sua página no Facebook com resenhas de uma estrela.

—A gente parece o tipo de *food truck* que tem Facebook? — pergunta Jim, e dá para notar, pelo cardápio de compensado descascado e a pilha de guimbas de cigarro no chão, que não tem mesmo, de jeito nenhum.

— Bom, eu...

— Se manda, parceiro — diz Jim, antes de se voltar para a chapa, acabando com a conversa.

Alex sorri, e Fivelinha resmunga uns palavrões, mas ele obedece e vai embora, voltando ao mar de universitários.

Alguns minutos depois, Alex pula pela porta dos fundos, segurando dois sanduíches embrulhados em papel alumínio e dois refrigerantes de uva retrô, em garrafas de vidro. Eu aceno, e ela vem correndo, equilibrando tudo. No momento em que ela se senta ao meu lado no meio-fio, uma onda de carne de hambúrguer e gordura da chapa bate em cheio no meu olfato.

— Você tá fedendo — digo, retorcendo a cara.

— Quer o sanduíche ou não? — pergunta ela, secando o suor da testa.

Sorrio, e ela larga o embrulho de papel alumínio nas minhas mãos, com um baque.

— Vocês fazem uma dupla e tanto — digo, apontando para o chefe dela, que está tirando o cardápio pintado à mão da lateral da van.

— Eu e o Jim? — ri Alex. — Ele é um cara interessante. Gente boa.

Ela enfia os dentes no sanduíche, puxando o queijo derretido ao se afastar.

Na mesma hora, meu celular acende, bem entre nós duas no meio-fio.

Cora Myers: iMessage

— Hmmm. *Como é que é?* — diz Alex, em uma voz afetada, pegando o celular.

— Ei!

Tento pegá-lo de volta, mas ela se estica, me bloqueando com o braço do sanduíche, quase fazendo queijo derretido pingar na minha perna.

— Cala a boca e me deixa ver — diz, e paro de brigar.

Em vez disso, desembrulho o sanduíche e a espero subir a nossa longa conversa da última semana. Nossa frequência de mensagens aumentou muito desde que estudamos juntas na biblioteca. A gente tem papeado constantemente, às vezes dando boa noite, mas nunca dando tchau. Ainda sinto que estou interpretando um personagem, como se não fosse *realmente* genuína perto dela, mesmo por mensagem. Mas chegarei lá.

— Quando você ia me contar? — arfa Alex.

— Como assim? Você *sabe* que a gente conversa — respondo.

— Mas, Molly, você não me falou que as mensagens são *assim*! Você precisa me atualizar sobre essas coisas!

Ela vira o celular para mim, revelando a mensagem mais recente de Cora.

Oi! Obrigada por ir torcer por mim ontem! ♥☺
O que vai fazer no fim de semana?

Meu corpo todo vibra de empolgação e arranco o celular das mãos dela, o trazendo para bem perto do rosto.

— Ela nunca me perguntou nada *assim* antes — digo, olhando para Alex, incrédula.

— Tem *muitos* emojis nessas mensagens. E ela mandou um coração? Ela está *muito* a fim de você. Com certeza.

— Mas... — começo, quando minhas dúvidas aparecem.

— Emojis nem sempre significam isso. Você usa um monte de emojis quando me manda mensagem, por exemplo — digo, mostrando nossas mensagens.

— É verdade — diz ela, fazendo uma pausa para tomar um gole de refrigerante. — Mas é diferente. Eu sempre uso muito emoji.

Aperto os olhos, desconfiada.

— Molly, é sério. Tenho *certeza* de que ela gosta de você — insiste Alex. — Ela acabou de te mandar mensagem do nada, perguntando o que vai fazer no fim de semana! Por que faria isso?

— Talvez queira estudar com a gente de novo — respondo, com a voz fraca, e Alex suspira.

— Ela quer *te* ver — diz. — O que é *perfeito*, porque a terceira etapa é convidar ela para sair!

— CONVIDAR!? — praticamente grito, e um grupo de estudantes se vira para nós.
  Levo um segundo para engolir em seco e me recompor, abaixando a voz de novo, morta de vergonha.
  — Como essa pode ser a próxima etapa, e não, tipo, a décima? — pergunto. — É que nem se tivesse me ensinado a nadar cachorrinho e logo depois me arremessado no meio do oceano Pacífico. Não posso *convidar ela para sair* — digo, com uma gargalhada desesperada. — De comprar uma blusa nova para convidar Cora para sair *mesmo*? Que plano horrível é esse? Como isso pode fazer sentido?
  — Molly...
  — Não, Alex. Não sei fazer isso.
  Achei que estivesse dominando esse plano dela, mas estou surtando completamente, bem no meio do campus. *Surtando!*
  — Molly, eu...
  — Eu literalmente nunca convidei nenhuma pessoa para sair na minha vida. Nem nunca fui convidada! Acho que nunca nem convidei ninguém para sair só na amizade. Como você espera que...
  — Molly! Cala a boca por um segundo! — diz Alex, erguendo a voz e esticando as mãos para a frente. — *Jesus amado.* Você é dramática para *caralho* — ri. — Há três semanas eu te vi derramar café em uma garota tentando pedir o número dela. Eu *sei* que você não sabe chamar ninguém para sair. É por isso que faz *parte do plano*. É por isso que você vai... — diz, levando a mão ao peito — me convidar.
  — Como assim? — pergunto, caindo de volta à terra.
  Ela quer que eu *a* convide para sair?
  Ela se endireita que nem um varapau e ajeita o cabelo comprido e loiro para trás da orelha e para dentro da gola da blusa, para parecer mais curto.

— Faço Letras, mas Shakespeare é um saco. Perfurei um pulmão no treino de rúgbi essa semana — diz, abrindo o maior sorriso possível para combinar com a voz ofegante e aguda. — Vai me chamar para sair ou não?
Ah. Chamar ela para sair *como treino*.
— Tá bom — digo, contendo uma gargalhada. — Primeiro, ela *não* fala assim. Segundo, esquece isso de chamar ela para sair, porque não sei o que fazer se ela aceitar. Ou... — continuo, enterrando a cara nas mãos. — Meu Deus do *céu*, e se ela recusar?
— Olha — diz Alex, voltando à voz normal e relaxando as costas de novo.
Ela fica quieta por um bom tempo, e vejo as engrenagens girarem na cabeça dela, como se estivesse tentando tomar uma decisão.
—A gente pode ir em um *date* de treino. Tá legal? — diz, finalmente. — A quarta etapa é sair com ela de fato. Então a gente pode treinar as duas coisas de uma vez. Você me convida, a gente sai em um *date* falso, e aí você vai estar pronta quando for para valer. Combinado? — pergunta. — Agora vai. Me convida. Hm... espera! — diz, abaixando o sanduíche rápido e pegando o celular. — Pergunta por mensagem. Provavelmente vai ser assim que vai convidar *ela*. Então é melhor treinar direito.
Ela está certa. Além do mais, ver Cora paquerar a outra jogadora ontem acendeu um alerta. Preciso acertar isso, para conseguir convidar a Cora para sair antes que seja tarde. *Além disso*, o show da Natalie é daqui a seis dias. Alex me ajudou tanto. Quero muito conseguir cumprir o que ela espera de mim.
Hesito com os dedos no teclado e respiro fundo, olhando para a multidão de estudantes que começam a se dispersar

pela rua, voltando aos alojamentos. O que eu a convidaria para fazer?

Ver um filme, mas é um clichê. E a gente não conseguiria conversar nada.

Jantar. Não. Conversa *demais*. E mastigação.

Finalmente, me vem a resposta. Não acredito que, por um segundo, esqueci completamente. É meu encontro dos sonhos desde que lembro. Só nunca achei que fosse *mesmo* ter a oportunidade de vivê-lo. Eu me lembro da infância, dos fins de semana que passei na pista de patinação com Noah, de ter que ficar no canto na hora dos casais. É perfeito para meu primeiro encontro com Cora. A gente precisaria ficar bem próximas *e*, se patinarmos bem, poderíamos até participar na hora dos casais.

Alex, quer andar de patins comigo amanhã à noite?, digito, acrescentando e depois apagando um emoji sorridente. Sei que Alex me diria para não insistir *tanto*.

— Jura? Quer mesmo andar de patins? — pergunta ela, contendo uma gargalhada audível.

Olho para ela com minha expressão mais irritada. Se *Cora* reagisse assim, eu *morreria*. Mas ela nunca o faria, porque tenho certeza de que ela adoraria andar de patins. E é uma atividade na qual sei que sou boa.

— Sabe, eu ganhava *todas* as corridas femininas quando era criança! — digo, defendendo minha única outra habilidade mais ou menos atlética, além do pingue-pongue.

— Uau, que impressionante. Por isso que tem garota a dar com o pau atrás de você — diz ela, todas as sílabas transbordando sarcasmo.

— Ei! Patins estão voltando à moda. Talvez seja você que tenha que entrar no jogo dessa vez.

Empurro o braço dela de leve.

— Eu sei, eu sei. Só estou imaginando você arrasando com um bando de criancinha na frente da Cora na pista de patinação — diz, rindo.

— Não é exatamente o que você me mandaria fazer? Escolher um lugar onde eu possa impressionar ela? — pergunto, ignorando o comentário.

— Hum. Ela aprendeu — responde Alex.

Levanto a cabeça, surpresa.

— Você parece impressionada.

— Só espero que você seja mesmo tão boa quanto acredita ser.

— Acho que você vai ter que pagar para ver.

— Acho que vou.

Ela olha para baixo, deslizando os dedos pela tela.

Alguns segundos depois, chega uma mensagem ao meu celular.

Eu adoraria patinar com você, Molly Parker. 🐱☺

Sinto o rosto quente só de ler aquelas palavras. Nem imagino como será ver uma mensagem dessas da Cora. Mas agora não me parece impossível.

E fazer Alex Blackwood comer poeira na pista de patinação também não será nada mal.

27.
Alex

Jogo o delineador na bolsinha de maquiagem e me afasto para inspecionar o rosto no espelho do banheiro uma última vez, expirando devagar e segurando a pia fria de porcelana. Minha perna está inquieta e encaro meu reflexo, virando a cabeça para a esquerda, para a direita, e de novo para a esquerda, passando os dedos pelo cabelo, tentando que ele caia *direitinho*.

Será que estou *nervosa*?

— Você vai *andar de patins*, Alex. Não pode ser tão difícil.

Bufo com desdém e pego o celular da bancada. A tela se ilumina com uma mensagem de Molly, avisando que está esperando na rua.

Pego a carteira e as chaves no quarto e desço as escadas, enfiando os braços na jaqueta jeans desbotada no caminho.

Paro abruptamente quando abro a porta e vejo Molly encostada no carro. Ela está usando a calça jeans Levi's de cintura alta e a camiseta branca justa que compramos juntas, e uma camisa de flanela quadriculada, preta e amarela, amarrada com jeito na cintura. O cabelo comprido esvoaça de leve na brisa, como se estivéssemos no meio de um filme, em vez de paradas em uma das ruas mais imundas de Pittsburgh.

Abro a boca para falar alguma coisa, mas os olhos dela me pegam desprevenida, uma camada suave de rímel e delineador destacando o tom castanho claro de um jeito que eu nunca tinha notado.

Acho que nunca a vi usar maquiagem.

— Merda — diz ela, se afastando do carro e olhando para a roupa, franzindo a testa. — Eu fiz besteira? — pergunta, puxando a camisa amarrada na cintura. — É a flanela, né? Eu *sabia* que devia ter só vestido uma outra camisa...

— Não. Você só está... você está... muito bonita — consigo dizer, olhando para a calça que acentua a curva de seu quadril.

Do quadril de *Molly*, lembro, e afasto os olhos rapidamente.

Ela levanta a cabeça, surpresa. Pigarreio, me corrigindo, com pressa.

— Sabe, *objetivamente*, claro. Enfim, é o que a Cora vai dizer.

— Ah.

A gente se entreolha.

Fala alguma coisa, Alex. Por que estou tão calada? Quem sou eu?

Coço o pescoço e aponto para a porta do carro.

— Vamos...

— Claro! Vamos.

Ela se atrapalha com as chaves e destranca a porta com um bipe, antes de abri-la e apontar para eu entrar.

— Quanto cavalheirismo — brinco, passando por ela.

Ela revira os olhos, mas funciona para quebrar a tensão, como eu esperava.

— Honestamente, Alex, entra antes que eu bata a porta na sua cara.

Nós duas rimos enquanto ela dá a volta pela frente e entra no banco do motorista. O rádio liga quando ela dá a partida. O caminho para a pista de patinação tem uma vista cinematográfica de Pittsburgh, o horizonte da cidade iluminado pela luz dourada do sol poente.

Não chega aos pés da Filadélfia, mas é mesmo bem legal. Bonita, até, essa cidade para a qual fugi. Estico o pescoço para olhar pela janela até sumir de vista, substituída pela autoestrada.

— Temas de conversa — digo, no trajeto. — No que você pensou?

Molly dá de ombros, as mãos apertando o volante.

— Tá. Pensei em vários. Acho que vou começar perguntando da aula de biologia. Seguir para um papo sobre rúgbi. Talvez só... saber como foi o dia dela?

— *Isso* — digo, assentindo. — Mas especialmente o último tema. As pessoas *amam* falar de si.

Molly me olha, levantando uma sobrancelha.

— Nem me fala.

Abro um sorriso.

— O que quer que ela fale, faça perguntas. Desenvolva a conversa a partir disso. Vai mostrar que você está atenta ao que ela diz, e nada é tão bom quanto sentir que nos escutam.

Molly faz que sim com a cabeça, processando as informações.

Quando chegamos, vinte minutos depois, a pista está surpreendentemente lotada. O cheiro de carpete velho, chulé e da comida gordurosa do balcão de lanches enche meu nariz, e fico aliviada pela iluminação ser baixa, exceto pelo globo de espelhos cintilante no meio da pista, porque tenho bastante certeza de que esse lugar *nunca* deveria ver a luz do dia.

— Segurar minha porta foi um bom toque — digo enquanto compramos as entradas, me aproximando para ela me ouvir, apesar das caixas de som enormes tocando "September", do Earth, Wind & Fire. — *Agora*, eu acho que você deveria pelo menos oferecer para pagar a entrada da Cora. Especialmente se você convidar.

Molly congela, ainda segurando a carteira.

— Eu devo... pagar... sua entrada agora?

Tiro dez dólares do bolso e sacudo a cabeça.

— A gente não precisa treinar essa parte. Afinal, não estamos em um encontro sério.

Ela assente, e nós duas nos calamos enquanto a caixa conta nosso troco e começa a procurar por patins do nosso tamanho. Quando ela volta com os patins, nós duas vamos pegá-los ao mesmo tempo, e nossos braços se esbarram de leve.

Hmm... talvez andar de patins *não seja* uma ideia de encontro tão ruim, afinal. Definitivamente não é minha praia, mas confesso que tem todos os elementos para um primeiro encontro decente. Um pouco de flerte, dá para ficar de mãos dadas, quem sabe comer um lanche? Pode funcionar.

Acabo rindo quando Molly testa as rodas dos nossos dois pares, girando cada uma individualmente, antes de aprovar com um aceno de cabeça, como se degustasse um vinho chique em um restaurante de estrela *Michelin*.

Vai ser uma noite e tanto.

Calçar os patins não é problema nenhum.

Usá-los é o inferno na terra.

Depois de avançar aos tropeços pelo carpete preto estampado, rezando tudo que sei da Ave Maria, arrisquei pisar no chão de madeira lustroso.

Foi... um erro enorme.

Imediatamente me agarrei à parede para me apoiar, enquanto patinadores voavam por mim. Toda vez que tentei me mexer, senti as pernas se esticarem em direções opostas. Então, naturalmente, decidi parar de tentar e só sobreviver me segurando à parede.

— Só vai nessa! — diz Molly, girando em pequenos círculos, *de costas*, bem na minha frente.

Olho feio para ela, enfiando as unhas na parede e avançando em passos pesados.

— Se eu só *for nessa*, vou...

As palavras nem saíram da minha boca quando se tornam realidade. Levo um tombo *feio*, os patins deslizando até eu cair de bunda no chão de madeira. A base da minha coluna praticamente se estilhaça em um milhão de pedacinhos. Fico ali largada, esmagada como uma panqueca, encarando o teto branco e os raios de luz cintilante do globo de espelho.

Viro a cabeça e vejo Molly passar voando e parar com uma volta muito rápida na minha frente.

— *Muito* graciosa — diz, obviamente achando graça.

— Não fala comigo — digo, olhando do rosto dela para o teto. — Só me deixa morrer.

— Bom, você nunca me ouve — diz ela, sorrindo e se curvando. — Então não vou te ouvir.

Ela estica a mão, levantando a sobrancelha, e solto um longo suspiro e seguro a mão dela. Molly me puxa, mas, para minha surpresa, não me solta quando consigo ficar de pé.

— A gente vai devagar, tá? — diz, com os dedos quentes e macios me puxando suavemente enquanto ela patina de costas devagar.

Sinto frio na barriga de verdade.

— Agora, *essa sim* — digo, soltando a mão dela rapidamente — é uma jogada excelente para usar com a Cora.

Assim que falo, começo a me debater, perdendo o equilíbrio, mas Molly segura meus ombros, me firmando.

Sorrio para ela, envergonhada, e ela sacode a cabeça.

Ela desce os dedos pelos meus braços e pega minhas mãos de novo, segurando firme enquanto deslizamos pela pista. Damos voltas e mais voltas, acelerando aos poucos. Praticamente grudo o olhar nos patins e no ritmo regular dos passos, então mal noto o silêncio entre nós.

Direita, esquerda, direita, esquerda.

— Viu? — sussurra ela, a voz pouco mais alta que a música. — Não é tão ruim.

Ergo o rosto para encontrar o olhar dela, pronta para dizer que acho que *literalmente* quebrei a bunda quando caí, mas as palavras ficam presas na garganta.

O rosto dela está a poucos centímetros do meu, a luz do globo de espelhos cintilando nos olhos escuros de Molly, dançando pelo gloss na sua boca. Ela se aproxima mais na curva, até nossos peitos estarem quase se encostando, e o cheiro adocicado do perfume floral fica mais forte do que o fedor de meias sujas do lugar, me envolvendo em um aroma conhecido, seguro e quase atordoante.

É tão inesperado que meu coração começa a martelar forte.

Honestamente, não sei se é por causa do medo iminente da queda, ou de... Molly.

E não sei se quero tentar descobrir.

O rosto de Natalie me vem à mente, e solto as mãos de Molly de repente, cambaleando de leve ao passar por ela.

— Vou conseguir.

Aperto as mãos em punho, me concentrando em não morrer e ignorando o que quer que tenha sido *aquilo*. *Um pé atrás do outro, Alex. Um pé atrás do...*

Olho para o lado quando uma criancinha passa voando por mim, tão rápido que a brisa quase me derruba.

— Pensa só — diz Molly, quando cambaleio para trás e esbarro nela, e me equilibra antes que eu nos derrube. — Talvez um dia você patine tão bem quanto uma criança de cinco anos.

Rio com desdém, a tensão se quebrando no mesmo instante.

— Duvido.

— Então, como você acha que seria? — pergunta Molly, patinando para trás, enquanto tento voltar a avançar, titubeante. — Se eu viesse aqui com a Cora?

— Provavelmente bem legal! — digo, olhando de lado para ela, que dá uma volta graciosa até estar patinando ao meu lado. — Quer dizer, eu *definitivamente* começaria com aquilo de dar as mãos *antes* que ela quebre a coluna, mas acho que é para isso que serve o treino.

Faço um aceno com a cabeça, completamente de volta ao trabalho.

Ela quer estar aqui com Cora. Não comigo. Está tudo bem. Inclusive, só mostra que sou boa professora.

Molly acena, concordando com um sorrisinho, e praticamente sinto a confiança irradiando dela.

Passo a hora seguinte perseguindo Molly pela pista, apesar de "perseguir" ser uma palavra um pouco forte.

Provavelmente pareço uma criancinha correndo atrás de Usain Bolt.

Sempre que começo a me desequilibrar, ela estica as mãos para me endireitar, e nós duas caímos na gargalhada.

— Meu Deus, você é *tão* ruim nisso — diz Molly, sacudindo a cabeça, quando quase bato de cara na parede.

— É um talento — digo.

Na mesma hora, uma voz estalada sai pelo alto-falante antigo, interrompendo "Rock with You", do Michael Jackson, no meio do verso.

— É a hora pela qual vocês estavam esperando! Vamos começar a dança da cordinha, valendo prêmios, no meio da pista!

É, essa é realmente a *última* coisa que eu estava esperando. Quando tento fugir para terras menos escorregadias, Molly pega meu braço e me puxa para a fila.

— Molly, eu já sou horrível na dança da cordinha *em terra firme* — digo, quando os alto-falantes voltam a tocar "Limbo Rock". — Você já viu como sou alta? Por favor, faça isso com a Cora, ela é *muito* mais baixa do que eu.

— É só a primeira rodada. Só precisa jogar a cabeça para trás — diz, conforme avançamos, crianças, adolescentes e adultos todos passando por baixo da barra de madeira como se não fosse nada.

Olho com desconfiança para a barra, que fica na altura do meu peito, e dou passinhos cuidadosos para a frente quando chega minha vez.

Bem quando começo a esticar a cabeça para trás, no entanto, meu patins direito engancha no esquerdo e caio com tudo para a frente, batendo a cabeça na barra de madeira. Com força. A música para abruptamente e ouço um "OOOH" coletivo de todo mundo na fila.

Faz-se um silêncio absoluto. Parece até um cemitério. Eu me endireito, esfregando a testa, encontro o olhar de Molly, e a gente perde tudo. Acho que nunca gargalhei tanto. Ela se dobra, *uivando*, enquanto rolo pelo chão, tentando recuperar o fôlego. Pouco depois, todo mundo se junta a nós, e Molly está secando lágrimas quando finalmente se aproxima, deslizando.

Ela me oferece a mão, apontando para a saída.

— Quer ir embora?

— É, provavelmente é boa ideia — digo, enquanto ela me levanta, me salvando do chão de madeira lustroso dos infernos. Soltamos as mãos assim que chegamos ao carpete estampado, ainda rindo.

Quando nos sentamos no banco de madeira perto do balcão de devolução de patins, Molly vira o corpo para mim, o rosto sério. Há um brilho de preocupação nos olhos castanhos quando ela encosta a mão, de leve, no galo que se forma na minha testa. Os dedos dela estão frios, suaves e me atordoam mais do que o traumatismo craniano induzido pela dança da cordinha.

Eu subestimei completamente como ela seria boa nisso.

— Você precisa de gelo? — pergunta ela, apontando para o balcão de lanches. — Posso pedir um pouco.

— Hum, não.

Sacudo a cabeça e ela se afasta, voltando a atenção para desamarrar os patins, enquanto tento calar o ritmo inesperado e irregular do meu peito.

Molly parece não precisar de treino nenhum.

Ela tira os patins e se levanta.

— Bom, vou pegar gelo de qualquer jeito — diz, analisando meu rosto. — Eu não me perdoaria pelo hematoma na sua fonte de sustento — brinca, de costas para mim.

— Ha, ha, é — falo, sem graça, porque meu cérebro aparentemente decidiu parar de funcionar.

Eu a vejo se afastar e solto um gemido alto, voltando a me abaixar para desamarrar os patins.

O celular vibra no meu bolso, e logo o puxo, vendo a mensagem de Tonya que ilumina a tela.

Acabei de ver o Tommy sair da casa da sua mãe. Achei melhor te avisar.

Merda.

28.
Molly

Apesar de já ser muito tarde quando voltamos à Pitt. Apesar de estar completamente exausta. Apesar de meus tornozelos doerem por causa das duas horas patinando sem parar. Ainda não estou pronta para me despedir. Então, em vez de deixar Alex na porta vermelha do prédio dela, estaciono no outro lado do campus, bem na frente da Catedral, onde costuma ser bem tranquilo, distante dos bares e das festas.

— Boa ideia. Fazer o encontro durar mais — diz Alex, olhando para mim ao soltar o cinto de segurança.

— Isso. Pois é — respondo, tentando fingir que é definitivamente o que fiz.

Saímos e começamos a caminhar pela calçada silenciosa, esbarrando os ombros de vez em quando. Alex está estranhamente quieta desde que voltei com o gelo na pista de patinação.

— Tudo bem? — pergunto, preocupada.

— Tudo bem, sim — responde ela, com um suspiro profundo.

Não parece estar, mas, depois de mais uns minutos de silêncio, eu a ouço rir e, quando me viro, vejo que ela está sacudindo a cabeça.

— Pensando na dança da cordinha? — pergunto, sorrindo.

— Em tudo — responde, e caímos as duas na gargalhada por causa de tudo que aconteceu hoje. — Acho que é a primeira vez que me sinto um pouco em casa aqui — continua Alex, recuperando o fôlego do ataque de riso.

— Entendo bem — respondo.

Tem alguma coisa nessa noite…

É tudo que eu esperava da faculdade, mas não acreditava que seria *mesmo* depois de entrar no meu quarto individual no primeiro dia.

É tudo que eu queria, mas, de alguma forma, ainda mais.

Definitivamente me lembrarei dessa noite. Alex, também, se ficar uma cicatriz da pancada na cabeça.

— Acho que nunca me senti tão em casa em lugar nenhum — continua. — É gostoso.

Um nó se forma na minha garganta quando penso que ela nunca se sentiu em casa *em casa*.

— Fico feliz — respondo, esbarrando nela de leve.

O ar fresco arrepia minha pele, então solto a camisa de flanela da cintura e a visto, sem abotoar.

Alex vira para a esquerda, nos afastando mais do apartamento e indo em direção ao parque Schenley, o departamento de artes da Pitt reluzindo, iluminado por uma fonte de pedra enorme na frente.

— Vem aqui — diz ela, a voz um pouco rouca por causa das horas que passamos gritando e rindo.

Ela pega minha mão e me puxa pelos degraus de concreto da Biblioteca Carnegie. Nem pergunto por que vamos à biblioteca em um domingo, tão perto da hora de fechar. Só deixo ela me puxar pelo resto do caminho, porque tenho aprendido que coisas boas podem acontecer se eu relaxar um pouco.

Ela me solta quando passamos pelas portas de vidro, entrando no saguão. Chega a ser estranho *não* estar de mãos dadas, depois de passar tanto tempo a puxando pela pista. Eu a acompanho pelo primeiro piso, passando pelo café onde ela furou a fila, e escada acima, ofegando e bufando atrás dela enquanto subimos correndo os dois lances, chegando ao último andar, onde nunca estive. Ela caminha lentamente pelas fileiras poeirentas de estantes, das autobiografias à ficção histórica. Não há mais ninguém ali, e estou prestes a perguntar o que viemos fazer, quando ela finalmente para, no meio de uma fileira, e se vira para mim.

— Está ouvindo? — pergunta, arfando sob o zumbido das luzes fluorescentes.

Mas tudo que ouço é o ruído de nós duas tentando recuperar o fôlego.

— Não ouvi nada — digo, sacudindo a cabeça.

— Exatamente. Só absoluto silêncio — diz, fechando os olhos e se sentando no chão, encostada nas prateleiras mais baixas.

Eu me aproximo e me sento no chão ao lado dela, abraçando os joelhos e cutucando a costura da calça jeans. Sentada aqui no silêncio, sinto a vontade de contar para ela uma coisa na qual já tenho pensado faz um tempo.

Não sei se quero. Não quero que ela ache estranho, mas, sentada aqui com ela, no silêncio, é tudo o que quero fazer. Por mais animada que eu esteja para fazer isso tudo com Cora, nosso treino significa outra coisa para mim.

E quero que ela saiba.
— Alex? — digo, olhando para as fileiras de livros à nossa frente.
— Sim? — responde ela, baixinho.
— Quero te dizer uma coisa, mas você não pode rir. Tá bom?
— Tá — sussurra ela.
Respiro fundo, sentindo a boca seca.
— Você me deixa completamente doida, mas é a melhor amiga que já tive — digo, minha voz tremendo um pouco.

Alex não responde nada, mas, pela minha visão periférica, a expressão dela diz tudo, esticando o pé direito pelo chão até encostar no meu esquerdo. Ficamos as duas em silêncio por um bom tempo, até ela pigarrear.
— Eu nunca, hum... trouxe ninguém para cá.
— Para a biblioteca? — pergunto, apertando os olhos.
— Não, Molly — diz, com uma risada. — Deixa eu só...
Ela faz um gesto, indicando que tem mais a dizer, mas não sabe como colocar em palavras.
— Ah, *desculpa* — sussurro, esperando ela continuar.
— Quando eu era mais nova e meus pais brigavam, eu pegava a bicicleta e ia à biblioteca. Lá, eu me sentava no chão, escondida atrás de fileiras e mais fileiras de estantes, e ficava lendo. Não tinha gritos, nem nada quebrando. Era só silêncio.

Ela fecha os olhos, e eu ajusto minha posição, esperando não chamar muita atenção, temendo que ela pare de falar. Ela continua.
— Quando cheguei no ensino médio, minha mãe estava bebendo tanto que... Nem consigo... — diz, sacudindo a cabeça, e decide seguir em frente. — Ela nunca nos ouvia, nunca ia procurar ajuda. E, bem quando achei que não

dava para piorar, quando minha mãe estava passando o fim de semana todo desmaiada no sofá e a gente não tinha nem dinheiro para comer, meu pai só...
Vejo o olhar dela ficar embaçado de lágrimas, os lábios tentando formar algo além de um sussurro.

— Ele me abandonou. Ele me largou lá, para limpar o que sobrou.

Ela dá de ombros, um soluço a pegando desprevenida, finalmente se abrindo para mim.

— E foi o que eu fiz, mas piorou tanto, e, *meu Deus do céu*, parece que minha vida toda se resumiu a dar jeitos. Em tudo. Minha mãe. Dinheiro. Meus relacionamentos — diz, antes de fazer uma pausa, encontrando meu olhar pela primeira vez desde que começou a falar, a respiração entrecortada. — Não quero viver para sempre assim. Onde a biblioteca é o único lugar seguro, porque estou sozinha.

Nunca quis tanto fazer alguém se sentir melhor.

— Alex, você não precisa — digo, com toda a confiança de que sou capaz.

— Você soa tão *segura*. Como se eu pudesse só mudar o curso para Letras, e a gente fosse passar quatro anos lendo, comendo iogurte, caminhando noite adentro e fazendo perguntas bobas, e nada fosse desmoronar.

— Não vai desmoronar — digo, meu peito doendo por ela. — Se tem uma coisa que aprendi com você, é que a gente precisa ir atrás do que quer, senão nada vai mudar. Alex, sua vida não precisa ser igual à dos seus pais. Você não precisa fazer um curso do qual nem gosta só por medo disso. Algumas coisas têm que desmoronar, porque não deviam estar juntas, mas outras são tão feitas para estarem juntas que nunca vão quebrar.

— Essas coisas só parecem possíveis quando estou com você — diz ela, o olhar concentrado no carpete. — Nunca conheci ninguém como você.

— Como assim? Sem jeito? Ansiosa? Socialmente inútil?

— pergunto, preenchendo o silêncio.

— Boa. Você é só tão... boa, Molly — responde, olhando para mim. — Cora vai ter muita sorte de ficar com você.

De repente, sinto a necessidade de fazer a mesma pergunta que fiz quando combinamos o plano. Sei o motivo original, mas as coisas agora estão muito diferentes. De um jeito que não sei descrever, porque nem eu consigo entender.

— Por que você está fazendo isso?

Alex solta uma gargalhada, mas acaba ficando em silêncio, como se quisesse mesmo entender o motivo de verdade antes de responder.

— Eu... — começa, e respira profundamente, expirando devagar, o olhar nos livros à nossa frente. — Quero provar para *mim* que também posso ser boa. Quero ser alguém em quem as pessoas podem confiar, na qual podem se apoiar. Quero ser alguém capaz de se abrir.

Ela se volta para mim, nossos olhos na mesma altura quando ela se encolhe contra a estante.

— Você se abre bastante para *mim* — digo, notando pela primeira vez os traços amarelados sutis nos olhos verdes dela.

— Com você, é diferente — diz ela, baixinho, abaixando a cabeça só um pouquinho, de um jeito quase imperceptível.

Mas eu percebo.

O ar entre nós é quase inebriante.

Há eletricidade aqui.

— Se fosse um encontro de verdade — sussurra Alex —, agora seria a hora do beijo.

Fico sem ar, a dor nos tornozelos esquecida, substituída por uma pontada no peito.

Não sei se está mesmo acontecendo ou se é só impressão, mas parece que o espaço entre nós vai diminuindo, diminuindo, até... Uma mensagem apita no meu celular, o barulho nos arrancando da atração magnética. Alex desvia o olhar imediatamente, se afastando alguns centímetros enquanto pego o celular.

— É a Cora — digo e, por algum motivo, quase me sinto culpada, até que leio a mensagem e paro abruptamente. — Meu Deus. Ela quer jantar comigo na sexta. Estudar e jantar — digo, virando o celular para Alex, que o pega das minhas mãos correndo. — Ela está *me* convidando para sair, né? É isso mesmo que está acontecendo? — pergunto.

— Hm — começa Alex, aproximando o celular do rosto, vendo os mil emojis. — É. É um encontro, sem dúvida. Acho que você tá oficialmente liberada da terceira etapa.

Puta que pariu, *finalmente* vou sair com a Cora Myers.

Só que... não me sinto tão animada quanto imaginei. Eu me convenço que provavelmente é porque estudar e jantar não tem a mesma graça da noite de patinação que tinha planejado. Não tem nada a ver com...

— Espera aí, sexta? — pergunta Alex, devolvendo meu celular. — É dia treze de setembro. É o show da Natalie. É *perfeito*. Ela pode ver isso tudo pessoalmente, você com a Cora, por causa da *minha* ajuda. Você devia chamar ela para o show! Assim, vou estar lá, caso você precise. Pode ser, tipo... um encontro duplo.

Olho para ela por um segundo, tentando decidir se é o que *quero*. Não sei exatamente o que acabou de acontecer entre a gente aqui, mas estou sentindo por Alex Blackwood coisas que *nunca* imaginei que sentiria. Não quero que fique esquisito. Mas também não posso negar que preciso muito da ajuda dela no meu primeiro encontro, para não estragar tudo com a Cora, já que não vamos andar de patins. Além do mais, ela está certa. É a oportunidade perfeita para mostrar para a Natalie o quanto ela me ajudou, e, depois de tudo que ela fez, devo isso a Alex.

— Vai nessa. Responde. É exatamente o que você estava esperando, não é? — pergunta Alex, jogando a bola para o meu campo, mas não chega a encontrar meu olhar.

— Ah, é. Isso, claro.

Então respondo, digitando uma mensagem engraçadinha para Cora.

Jantar é ótima ideia! ☺ Mas eu talvez tenha uma ideia melhor. Quer ir a um show comigo? Prometo gente suada e refrigerante caro ☺😜

Mostro para Alex e, depois de uma pausa, ela aperta no botão de enviar.

Cora responde rápido:

QUERO!!

Alex está certa. É tudo que eu sempre quis, tudo que nunca achei que poderia ter. É a *Cora*. Não vou botar tudo a perder por causa de uma noite, um momento perdido na biblioteca com uma garota que eu achava insuportável um mês atrás. Uma garota que obviamente está muito interessada em outra pessoa.

Então, tudo resolvido.

Sexta-feira é a quarta etapa. Tenho um encontro de verdade. Meu primeiro encontro. Com Cora Myers.

Só nós duas.
E Alex.
E Natalie.
Perfeito.

29.
Alex

Corro escada acima o mais rápido possível. Dou a volta no corrimão, me sentindo tonta, empurro a porta do apartamento e quase trombo com tudo na Heather.

— Tudo bem? — pergunta ela, com pote de macarrão instantâneo na mão. — Você parece um pouco... — hesita, me olhando de cima a baixo. — Transtornada.

Transtornada? Alex Blackwood não fica transtornada. Muito menos por causa de *Molly Parker*.

— É, não, estou super de boa — digo, soltando uma gargalhada esquisita no caminho para o quarto. — De boa na lagoa! — acrescento, fechando e trancando a porta.

Eu me encosto na porta e deslizo até o chão.

Que *porra* foi essa?

Fecho os olhos com força, os apertando com a palma da mão, mas ainda vejo o rosto de Molly pintado sob minhas pálpebras, avançando devagar, a boca tão próxima que dava para...

Afasto as mãos e sacudo a cabeça, fazendo a imagem sumir.

— Fala sério, Alex. Não vamos exagerar — murmuro, esticando as pernas na minha frente, batendo os sapatos.

Assim, não beijo *ninguém* faz *um mês*. É quase um recorde! Não é surpresa que esse fingimento todo tenha mexido comigo.

Mas meu cérebro não para de reprisar. A pista de patinação, o perfume floral, as mãos dela nas minhas. A biblioteca, os olhos castanhos na luz suave, a expressão me dando um frio na barriga. Não parecia fingimento.

— Merda.

Deslizo mais um pouco, até deitar completamente no chão acarpetado. Vejo a luz dos faróis de um carro lá fora dançarem pelas lajotas do teto, meu coração martelando sob o tecido da camiseta.

Estou a fim da Molly.

O pensamento me vem do nada, inicialmente chocante, mas aí...

Continua se repetindo, sem parar, encontrando a verdade assustadora nas palavras.

Eu estou a fim da Molly.

Molly, que marca de patinar no primeiro encontro.

Molly, que nem consegue chamar uma garota para sair.

Molly, que se veste que nem uma mulher de sessenta anos.

Solto um gemido e me viro de lado, encolhendo as pernas quando pensar nas roupas me leva à sra. Parker, seu rosto sorridente e cabelo curto e grisalho. A expressão de amor quando olha para Molly. A piscadela conspiratória de quando nos conhecemos.

O quanto ela me odiaria quando eu inevitavelmente magoasse Molly, porque *aparentemente* a Natalie está certa.
Natalie.
A garota com quem eu tenho uma história. Que disse que me ama, apesar de todos os motivos para não amar. A garota pela qual passei o último *mês* me esforçando para cacete para provar que *posso* ser uma boa pessoa. Que posso ser sincera, honesta e me abrir.
Só que... tudo que fiz foi me abrir para a pessoa errada.
É que, pela primeira vez, não me senti claustrofóbica e horrível. Foi tão fácil. Hoje, na biblioteca. Duas semanas atrás, no alojamento.
Sinto meu estômago afundar até o chão, e puxo um fio solto do carpete.
Acho que sou exatamente a pessoa que Natalie achava que eu era.
Alguém em quem ela não pode confiar quando estou aqui em Pittsburgh.
Mas isso... *isso* é pior. Nunca me aconteceu isso antes. Flerte, namoricos e ficadas, claro. Mas não... *o que quer que isso seja.*
Enfim, não que importe, na real.
Molly gosta de Cora. Cora, perfeita, sempre sol e arco-íris, tudo com que Molly poderia sonhar. Elas fazem sentido, de todos os jeitos que nunca faríamos. Cora defendeu Molly naquela noite, na festa, quando falei uma coisa muito escrota. Elas são da mesma *cidade.* Ela não é, bom...
Que nem eu.
Estragada. E destinada a magoá-la, por mais que tente evitar.
Fico deitada no chão, enroscada, até conseguir enfiar todos os meus sentimentos ruins em uma caixinha. Uma

caixinha etiquetada com NÃO ABRA. Uma caixinha que construo até o céu estar um breu.

Vou consertar isso.

Não vou sair dos trilhos agora, só porque fui um pouco bem-sucedida demais.

Molly pertence à Cora, eu pertenço à Natalie. Natalie, que me ama, apesar de meus defeitos gritantes.

Sexta-feira, nós duas vamos ficar com as nossas garotas. E vai ser como se nada disso tivesse acontecido.

Na tarde seguinte, tenho que cortar uma montanha de cebolas tão alta que provavelmente faria a cidade toda de Pittsburgh chorar.

Esfrego os olhos com o cotovelo, retorcendo o rosto de dor enquanto retalho a pilha, com uma faca certamente menos afiada que o humor do professor de biologia.

— Tá um dia bonito hoje — diz Jim, fazendo o papel de meteorologista na frente do depósito, um cigarro pendurado da boca, esticando o pescoço para olhar o céu. — A gente estava precisando mesmo. Faz tempo pra caralho que não temos um bom dia.

Semana passada, a comida esgotou duas vezes, mas já aprendi que Jim adora um drama.

Hoje, no entanto, não estou com humor para isso. Acabo de cortar as cebolas e pulo da van, arrancando as luvas de látex azul e jogando na lata de lixo.

Encostada na van, pego o celular do bolso e vejo uma mensagem de Natalie. Ela me liberou do castigo depois que combinei com um dos caras da banda para dar um frappuccino de caramelo da Starbucks para ela em meu nome, antes do show em Chicago.

Honestamente, está começando a ficar cansativo, e cada vez mais difícil, arranjar jeitos de me liberar do castigo. Especialmente quanto sinto que acontece até bastante.

Já em Ohio! Até sexta ☺

Hesito, com o teclado aberto, meus dedos congelados no ar enquanto um sopro de incerteza revira meu estômago. Afasto a sensação e respondo Mal posso esperar, com mais emojis do que em um post no Facebook de uma mãe de meia-idade.

Guardo o celular no bolso e volto para ajudar Jim a cortar as batatas. Ele me olha quando pego o cortador, retalhando duas caixas de batata em tempo recorde, a testa suando apesar do clima mais ameno.

— Tudo certo aí? — pergunta ele, com um sorriso de quem está achando graça.

— Não foi nada — digo, revirando os olhos, e enfio outra batata no cortador, abaixando a alavanca com um estrondo.

— Só... problemas com namorada.

Nem espero que ele responda, mas Jim ri e aperta a tampa em um dos potes transbordando de batatas, que levanta com um grunhido.

— Sei como é. As garotas não me largavam, quando eu era jovem.

— Jura? — pergunto, e ele sorri, ajeitando o pote de batata na van antes de tirar o celular do bolso.

— Não precisa soar tão surpresa — resmunga, apertando os olhos para o aparelho.

Depois de pressionar algumas vezes a tela, ele me mostra uma foto de adolescência, um Jim arrumadinho, com casaco do time da escola, envolvendo duas líderes de torcida com os braços musculosos.

Parece totalmente outra pessoa.

— Puta que pariu — digo, virando a cabeça da foto para o Jim atual.

Ele guarda o celular.

— É uma loucura o efeito de dez anos de drogas e álcool — diz, pegando outra caixa de batatas na prateleira e largando aos meus pés. — Agora estou sóbrio, graças à reabilitação lá em Erie e às reuniões semanais do AA, mas perdi tudo. Meus amigos. Minha família. Minha noiva.

Com um suspiro demorado, ele se senta na beirada da van, põe um cigarro na boca, e o acende.

— Ela era minha namorada de escola, mas se mandou depois que passei uma semana de porre. Não posso culpá-la.

Ele olha para longe, uma nuvem de fumaça saindo lentamente de entre os lábios.

— A bebida era meu jeito de fugir das coisas, sabe?

Faço que sim, sentindo raiva ao pensar na minha mãe. A bebida é a fuga dela, tudo na vida indo embora no segundo em que ela leva uma garrafa à boca. As responsabilidades, os relacionamentos, a habilidade de ser um ser humano funcional, quem dirá uma mãe.

Mas aí penso em mim. Posso até não beber, mas certamente, do meu jeito, eu fujo das coisas. Que nem minha mãe.

— Entendo — digo, soltando um suspiro e olhando para as batatas, o papelão cedendo na lateral, tentando sustentar o peso.

Ele grunhe ao se levantar, apontando para mim com um dedo grosso.

— Qualquer que seja o problema, não fuja dele. Não acabe velha e solitária que nem eu, garota.

— Jim. Do que você tá falando? Você tem, tipo... quarenta anos.

— Hum. Dane-se.

Ele abana a mão, pondo o cigarro de volta na boca e saindo do depósito.

Eu o vejo ir, mas parte do que ele disse fica comigo. *Fugir*.

Penso em Natalie, em como ela disse "Eu te amo" naquela noite na Filadélfia. Em como ela me abriu os olhos para algo que eu nem tinha notado sobre mim mesma. Na certeza disso, da *gente*.

E cá estou, sabotando isso. Que nem sempre faço.

Por que eu ia querer fugir disso e ficar a fim de uma garota que gosta de outra?

Não posso continuar fugindo, que nem minha mãe. Preciso ficar. E, se não conseguir ficar com a Natalie, não vou conseguir ficar com ninguém. Preciso tentar.

Eu me abaixo para pegar uma batata e a enfio com força no cortador, completa e totalmente decidida.

30.
Molly

A casa de shows é pequena. Tem espaço para umas cem pessoas, no máximo, entre o tablado e um bar grande e retangular no fundo do prédio. Luzes antigas pendem de correntes compridas do teto abobadado, e janelas opacas em arco cobrem as duas paredes. Parece uma igreja transformada.

— A banda é muito boa! — grita Cora no meu ouvido, em meio ao estrépito dos alto-falantes, o pé esbarrando de leve no meu no chão preto e lustroso.

Sorrio e faço que sim com a cabeça, entusiasmada, mas estou tão distraída que não prestei atenção a uma música sequer.

Distraída por Alex, do meu outro lado.

Distraída por ela ter me ignorado a noite toda, exceto quando confirmou que vou contar para a Natalie tudo que ela fez por mim.

Distraída pelo fato de que a atenção dela está grudada em Natalie, no palco, há meia hora, e pelo jeito que Natalie a olha. Como se cada verso que cantasse fosse *só* para os ouvidos de Alex. Como se só existissem elas naquela sala.

Tomo um gole de Sprite e olho de relance para Cora.

Ela está usando um lindo vestido azul com flores amarelas, que sobe até as coxas quando ela pula, dançando no ritmo da música. A boca foi perfeitamente delineada com batom vermelho, e o minúsculo brilhante no nariz cintila sob os holofotes.

Ela vê que estou encarando, mas não para de dançar.

Só sorri, aquele sorriso enorme e luminoso, pelo qual estou apaixonada desde o nono ano.

É um sorriso que me sacode, me acorda e me lembra que *estou aqui com Cora Myers*, a garota dos meus sonhos.

— Estou muito feliz por você ter vindo, Cora — digo, o coração martelando.

— Bom, você demorou bastante para me chamar — provoca ela. — Apesar de, tecnicamente, eu ter convidado você, né.

— Bom, *tecnicamente*, a gente estaria estudando para a prova de biologia agora, se eu não tivesse falado do show, então...

Dou de ombros, de brincadeira. Sinto o nervosismo subir, mas é diferente daquela noite na festa, quando eu mal conseguia olhar para ela. Não estou nervosa porque acho que vou fazer besteira. Acho que estou nervosa porque talvez isso funcione.

Talvez eu possa *mesmo* ficar com a garota dos meus sonhos.

— Verdade — concede. — Então, acho que estou feliz por você ter me chamado. Muito feliz.

Ela bate com o copo de refrigerante no meu, e nós duas tomamos um gole enquanto uma salva de palmas percorre a plateia. Alex olha para mim por um segundo, antes de voltar a concentrar sua atenção no palco. Natalie sopra beijos para o público, e Alex assobia alto, com dois dedos na boca, enquanto a banda sai.

Uns dois minutos depois, Alex acena para alguém, mas não enxergo quem, por causa da multidão. Até que Natalie aparece, vindo na nossa direção e passando por algumas pessoas que apontam para ela, cochichando entre si.

Quando a vejo se aproximar de Alex, me pergunto se elas vão se beijar. Faz quase um mês que não se veem, afinal. Mas elas não se beijam, e suspiro, aliviada. Em vez disso, Alex puxa Natalie para um abraço apertado, cochichando algo no ouvido dela. Desvio o rosto, me virando para o bar, que está lotado de gente tentando comprar bebida antes da banda principal subir ao palco.

— O que vocês acharam? — pergunta Alex, abrindo espaço para incluir Cora e eu.

— Você foi incrível! — diz Cora para Natalie. — Eu não fazia ideia que a Alex namorava uma estrela do rock.

Vejo Alex ficar fisicamente tensa ao ouvir aquilo. Eu me pergunto se é por ter medo de que Natalie ache que Alex não falou o suficiente dela, sua *namorada*.

— É, bom... — diz Natalie, jogando o cabelo preto comprido por cima do ombro, piscando os cílios cobertos de rímel — ... ela é uma moça de sorte.

Alex relaxa um pouco, e é muito estranho vê-la nervosa. É só que... não é a cara dela.

Mas imagino que elas tenham resolvido as complicações, ou não estariam ali.

— Ei, amor, pega uma água para mim — diz Natalie para Alex, como se nem fosse uma pergunta.

— Claro — diz Alex. — Já volto.

— Vou junto — diz Cora, levantando o copo vazio. — Molly, quer um refil?
— Não, estou bem. Obrigada.
Sacudo a cabeça, e Alex me olha atentamente antes das duas sumirem na multidão, me deixando com Natalie. Sozinha com ela, sinto a ansiedade voltar, deixando meu peito apertado. Mas penso em Alex e, apesar de ela estar esquisita essa noite, devo isso a ela.
— Oi, me chamo Molly, prazer — digo, esticando a mão.
Natalie aperta minha mão depois de hesitar por dois segundos, em que me analisa. Sinto aquele suor conhecido me cobrir. *É só insistir, Molly.*
— A Alex é mesmo incrível. Ela tem me ajudado muito — digo, me preparando para contar como ela me ajudou a sair com a Cora hoje, que ela é uma pessoa diferente da garota que Natalie deixou na Filadélfia. — Esse último mês todo, a gente...
Natalie me interrompe, bufando com desdém, e revira os olhos.
Paro de falar e olho para ela, confusa.
— Não comece a achar que é especial — diz. — É óbvio que você é um cachorrinho perdido, querendo atenção. E Alex dá atenção para qualquer um, por um tempo. É assim que ela é.
Dou um passo para trás quando ela me encara, fazendo eu me sentir pequena, como eu era antes de vir para cá, antes de conhecer Alex. Por mais que eu queira defender minha amiga, dizer para Natalie que ela nem merece estar na vida de Alex...
Eu só... não consigo.
Alex e Cora chegam com as bebidas.

— Falaram muito de mim? — pergunta Alex, me olhando diretamente.

Dou um passo para trás, relaxando os dedos.

— Só coisas boas — diz Natalie, abraçando bem a cintura de Alex com a mão, e dá um beijo no pescoço dela. — Não foi, Molly? — pergunta, me fuzilando com o olhar através do pequeno círculo.

Encaro ela de volta por um momento, tentando pensar em uma resposta, mas, em vez disso, só assinto.

— Já volto — digo, evitando o olhar de Cora e correndo na direção do banheiro, pegando o celular enquanto me esgueiro pelas aberturas na multidão, meu sangue praticamente fervendo.

Me encontra no banheiro, mando para Alex, e espero.

31.
Alex

Tento não derrubar a bebida que acabei de pegar em um milhão de pessoas até finalmente encontrar Molly, encostada na parede preta perto da entrada do banheiro.
— Cara, o que você tá fazendo? — pergunto, apontando com o polegar para o canto do bar, onde deixamos Cora e Natalie. — Você não pode largar a garota que tá te acompanhando. Não te ensinei na...
— Não gosto dela — diz Molly, interrompendo a frase.
A expressão dela está mais séria que já vi, as sobrancelhas escuras franzidas.
— Cora? Como assim, não gosta dela? — pergunto, tentando entender onde essa conversa pode estar indo parar.
Elas passaram o show todo da Cereal Killers flertando.
— Não. Natalie.
Olho para ela, incrédula.
— Como assim? Você nem *conhece* ela?
Molly se aproxima mais, sem sinal de timidez.

— Conheço o bastante para saber que você merece mais do que *aquilo*. Muito mais.

— Do que você tá *falando*?

— Não gostei de como ela te trata — diz Molly, cruzando os braços no peito.

Sacudo a cabeça, soltando uma gargalhada, mesmo que nada daquilo seja engraçado. Uma vaga lembrança das últimas semanas, de Natalie me ignorando e desligando na minha cara, me vem à mente, mas ignoro. Tenho que me manter firme. Não vou fugir agora.

— Bom, se esse mês me ensinou alguma coisa, é que você não sabe porra nenhuma sobre relacionamentos, Molly — digo, avançando um passo, olhando para ela de cima. — Afinal, você nem consegue chamar uma garota para sair sem instruções detalhadas.

Molly se encolhe um pouco, mas não recua.

— Sei como deve ser um relacionamento saudável, Alex, mesmo que eu não tenha experiência. E não é assim.

— Bom, *perdão*, mas não é todo muito que foi criado por uma família perfeitinha, com casinha de cerca branca, dois filhos e um cachorro, e *Beth* como mãe — digo, a analisando, da expressão determinada no rosto às mãos apertadas em punhos pálidos. — Por que você se importa? Já conseguiu sua menina dos sonhos.

Ela aperta mais os punhos, tensiona o maxilar, frustrada.

— Porque estou tentando te *ajudar*, Alex, mesmo que você tenha me ignorado a *noite toda*. Você é minha...

Não deixo ela acabar. Não quero ouvir ela falar "amiga", por muitos motivos.

— Bom, a gente já acabou de se ajudar, né? Você tá com a Cora. Natalie voltou. O plano acabou, se é que existiu. Sabe, eu só *inventei* essas etapas todas, de tanto que você precisava? Quem liga para a merda da quinta etapa, afinal? — digo, gesticulando entre nós, eu e ela, *nós*. — A gente não precisa mais fazer isso.

É então que as palavras escapam da minha boca antes que eu possa contê-las. As palavras que não posso retirar.

— A gente não precisa fingir que se importa uma com a outra.

Imediatamente, vejo que atingi o alvo.

E é ainda mais horrível do que eu teria imaginado, ver o pedacinho do coração de Molly no qual consegui encontrar um lar no último mês se estilhaçar.

Ela arregala os olhos e dá um passo para trás, acidentalmente batendo na parede, lágrimas se formando.

Olho rápido para baixo, para meu tênis gasto, apertando os olhos com força quando ela passa por mim, voltando à multidão.

— Mandou bem, Alex — resmungo, chutando a parede.

Viro a cabeça e a vejo pegar a mão de Cora e sumir com ela pela porta, noite afora. Para o felizes para sempre.

Viro o resto da bebida, e encontro o olhar de Natalie do outro lado do salão, meu próprio felizes para sempre, que *não vou* sabotar, à minha espera bem ali. Bato com o copo vazio no balcão e atravesso a turba, indo atrás dela, pronta.

— Não consigo abrir.

Natalie ri, esbarrando em mim, o cartão do hotel caindo da mão dela no chão acarpetado.

Me abaixo para pegar, cambaleante, antes de passá-lo pela fechadura, fazendo a porta se abrir com um clique.

— Consegui! — exclamo para o corredor vazio, fazendo ela rir ainda mais.

Já passei muito do meu limite de duas bebidas, o que a gente sabe muito bem.

A porta ainda está acabando de fechar quando a boca dela encontra a minha, nossos corpos se colam, os dedos dela percorrem meus cabelos. Tudo com um desespero que faz eu me sentir, bom...

Desejada.

Como se tudo fosse como deveria ser. Como se não tivesse se passado tempo algum. Briga alguma. Distância alguma. Molly alguma.

O rosto dela vem à minha mente, e eu o afasto, focando na sensação da blusa de Natalie sob meus dedos. Eu a dispo, e nossos olhares se cruzam quando ela me empurra um pouco para trás, abraçando meu pescoço, nós duas tropeçando para trás até a cama enorme, tirando os sapatos aos chutes.

Ela cheira ao cigarro mentolado que fumou no caminho. Ao spray da Victoria's Secret que guarda no case da guitarra.

E, por mais que não queira, não consigo deixar de pensar no perfume floral e suave de Molly, em como o de Natalie é forte e almiscarado, diferente do dela. As mãos de Natalie descem pelo meu corpo, os dedos abrem rapidamente o botão da minha calça jeans, descendo o zíper devagar...

— Para — digo, antes mesmo de notar que vou dizer, afastando bruscamente a boca.

Nós duas ficamos paralisadas, surpresas.

Ela se afasta um pouco, com uma expressão confusa, estreitando os olhos para me encarar.

Eu me afasto mais, me sento e passo a mão pelo cabelo.

— Sei lá. Acho que talvez a gente deva... conversar.
Natalie ri, erguendo as sobrancelhas, surpresa.
— *Alex Blackwood* quer conversar?
— É, assim, esse mês foi meio...
Ela beija meu pescoço, sem nem me ouvir. Quero falar do plano. Da minha mãe. Do *food truck* e de Jim.
Quero que seja diferente, dessa vez.
— Natalie. Por favor. Estou falando sério.
Ela para, resmungando ao rolar para longe de mim, se levantar e cruzar os braços.
— O que *foi*, Alex?
— Como assim, *o que foi*? — pergunto. — É o que *você* queria. Queria que eu fosse sincera. Honesta. Aberta. Estou aqui *tentando*, e você nem quer me ouvir.
— Bom, não quero isso *imediatamente* — diz ela, se aproximando, puxando minha camiseta. — Faz um *mês* que não te vejo.
Mordo o lábio.
— Mas e o que *eu* quero? E se eu quiser conversar agora?
Natalie revira os olhos.
— O que foi? Quer falar de como aquela tal de Molly me substituiu? Ou ficar de mimimi sobre o alcoolismo da sua mãe? Fala *sério*, Alex. Se abrir nunca vai fazer seu estilo.
Eu me encolho. As palavras dela são um tapa na cara.
Meus piores medos, concretizados.
Mas eu *consegui* me abrir com alguém. Na biblioteca. E em um edredom estampado em um quartinho de alojamento, não muito longe daqui.
E, de repente, vejo a verdade. Ela nunca quis me ouvir. Nunca me apoiou *de verdade*. Ela só queria me controlar.
Isso não é amor.

As brigas. A desconfiança. Sentir que estou pisando em ovos, ou sempre tentando me desculpar. Ser manipulada sem parar, sem nunca saber o que exatamente ela quer de mim. Para ser sincera, me lembra de, bem... dos meus pais. Do que eu achei que era normal. Acho que imaginei que, se abaixasse a cabeça e desse um jeito, ficaria tudo bem. Resolveríamos tudo. Mas amor não é questão de dar um jeito. Quando penso em amor, no que quero mesmo, de verdade, sei que não é isso.

— Eu...

Respiro profunda e longamente, fechando os olhos com força enquanto organizo meus pensamentos.

— Natalie, querendo ou não que seja agora, você sempre pediu para eu ser sincera com você. Dizer como me sinto — falo, sabendo o que tenho que fazer. — E finalmente me sinto capaz.

Encontro o olhar dela e sacudo a cabeça.

— Não quero isso — digo.

Natalie solta um suspiro longo e frustrado, prendendo o cabelo em um coque enquanto fala.

— Deixa eu adivinhar. Eu estava certa. É por causa da Molly?

Penso nas nossas mãos dadas, correndo pela biblioteca. Nas voltas pelas ruas de Pittsburgh depois de tomar iogurte. No cachecol da Pitt que ela enroscou no meu pescoço. No sorriso dela ao me puxar com segurança pela pista de patinação, me equilibrando sempre que eu estava prestes a cair. Naquele *momento* quando estávamos sentadas no chão entre as estantes, as pernas encostadas, o ar tomado por uma eletricidade inegável.

— Sou louca por ela — admito.

Para ela. Para mim. Para nós duas.

Se olhares matassem, eu estaria morta no chão.

— Mas essa conversa não é por causa disso. É por causa do jeito que você me trata. Você me manda ir para a esquerda e fica puta porque não fui para a direita. Você faz eu sentir que nunca sou boa o bastante. Como se fosse um *favor* gostar de mim — digo, sacudindo a cabeça. — Eu sumi *uma vez* porque estava assustada, magoada e com medo, e, sim, foi uma coisa escrota, mas você faz isso *sempre*, Natalie. Estou sempre fazendo alguma coisa errada aos seus olhos.

Natalie bufa, e um sorriso perverso toma o rosto dela.

— E daí? Você acha que com outra pessoa vai ser melhor?

Dou de ombros.

— Não sei. Só sei que quero estar com alguém com quem me sinta confortável, com quem queira me abrir. Quero saber que tenho com quem conversar sobre minha vida, meus problemas e... sei lá! Mudar de curso para Letras. E não tenho isso. *A gente* não tem isso.

— Isso é típico. Você está fugindo e se fechando porque não aguenta o tranco.

Sacudo a cabeça. Antes de hoje, eu teria acreditado nela. Mas não acredito mais.

— Mas eu não estou fugindo. Estou indo *atrás* de alguma coisa. *Isso* é verdade. *Nada* do que você me falou foi verdade.

— Alex — diz ela, pondo as mãos nos meus ombros. — Fala sério. Isso é besteira, você sabe bem. Ninguém te conhece que nem *eu*. Conheço o bom *e* o ruim. Quem você é *de verdade*. Sei sua história. Sei que, no fim das contas, você é só uma garota ferrada, e passei os últimos seis meses com você apesar disso, apesar dos flertes, das mentiras e de *tudo*.

Até as coisas com a sua mãe. Por que você jogaria tudo isso fora agora?

Olho ao redor do quarto. Meus sapatos, largados perto da porta. A blusa de Natalie, jogada no chão. *Natalie*, me olhando como se eu não valesse um centavo.

É a resposta que eu nem sabia que estava procurando. Por que não consegui dizer "eu te amo" naquela noite na Filadélfia. Por que nunca tive certeza.

Ela só... não era a pessoa certa.

Levanto, tirando as mãos dela dos meus ombros.

— Talvez eu não conseguisse me abrir porque *você* não merecia.

Natalie arregala os olhos quando avanço um passo, cara a cara com ela.

— Talvez eu não mereça uma garota que nem a Molly — digo, em voz baixa. — Mas tenho certeza que mereço mais do que isso.

Com essa conclusão, enfio os pés nos tênis e saio do quarto, fazendo questão de bater a porta, que nem fiz um mês atrás.

Só que, dessa vez, a sensação é boa. É de certeza de que estou fazendo a coisa certa.

32.
Molly

Quando acordo no dia seguinte, com os olhos inchados, parte de mim chega a acreditar que vou pegar o celular e encontrar uma mensagem de desculpas me esperando.
Que burrice.
Largo o celular de volta na cama e, pela primeira vez em muito tempo, observo o horror que um dia foi meu quarto. Minhas roupas estão *por todo lado*, camisas jogadas no chão, calças largadas na cama. Meus livros e fichários, espalhados pelo chão, misturados a meias sujas. Eu ando tão envolvida com Alex, Cora e o plano, que não tinha nem notado o estado da coisa.
A Molly da escola teria um *AVC* se visse isso.
Passo as horas seguintes guardando tudo no lugar, como era. Como deveria ser. Uma pontada a mais de tristeza me atinge enquanto dobro a pilha de moletons que Alex destruiu antes de irmos ao shopping.

Normalmente, isso ajuda. Faxina costuma ter um efeito medicinal em mim, mas, quando acabo, me sinto até pior, porque passei o tempo todo pensando em como as coisas acabaram com a Alex ontem.

Pego o celular, o dedo hesitando sobre o contato da minha mãe, mas me interrompo. Faz duas semanas que praticamente ignoro ela. Que mensagem passaria se desistisse e ligasse agora, quando tudo foi por água abaixo? Ela vai achar que *preciso* dela do jeito que precisava antes, e não é isso que quero, mas preciso me distrair. Preciso sair do quarto.

Então decido dar um pulo na casa do Noah.

Quando chego, ele pausa o documentário que está vendo na Netflix, e me largo ao lado dele no sofá.

— E aí? — pergunta ele.

— Nada. Precisei sair um pouco do quarto. Acabei de fazer faxina, porque tinha meio que explodido. Tinha coisa pra todo lado — respondo.

— Sério? Você é sempre tão... organizada.

Penso na minha maquiagem, que estava espalhada pela mesa por causa das duas horas que tinha levado para me arrumar antes da patinação e, de novo, antes do show.

— É, bom, pela primeira vez eu tinha alguma coisa a fazer além de faxina.

Rio de mim mesma, pateticamente.

— Como foi o show? — pergunta ele.

— Bom.

— Como vai a Cora?

— Bem.

— E a Alex?

— Bem — repito.

— Então tá tudo bem, né? — pergunta ele, nitidamente reparando no meu tom.
— Na verdade, não — respondo, deixando a tristeza tomar minha voz, me encolhendo no sofá.
— O que aconteceu? Qual foi o problema?
— A Alex acabou se mostrando meio escrota, afinal.
Conto o que aconteceu ontem, o que ela disse depois do show.
— Bom, talvez você deva conversar com *ela*. Parece que as coisas estavam bem tensas com a namorada. Talvez ela não quisesse...
— Não vou conversar com ela, Noah. Fui só um projeto idiota. A gente não é amiga. Não é nada. Já era — respondo, lágrimas enchendo meus olhos enquanto tento engolir a frustração. — Eu nunca devia ter seguido seu conselho. Nunca devia ter ido àquela festa idiota.
— Molly, fala sério. Você não acredita nisso. Para de ser tão dramática — diz ele, com uma honestidade carinhosa conhecida, que me lembra outra pessoa, e que acho que ele não teria dito um mês antes. — Dá para ver como você anda mais feliz desde então. Quer dizer, você está, tipo, saindo com a Cora. Não é tudo que você sempre quis?
— Sei lá. Acho que sim — respondo, mas, inacreditavelmente, ainda sinto que preciso me convencer de que posso ser feliz sem a Alex. — A gente pode só assistir... a isso aí? — pergunto, dando play no controle remoto, e Noah parece aceitar que não quero mais conversar.
Depois de mais ou menos uma hora, recebo uma mensagem de Cora, que me deixa mais leve.

Quer dar um pulo aqui? Ver um filme?

Alex *estava* certa sobre uma coisa. Tenho alguém melhor. Alguém de quem gosto *mesmo*. Alguém que *quer* sair comigo, mesmo depois da catástrofe do primeiro encontro. Ainda posso consertar essa situação.

À tarde, quando chego ao quarto de Cora, ela já está com um filme aberto no computador, ligado pelo HDMI na TV. Tem pipoca na mesa, e uma variedade de caixas de bala para eu escolher. É *muito* fofo. *Ela* é muito fofa.

— Pronta? — pergunta, a mão parada no teclado.

Ah. Não esperava começar a ver o filme imediatamente. Achei que a gente pudesse bater um papo. Fazer algumas perguntas, se conhecer um pouco melhor. Talvez falar de como a noite passada acabou.

Depois do show, a gente não tinha falado nada sobre o que tinha acontecido. Depois de eu puxá-la para ir embora no meio do show da banda principal, ela tinha notado que eu estava chorando, e me parou na calçada, para perguntar o que era. Eu não queria falar. Não *conseguia*. Então só sacudi a cabeça, e ela me abraçou bem apertado.

Mas, naquele momento específico, ninguém conseguiria fazer eu me sentir segura, nem mesmo Cora.

A gente tinha voltado ao campus de ônibus, minha cabeça encostada no vidro enquanto Cora mexia no celular ao meu lado, nós duas nos entreolhando a cada poucos minutos. Depois de sair do ônibus, eu tentei falar, mas ainda não conseguia formar palavras.

— Molly, está tudo bem. A gente pode tentar conversar amanhã? — ela disse.

Cora era *tão* compreensiva. Acho que, se tivesse mais um tempo, se a gente pudesse dar algumas voltas na quadra ou ficar um pouco sentadas em um banco, eu teria conseguido. Mas ela se despediu com um abraço e atravessou o cruzamento. Estava tudo tão... em aberto.

— Hm, Cora, antes de começar, queria me desculpar por ontem. Sei que estraguei tudo e não consegui explicar, mas eu e Alex, a gente meio que... brigou, acho.

Eu me sento na cama e ela se encosta na parede, perto do computador.

— Não quis me meter, mas o que aconteceu? — pergunta.

Não posso falar a verdade, exatamente, que Alex passou o mês me ajudando a conquistá-la e que eu tinha acreditado, que nem uma idiota, que isso nos tornava melhores amigas.

— Hm... ela estava me usando, basicamente. Acho que não somos mais amigas. Nem sei se já fomos.

Meu peito dói quando as palavras escapam.

— Será que isso é realmente ruim? Ela sempre me pareceu meio superficial — responde ela, me surpreendendo pela declaração tão crítica.

Penso em como Alex odeia ser tratada assim. Apesar do que aconteceu, me pego querendo defendê-la, até lembrar tudo que ela me disse. Eu nem deveria estar gastando meu tempo com isso. Estou aqui para ver um filme com Cora, não para falar de Alex. Então deixo o assunto para lá.

— Vamos só ver o filme. Estou exatamente onde quero estar... com você. Obrigada por me dar outra chance — digo.

Ela aperta play e atravessa o carpete, se largando na cama ao meu lado. Achei que a gente fosse ver uma comédia romântica fofinha, sei lá, mas não. Parece que a Cora *ama* terror, o que nem *eu* sabia. O que ela escolheu para vermos é *O grito* e, para ser sincera, passo a maior parte do tempo cobrindo os olhos. Mesmo assim, vale a pena. Sempre que um susto me faz gritar, Cora se aproxima um pouquinho.

Mais ou menos na metade do filme, ela põe a mão na cama, entre a gente, com a palma virada para cima. Apoio minha mão ao lado do corpo, meu coração batendo tão forte que nem consigo mais escutar a televisão.

Ela joga uma bala na boca e, quando abaixa a mão de novo, está um pouquinho mais perto da minha. Um minuto depois ela come mais uma bala e, dessa vez, sinto a mão dela cobrir a minha, até nossas palmas estarem grudadas e nossos dedos, entrelaçados.

Em vez de acelerar, acho que meu coração se acalma. É estranho, sinto que não surge aquele frio na barriga que sempre senti, mesmo só de pensar na Cora.

Agora estou aqui, segurando a mão dela *de verdade*, e... não é como imaginei que me sentiria. Mas lembro que sou Molly Parker. Penso demais, e costumo inventar problemas sem razão. Inspiro profundamente e expiro devagar, me obrigando a voltar ao presente, ao momento que nunca imaginei que aconteceria. Não vou estragar tudo.

Segunda-feira de manhã, pego meu lugar de costume, ao lado de Cora e Abby, e largo a mochila no lugar da Alex. Fico de cabeça baixa, conversando com elas duas, para não ter que ver a hora em que Alex chegar.

O professor começa a aula, e olho de relance para os nossos lugares antigos, mas estão ocupados por outros alunos. Dou uma olhada pela sala, procurando qualquer sinal dela, um lampejo de cabelo loiro, um caderno rabiscado, o cheiro de um sanduíche de peru com maionese da loja de conveniência. Mas ela não está aqui.

Provavelmente ainda está trancada no quarto com a namorada maneira.

Volto ao presente quando Cora passa a mão na minha perna por baixo da mesa.

Não importa.

Alex não é mais problema meu.

Tento ao máximo me concentrar na apresentação de PowerPoint na minha frente, mas, quando abro o fichário, encontro o bilhetinho rabiscado que Alex escreveu para convidar Cora para tomar café.

Passo os dedos pelo bilhete, percorrendo as dobras do papel e me lembrando do caos do treino de rúgbi, do iogurte, das perguntas ridículas que fizemos no caminho do alojamento, e da patinação.

Dói pensar nisso, mas também não consigo deixar de soltar um começo de gargalhada quando imagino Alex *capotando* na dança da cordinha.

— O que foi? — sussurra Cora, se aproximando.

— Ah, hm.

Abro a boca para explicar, mas é coisa demais, e não sei como faria sentido para ela.

— Nada, estava só pensando — digo, guardando o bilhete e virando a página.

Na terça-feira, encontro Cora para estudar na biblioteca. Nossos livros estão abertos, as anotações, espalhadas pela mesinha de madeira, entre meu chá e o café que ela toma com seis colheres de açúcar.

— Molly — cochicha ela.
Levanto o rosto e vejo ela me oferecer um de seus fones. Sorrio, pegando o fone e encaixando no meu ouvido, fazendo uma careta contida quando ouço uma música da Broadway.
Depois de algumas músicas, fica claro que a playlist *toda* é Broadway. Sei que, provavelmente, sou a única pessoa gay na terra que sente isso, mas não suporto teatro musical. Não que eu ouse comentar, porque obviamente ela adora. Talvez, já que é uma das coisas preferidas dela, um dia seja uma das minhas também. Vou aguentando enquanto consigo.
— Ai, meu Deus — diz Cora, rindo e olhando para o celular. — A Hallie, do meu time, é *literalmente* a pessoa mais engraçada que conheço. Sério, adoro ela.
Sinto meu estômago afundar e, de repente, parece que estou estragando tudo, deixando ela escapar. Preciso agir. Preciso solidificar a situação, antes que seja tarde.
— Ei, Cora, hm... o que você vai fazer no fim de semana? — pergunto, tentando soar confiante e passar o fone de ouvido casualmente de volta para ela, mas claro que o fone sai *voando* da mesa.
Exagerou, Molly.
Ela dá de ombros, se abaixando para pegar o fone.
— Não sei. E você?
Mesmo que esteja tentando não pensar nela, *preciso* fazer isso, não me acovardar, então tento pegar a energia daquele dia na Balbúrdia Bigelow, quando convidei a Alex para patinar.
No entanto, tudo daquela noite volta junto. Inclusive o que aconteceu depois, quando ela me levou ao último andar da biblioteca, me deixando entrar na parte da vida que sempre tinha guardado escondida.

E aquele olhar dela…

Eu me forço a voltar para o momento, com Cora. Quero convidar ela para sair dessa vez, mas, de repente, patinar não parece mais tão legal.

— Tô na mesma — respondo, boba. — Não planejei nada.

Ela deixa o marca-texto na mesa.

— Acho que tem uma festa do departamento de artes no museu de arte Carnegie na sexta-feira. Abby me contou.

— Você gosta de arte? — pergunto, pensando em como, sempre que vou a um museu de arte, acabo procurando um lugar para sentar até dar a hora de ir embora.

— Adoro.

Ela me olha atentamente do outro lado da mesa, claramente na expectativa.

— Cora — digo, rindo.

— Sim, Molly? — pergunta ela, levantando as sobrancelhas, me esperando.

— Quer ir à festa de artes comigo? — pergunto.

— Eu adoraria — responde ela. — Acho que é uma festona, na real. Tem que ir de esporte fino. Então pode pegar sua *melhor* roupa, Molly Parker. Mal posso *esperar* para te ver de vestido! — acrescenta.

— Ah, legal! Claro. Eu também. Quer dizer, ver você… de vestido.

Abaixo a cabeça, fingindo ler as anotações, para esconder meu pânico. Acho que nunca tive um vestido formal. Nunca nem fui a festas de formatura. Se Alex estivesse aqui, talvez ela…

Esquece, Molly. Alex já foi.

Vou precisar da tropa de choque.

Vou precisar engolir o orgulho e finalmente ligar para minha mãe. Só espero que ela não esteja puta por eu ter passado a semana ignorando as ligações dela.

33.
Alex

— Obrigada, tenha um bom dia! — digo para nosso último cliente, antes de fechar a vitrine com um suspiro profundo, enquanto Jim arruma as coisas com estrépito atrás de mim. Meu celular vibra no bolso com uma ligação. Não consigo conter o pulinho no meu peito quando olho para a tela, parte pequena de mim desejando ver o nome da Molly depois de uma semana de silêncio, mesmo sabendo que sou eu quem devo entrar em contato e pedir desculpas.

É só que... não sei o que dizer. Quando saí do hotel de Natalie, achei que podia ir atrás dela e contar como me sentia. Como estava arrependida. Mas eu sabia que ela estava com a Cora, e achei que seria errado interromper, que eu não tinha direito. Especialmente depois do que tinha dito.

Matei aula de biologia e de literatura a semana toda, porque não podia encará-la. Não aguentaria ver ela e Cora flertarem e ser ignorada. Mesmo que eu mereça.

Não posso negar que Pittsburgh agora me parece vazia. Sem a companhia de Molly. Sem o plano para me distrair. Só me arrastando por aulas das quais nem gosto.

Além do trabalho, fico sozinha no apartamento ou vago pela biblioteca, mando mensagem para minha mãe, sumida como sempre, leio livros, tento arranjar um jeito de demonstrar como estou arrependida.

Solto um suspiro longo quando olho para a tela. Claro que não é ela.

É um número desconhecido, com o DDD de perto de onde cresci.

Não tenho dúvidas de que se trata do seguro do meu carro inexistente, e quase deixo cair na caixa postal, mas acidentalmente aperto no botão de atender.

Merda.

Levo o celular à orelha.

— Alô?

— É Alex Blackwood falando? — pergunta uma voz desconhecida, em tom sério.

Ah, não.

— Hm, é. Sou eu.

— Alex, aqui é o capitão McHugh, ligando da cadeia.

Arregalo os olhos e agarro a geladeira de refrigerante para me apoiar. *Da cadeia.*

— A mãe da senhora, Donna Blackwood, está sob custódia. Ela esteve em um acidente hoje, por volta das cinco e meia da manhã. Atropelou um poste telefônico com o carro de um senhor... — diz, parando enquanto mexe em uma papelada — ... Tommy O'Neil. Só por volta de uma hora atrás ficou sóbria o bastante para nos fornecer um número de telefone.

A ligação que sempre temi finalmente chegou.
Puta que pariu, por que ele deixou ela dirigir?
— Ela está bem? — pergunto, tudo congelando por dentro do meu corpo.

Jim vira a cabeça para olhar para mim, levantando as sobrancelhas.

— Milagrosamente, nenhum arranhão. Ninguém mais esteve envolvido no acidente, mas ela estava altamente embriagada e marcou... muito além do limite legal no bafômetro.

Exatamente o que eu não queria ouvir.

— A acusação é de embriaguez ao volante, com pena de suspensão de carteira.

Ele pigarreia. Tantos anos de esconder as chaves, dirigir por ela, controlar tudo que ela faz, à toa. Pedir para Tonya ver como ela está. Praticamente obrigar ela a me mandar mensagem todos os dias. *Vender o carro*. E agora *isso*?

— A senhora pode...?

Estou tonta demais para entender o que ele diz. Encontro o olhar de Jim, e acho que ele repara, porque pega o celular e põe no viva-voz. Palavras se destacam enquanto ele fala com o policial no meu lugar.

— Buscar.

— Ajuda.

— Dirigir?

Faço que sim com a cabeça, e Jim transmite a informação.

Quando desliga, ele deixa o celular no balcão e segura meus ombros com as mãos pesadas.

— A gente tem que ir buscar sua mãe, tá? — pergunta, apontando com a cabeça para a janela da van. — Eu te levo.

— Eu... — hesito, e sacudo a cabeça. — Obrigada.

Ele abre um sorriso impaciente, mas tranquilizador.

— Não esquenta, garota.

Arrumamos as coisas rápidos e voamos de volta para o depósito, porque não há possibilidade desse calhambeque atravessar o estado todo até a Filadélfia. Entramos no Ford Explorer verde-folha enferrujado de Jim, e ele limpa o banco do carona para eu entrar, jogando papéis de bala e garrafas d'água vazias no banco de trás.

Paramos no meu apartamento no caminho do pedágio, para eu pegar dinheiro para a fiança. Minhas mãos congelam acima dos dois potes que passei o semestre economizando. Achei que ia usar o dinheiro para pagar o aluguel, os livros didáticos e talvez, quem sabe, refeições, iogurte e patinação com... Mas agora...

Sacudo a cabeça e jogo correndo os dois potes na mochila, antes de descer de volta para o carro.

Jim dispara pelas ruas de Oakland até a autoestrada, enquanto o GPS do meu celular guia o trajeto.

A Pensilvânia passa voando, os faróis de Jim brilhando no escuro. Aperto a testa contra o vidro frio da janela, vendo a linha branca pintada na estrada correr, enquanto o entardecer vira noite.

— Tudo bem? — pergunta ele.

Para Jim começar a conversa, a situação tem que ser séria mesmo.

Afasto a cabeça da janela e olho para ele.

— Ainda não sei.

— Isso é... recorrente? Há quanto tempo ela é alcoólatra?

— Eu... ela... — gaguejo, com dificuldade de juntar as palavras, de admitir. — Faz um tempo — digo, finalmente. — *Sempre* tive medo que alguma coisa assim acontecesse. *Especialmente* depois que vim para Pittsburgh. Parece que esse dia ia chegar, cedo ou tarde — falo, com um suspiro demorado, olhando para minhas mãos. — Eu não devia ter ido embora.

— Nada disso — diz Jim, sacudindo a cabeça. — Me escuta, tá? Vindo de alguém que sabe do assunto, por experiência própria, você não pode mais se responsabilizar por ela. Ela precisa fazer isso sozinha. Você vai ser honesta com ela, expor os fatos, e a gente vai arranjar uma ajuda para ela, Alex. Hoje. Ajuda de verdade, profissional. E *você* — diz, olhando para mim. — Você vai voltar para Pittsburgh, tirar seu diploma, e parar de carregar o peso de outra pessoa.

As palavras me atingem em cheio.

Eu nem tinha notado como estou *exausta*. Como esse fardo pesa. Como estou apavorada há *anos*.

— Além do mais, semana que vem a gente tem um turno duplo em um festivalzão de música, então você não pode se demitir agora — acrescenta, com um sorriso irônico, e uma gargalhada escapa de minha boca.

Conforme nos aproximamos, o horizonte conhecido da Filadélfia aparece à nossa frente, e vejo Jim pegar a saída familiar para um lugar completamente desconhecido.

Minhas pernas começam a ficar inquietas enquanto olho pela janela, e, com a ideia de *buscar minha mãe na cadeia* e fazer ela aceitar o fato de que *precisa de ajuda de verdade* girando no meu cérebro, também começo a bater os dentes.

Ele entra no estacionamento, mas espera no carro enquanto eu sigo para o prédio. As luzes fluorescentes e frias brilham tão forte que chega a doer, depois de tanto tempo no escuro da estrada.

— Oi — digo para a mulher na recepção, sentada atrás de um vidro.

Meu olhar percorre a sala, hesitando na porta enorme atrás dela, no bordado da camisa, nas cadeiras azuis à direita.
O que é para eu fazer?
— Eu, hm, vim buscar Donna Blackwood. Sou filha dela. Alex.

Ela faz uma anotação, então liga para trazerem minha mãe da cela.

Prendo a respiração, ouvindo a porta se abrir à distância. O som de passos ecoa pelo corredor, até que, finalmente, a porta cinza atrás da recepção se escancara, e um policial acompanha minha mãe, que está toda desgrenhada.

Ela está *muito* mal. A camiseta preta está manchada, o cabelo castanho, descuidado. Faço umas contas. *Dezenove horas.*

Provavelmente faz quase uma década que ela não passa tanto tempo sem beber.

Ela se recusa a encontrar meu olhar, concentrada no chão de azulejos.

— Esses são os pertences dela — diz a moça da recepção, me passando um saco plástico com o celular e a carteira da minha mãe.

Fico atordoada enquanto ela fala de documentação, da multa que minha mãe tem que pagar, do que vai acontecer com a carteira de motorista.

Pego uma caneta e anoto as informações, ficando mais furiosa a cada linha que escrevo, porque minha mãe não está ouvindo porra nenhuma, mesmo que seja *ela* quem deveria prestar atenção. Ela deveria estar preocupada com julgamentos, processos e o que fazer.

Quando a mulher acaba, pego o saco de coisas da minha mãe e aponto para a porta.

— Vamos.

Dou meia-volta e saio batendo a porta, o ar frio do outono pinicando na minha pele enquanto tento me segurar. Ando em círculos pelo estacionamento, minha mãe uma mera sombra atrás de mim. Jim está recostado no carro, discreto, sem olhar para a gente.

Eu me viro para ela, e ela me encara, os olhos marejados.

— Alex... — começa.

— Não.

Sacudo a cabeça. Também é hora da minha mãe parar de fugir. De me ouvir, finalmente.

— Acabei de sair da *faculdade* para passar cinco horas na estrada e te buscar *na cadeia* depois que você bateu com o carro do Tommy *em um poste*. Você entendeu? Entendeu a merda que é isso tudo?

Ela não diz nada. Só me encara, os olhos arregalados se enchendo de lágrimas.

— Não. Nem começa. Eu *cansei*. Cansei de te dar dinheiro que preciso para a faculdade, só para você torrar tudo com bebida. Cansei de ficar com medo de receber uma ligação como a de hoje, dizendo que você bateu com o carro, ou se machucou, ou *pior*.

Lágrimas começam a escorrer pelo meu rosto, e eu as seco com o dorso da mão.

— Você precisa de ajuda, mãe. Você não pode continuar a viver assim. A *gente* não pode continuar a viver assim.

— Alex. Ninguém se machucou — diz ela, rindo. — Não dá para matar um poste.

— Não. Mas dá para você se matar — digo, ofegante. — Você *está* se matando.

Ela não tem resposta, então continuo.

— Eu sei... — digo, minha voz falhando, e paro um pouco, tentando me recompor. — Sei que tem sido difícil, depois que o papai foi embora. Pode acreditar. Sei mesmo. Mas não posso mais cuidar de você. Você precisa aprender a se cuidar. Não posso ser seu marido, sua mãe e sua filha ao mesmo tempo.

Passei tanto tempo *consertando* as pessoas, mas nunca tentei me ajudar. Até agora.

— Você *vai procurar ajuda*, ou eu...

Fico sem voz e olho de relance para Jim. Ele abre um sorriso pequeno e encorajador.

— Ou você não pode mais fazer parte da minha vida — continuo. — Não se for se recusar a tentar. Não se estiver em uma via de mão única para se matar. Se não fizer isso por você, *por favor*, faça por mim.

Vejo o rosto dela mudar, de choque, para confusão, para compreensão.

E, finalmente, ela mexe a cabeça, concordando.

— No segundo em que o carro bateu no poste, pensei em você — diz, um soluço escapando. — Só consegui pensar em como te decepcionei. Em como *continuo* a te decepcionar, Alex.

Eu a puxo para um abraço, o corpo dela tão pequeno e frágil apesar da quantidade de dor que causou.

Cedo às lágrimas, todas as que engoli nos últimos anos, na última semana, tudo me atingindo de uma vez.

— Desculpa, meu amor — diz minha mãe, esticando a mão para fazer carinho no meu cabelo pela primeira vez em anos.

Mesmo que as coisas pareçam impossíveis de consertar, pelo menos, a abraçando bem apertado, não deixo de pensar que talvez sejamos as duas capazes de sair do fundo do poço.

Que talvez não seja tarde demais para falar com Molly, se eu reunir coragem.

Quando entramos no carro, Jim conversa com minha mãe sobre a experiência dele e a clínica de reabilitação que frequentou em Erie.

— Também já passei uma ou outra noite na cadeia — diz ele, com um sorriso irônico. — Nada dá mais vontade de ficar sóbrio do que ser enfiado em uma cela lotada com um vaso sanitário comum no canto.

Minha mãe abre um sorriso fraco em meio à bagunça do banco de trás.

— Sem sacanagem, acho que esse lugar pode mesmo te ajudar. Definitivamente me colocou nos trilhos.

Quando ela concorda, dirigimos noite adentro até Erie, parando de vez em quando para minha mãe vomitar na beira da estrada, conforme os sintomas da abstinência começam a bater. Mais ou menos na metade do caminho, me junto à ela no banco de trás, deixando ela deitar a cabeça no meu colo, e fazendo cafuné devagar no cabelo suado, me assustando quando o corpo dela treme que nem vara verde.

Ao chegar, Jim sabe exatamente aonde ir e com quem falar, e arranjamos um quarto para instalar minha mãe. Eu a ajudo a deitar, e ela se encolhe, me parecendo tão pequena debaixo da coberta de tricô branca, enquanto os médicos monitoram os sinais vitais.

Espero ela cair no sono agitado antes de escapar para o corredor, para pagar o que for possível adiantado, torcendo para os dois potes de economias cobrirem pelo menos um pouco do valor.

Quando chego na recepção, a mulher loira que ajudou a receber minha mãe me abre um sorriso enorme. Fico surpresa por ela ter tanto entusiasmo depois de trabalhar no turno da madrugada.

— Eu, hm, estava pensando na conta? — digo, soltando a mochila do ombro e abrindo para tirar os dois potes. — Posso pagar um pouco agora...

Ela abana a mão.

— Já está tudo resolvido.

Estreito os olhos, minha mão paralisada sobre um dos potes.

— Como assim?

— É, o Jim veio há uns dois minutos e inscreveu ela no mesmo programa residencial de que ele participou aqui na Erie Endeavors. Cobre o custo todo. Mais ou menos um mês de internação aqui na clínica, seguido por um programa intensivo de cuidado ambulatorial, para ajudá-la na transição de volta à vida cotidiana.

Não é fácil eu ficar completa e totalmente sem palavras, mas, sem dúvidas, é o que acontece. Olho para os dois potes na mochila, meus olhos ardendo de lágrimas.

Mecanicamente, me viro e volto pelo corredor até o quarto, mas desacelero o passo quando ouço Jim e minha mãe conversando lá dentro.

Espreito pela beira da porta e o vejo encostado na parede, segurando dois cafés enormes.

— Ela é uma boa garota — diz ele. — Um pé no saco, mas trabalhadora. Não reclama. Muito melhor com os clientes do que eu jamais serei.

Minha mãe sorri ao ouvir isso.

— Você vai cuidar dela? Enquanto eu estiver aqui? — pergunta.

Ele se remexe, olhando para os dois copos de café.

— Tenho a impressão de que já faz um tempo que ela se cuida — diz ele, tomando um gole. — Mas, claro, vou ficar de olho nela.

Minha mãe assente, fechando os olhos, sonolenta. Eu me encosto na parede quando Jim volta ao corredor, fechando a porta do quarto. Quando ele me vê, me oferece um dos cafés, que aceito, agradecida, cutucando ele de brincadeira.

— Acho que isso me tira da concorrência pelo título de funcionária do mês, né?

Ele ri e toma um gole, se encostando na parede ao meu lado.

— Ah, é. Não vai ganhar nem fodendo.

Solto um suspiro, a adrenalina das últimas doze horas dando lugar a uma exaustão profunda, até os ossos.

— Vou ficar te devendo uma, Jim — digo, olhando para ele. — Obrigada. Por tudo.

— É o mínimo que eu podia fazer — diz ele, e cai um silêncio constrangido.

Obviamente, nenhum de nós é muito bom em demonstrar emoções.

— Foi mal por te fazer perder o turno naquela feira hoje.

— Aquele lugar é uma merda. Sempre botam a gente do lado do banheiro químico, então é quase impossível vender bem — diz, revirando os olhos. — Filhos da puta.

— Filhos da puta — repito.

E, apesar de tudo que aconteceu, não contenho uma gargalhada.

34.
Molly

No telefone, minha mãe não mencionou como ando distante, não mencionou as ligações que não atendi, nem as mensagens que não respondi. Honestamente, acho que ela só ficou feliz de falar comigo. Até que, quando pedi para pegar um vestido emprestado, ela *insistiu* em vir me visitar de novo, para a gente ir ao shopping, só nós duas. Consegui convencê-la a não fazer isso, mas aí ela quis vir me ajudar a me arrumar.

Finalmente chegamos a um acordo quando ela insistiu em *pelo menos* almoçar com Cora.

Achei que seria uma boa ideia. Conhecer a família parece uma etapa importante de um relacionamento. Talvez fosse essa a quinta etapa do plano, conhecer a família. Não que agora importe.

Para ser sincera, a ideia de duas das minhas pessoas preferidas se conhecerem me deixou animada. Tudo tinha ido tão bem quando minha mãe conhecera Alex, que nem me preocupei.

Pelo menos, não até agora, sentada com elas em uma mesinha no Point Brugge, o restaurante onde eu e minha mãe mais gostamos de almoçar.

— Então, Cora, você está estudando o quê? — pergunta minha mãe quando a garçonete traz o sanduíche Reuben, acompanhado de fritas.

— Estou fazendo Letras, com foco em Inglês, e História, além de uma especialização em Francês — diz Cora, antes de agradecer à garçonete pela salada Pittsburgh.

É alface, cheddar, ovo cozido e bacon, além da clássica pilha de batatas fritas de Pittsburgh.

— Batata frita na salada — diz Cora, olhando para o prato. — Você gosta disso, Molly?

— Bom... — começo, mas minha mãe me interrompe.

— É nossa parte preferida! — diz, respondendo por mim.

Sinto a pele pinicar quando ela morde um punhado de batatas e pisca para mim.

— Nunca conseguiria me acostumar com isso — responde Cora, usando o garfo para jogar as batatas em um guardanapo e servindo o molho na salada. — Enfim! Tenho me interessado muito por mitologia grega. Estou lendo um livro sobre as origens de Apolo...

O corpo todo dela se ilumina com aquela empolgação que chamava minha atenção na escola. Sorrio, a vendo falar, explicando os detalhes do livro, a história de Apolo viajando pelo mundo conhecido em busca de um lugar para construir o templo e...

Meu rosto começa a doer, então relaxo o sorriso em uma linha reta.

Olho para minha mãe, e praticamente a vejo pegar no sono enquanto Cora fala.

— A gente... — tento mudar de assunto, falar para minha mãe que estamos na mesma turma de biologia, mas Cora me atropela com mais informações do livro.

Nunca notei o quanto ela gosta de falar. Na festa, fiquei feliz por isso. Ela preenchia o silêncio, quando eu estava muito nervosa para dizer qualquer coisa. Então nunca cheguei a notar, mas agora que quero, não consigo dizer uma palavra.

Sinto o suor escorrer pela minha nuca enquanto vejo a cena se desenrolar à minha frente. Minha mãe nitidamente se desligou da conversa, mesmo que ainda esteja tentando ser educada, dizendo "ah" e "uhum" de vez em quando.

Ela a odiou. Minha mãe odiou a Cora.

Meu Deus, que ideia horrível foi essa. Só achei... Achei que ela gostaria da Cora tanto quanto eu gostava.

Quanto eu *gosto*.

Talvez Cora só esteja nervosa, com medo de conhecer minha mãe. *Isso* eu entendo.

Quando acabamos o almoço, mal consegui comer meu sanduíche, porque sou uma poça de estresse e ansiedade. Então peço para embrulhar para viagem e acompanho minha mãe até o carro, Cora andando ao meu lado.

— Graças a Deus ela gostou de mim. Eu estava muito nervosa — cochicha, sem parecer nada nervosa.

Eu sorrio e assinto, surpresa, mas também aliviada, por ela não ter notado o que minha mãe de fato achou.

Quando chegamos ao carro, minha mãe tira quatro vestidos compridos da mala para eu escolher.

— Qual você quer? — pergunta, os abrindo para mim.

Um é azul com flores brancas, outro é verde sálvia com um decote em V profundo, e um terceiro é preto e simples, que me parece o mais promissor se eu *tiver* que escolher, e tenho, porque não posso só usar a calça jeans nova para essa parada do departamento de artes. Tem mais um, mas é tão distante do que eu gosto, que nem…

— Ai, meu Deus! *Esse!* — grita Cora, agarrando o vestido vermelho-vivo e longuíssimo, o quarto.

— Era o que eu queria! — respondo, forçando um sorriso.

— Jura? Achei que ia preferir o preto — diz minha mãe, me olhando, desconfiada.

— Não, gostei do vermelho — respondo, pegando o vestido de Cora e seguindo para o banco do carona.

Por que minha mãe não me deixa cuidar disso sozinha?

A volta ao campus é passada em silêncio, enquanto olho para o vestido vermelho no meu colo. O vestido *muito* vermelho.

Cora e minha mãe se despedem antes de Cora sair do carro, na frente do alojamento. Digo como estou animada para amanhã e a vejo passar pela porta do prédio.

Não digo nada enquanto estamos ali sentadas, estacionadas no acostamento, minha mãe também não. Isso nunca acontece.

Finalmente, a voz dela corta o silêncio ensurdecedor.

— A Cora é simpática. Você gosta muito dela? É tudo que você imaginou?

— Não faz isso — digo, mordendo minha mão e olhando pela janela.

— Fazer o quê? O que eu fiz? — pergunta.

— Sei que você não gostou dela.

— Molly — diz ela, com um suspiro. — Eu estou muito, muito feliz por você.

— Mas não gostou dela — repito, frustrada pela opinião dela ainda ser tão importante para mim, depois de todo esse tempo.
— Só preciso conhecê-la melhor. Você sabe como sou. Levo um tempo para me entender com as pessoas.
— Sério? — pergunto, olhando para ela. — Porque você não levou tempo nenhum para se entender com a Alex.
— O que quer que eu fale? — pergunta ela, dando de ombros. — É, eu gostei da Alex. Mas foi porque você estava tão feliz naquele dia no shopping! Você fica diferente perto dela. De um jeito bom. Você estava sendo mais... *você* do que já vi com outras pessoas.
— Você nem deu uma chance para a Cora, e claramente não sabe *nada* sobre a Alex. Acho que você nem *me* conhece de verdade — digo, mais dura.
— Como *assim*?
— Nada. Deixa para lá — respondo, me esforçando para me conter.
— Você passa umas duas semanas sem atender o telefone e responder minhas mensagens, e acha que não te conheço mais? Eu te conheço melhor do que ninguém. Sei com certeza que você não gostou desse vestido.
— O problema *não é* o vestido! — digo, irritada com ela, como nunca me mostrei. — O problema sou *eu*. Estou *tentando* superar a escola, mas você não para de me arrastar de volta! Sou praticamente uma pessoa diferente daquela que você trouxe para cá um mês atrás, e isso te assusta. *Claro* que você não quer que eu namore a Cora, porque significa que eu finalmente teria alguém mais importante que *você* na minha vida.

Minha mãe recua, com os olhos marejados, mas faz muito tempo que preciso dizer isso. Só não tinha conseguido encontrar minha voz antes de agora.

— Agora, quando te vejo, sinto que volto a ser uma pessoa que não quero ser — continuo. — Sabe aquilo que aconteceu na praça de alimentação, quando você foi grossa com o cara coreano?

— Não fui grossa, Molly. Eu...

— Foi, sim. Você sabe como eu me senti? Isso faz eu me sentir ainda mais desconfortável do que já me sinto normalmente. Eu te amo, mãe, mas não quero que você seja minha única amiga. Não quero odiar ser coreana, que nem você odeia. Não quero mais não gostar de quem sou, e não quero passar a vida sufocada pela ansiedade. Cansei de me afastar de todo mundo porque acho que não sou boa o bastante. Cansei de me enfiar em um molde porque morro de medo de deixar as pessoas *me* verem.

Recupero o fôlego, me virando de volta para a janela, porque não aguento o olhar que *sei* que ela está me lançando. Como se eu fosse uma desconhecida no carro dela. Nunca falei com ela desse jeito.

Espero ela discutir comigo, tentar me convencer que preciso dela, ou que ela precisa de mim, mas ela não faz nada disso.

— Desculpa — diz, a voz baixa como de um ratinho.

Eu me viro para ela e vejo que ela não está me olhando como uma desconhecida. Ela está me olhando como se eu fosse a pessoa que ela mais ama, e tivesse acabado de magoá-la, o que é muito pior.

— Desculpa por ter te segurado. Desculpa por minhas dificuldades por ser asiática te afetarem. Eu *nunca* quis ser o tipo de mãe que faz você sentir que não é boa o suficiente, ou que te atrasa, de qualquer forma. Nunca foi minha intenção, Molly. Juro. Quero que você tome suas próprias decisões, faça o que quiser, namore quem quiser e tenha uma vida própria, não só nossa. Mas ainda sou sua mãe, e vou te dizer quando você estiver errada, e você está errada sobre uma coisa. Ela levanta as sobrancelhas, como se esperasse minha permissão.

Eu assinto.

— Eu te acho *incrível*. E não acho que isso é uma novidade que apareceu no último mês. Acho que você *sempre* foi incrível. Acho que você pode fazer tudo que quiser com a sua vida. Acho que você pode ter *tudo*.

Ela se vira um pouco mais no assento, de frente para mim, olhando bem nos meus olhos enquanto pisco, tentando segurar as lágrimas.

— E você deveria estar com alguém que concordasse comigo — continua —, que também visse isso e quisesse ser tão egoísta com você quanto fui. Não se acomode com nada abaixo do que você quer, *exatamente*. Não por mim, nem por ninguém. Essa é a única coisa que importa para mim, porque você merece o melhor, Molly Parker. Merecia mês passado, e merece agora. Você deveria estar com alguém perto de quem pudesse se sentir à vontade. Alguém que não te fizesse se esforçar tanto para causar uma boa impressão.

Ela olha de relance para o vestido no meu colo.

— É só um vestido — respondo.

— Se for só isso...

— É só isso — digo, talvez também tentando me convencer.

Ela respira fundo e olha pela janela.

— Sei que minha relação com minhas origens é meio complicada, mas também não consigo virar uma chavinha e esquecer, considerando o jeito que fui criada. Eu tentei.

— Eu sei — respondo, reconhecendo que nunca serei capaz de entender completamente o que ela viveu.

— Mas vou continuar tentando. Porque não quero que você acabe com os mesmos problemas que eu tenho. Não quero que você sinta vergonha de nenhuma parte de quem é.

Ela se vira de volta para mim, e abro um pequeno sorriso, pegando a mão dela por cima do console.

— Desculpa por te ignorar. Você não merecia isso... assim, nem um pouco.

— Que tal eu relaxar nos telefonemas e você almoçar comigo daqui a umas duas semanas, para me contar sobre a festa ou... o que quiser contar? — sugere ela. — E, por favor, convide a Cora. Eu realmente adoraria conhecer ela melhor.

— Parece uma boa — digo.

Enquanto começo a arrumar minhas coisas, ela leva a mão suavemente ao meu rosto.

— Ei — diz.

Ela acaricia minha pele. Os músculos do meu corpo que estavam tensos desde o almoço finalmente relaxam um pouco.

— Não importa o que eu acho, ou o que o Noah acha, ou o que qualquer outra pessoa acha — continua. — Siga seu coração, querida. É o que você sempre fez.

Ela abaixa a mão de volta para o colo.

Assinto, abro a porta e saio para a calçada.

— Obrigada pelo vestido e pelo almoço — digo, mostrando o cabide e o embrulho de comida para viagem. — Te amo.

— Também te amo. A gente se vê daqui a umas duas semanas — diz ela, e abro um sorrisinho antes de atravessar a rua correndo até o pátio quando o sinal abre.

Eu me sinto um pouco mais leve, como se alguma coisa finalmente tivesse se resolvido. Mas não tudo.

Deveria ser simples assim.
Se *eu* gostar dela, nada mais importa.
E eu gosto dela.
Tenho tudo com que sonhei por quatro anos.
Então por que sinto que estou *mesmo* me acomodando?

35.
Alex

Chego a Pittsburgh no fim da tarde de sexta-feira, quando o sol já está baixo no horizonte.

Agora que não tenho que passar todo minuto preocupada com minha mãe, passei a viagem olhando pela janela, pensando, bem... na Molly. Em como ela é a única que entenderia a importância do que aconteceu. O significado que ontem teve para mim. Na diferença que fez compartilhar essa parte minha com ela, naquela noite na biblioteca.

Se finalmente consegui confrontar minha mãe e contar como me sinto, posso fazer o mesmo com a Molly.

Mesmo que ela esteja com a Cora e eu tenha perdido minha chance — se é que já tive alguma —, devo um pedido de desculpas por ter magoado ela e mentido. Porque ela também é a melhor amiga que já tive.

E, se não puder ter mais que isso, pelo menos talvez possa reconquistar a confiança dela e ter a amizade de volta.

Quando Jim me deixa em casa, abro o story que ela postou no Instagram duas horas atrás e vejo um boomerang de Noah com um pedaço enorme de pizza, na cozinha em que fizemos palachinkas.

Ela está na casa do Noah.

Então, mesmo que tudo que eu queira seja me largar na cama, acabo ziguezagueando pelas ruas de bicicleta, o vento ardendo em meus olhos quando viro as curvas, as placas verdes das ruas virando borrões enquanto voo por elas.

Antes mesmo de notar, entro na rua Mintwood, freando com a sola do All Star no asfalto e olhando para a casa branca torta na esquina.

Não notei quanta saudade estava sentindo até agora.

Pego o celular para ligar para ela, mas, assim que clico no botão verde, a tela apaga, a bateria completamente esgotada por causa da noite passada viajando pela Pensilvânia.

Solto um suspiro longo e devagar.

Sei que é uma desculpa. Sei que posso fugir.

Mas não quero.

Encosto a bicicleta na escada e subo devagar até a porta. Fecho a mão em punho e estico o braço, hesitante, antes de bater de leve.

Acho que não respiro até a porta se escancarar, e meu coração dá um pulo no peito quando...

Noah aparece.

— Alex! Oi — diz ele, se encostando na porta, e apontando para a casa. — Molly não está.

— Ah — digo, engolindo em seco e assentindo. — Você... por acaso sabe onde posso encontrá-la?

— Ela acabou de sair para um rolê no museu de arte.

Ele hesita e desvia o olhar do meu, coçando a nuca, como se soubesse o quanto a próxima parte vai doer.

— Com a Cora — acrescenta.

Mesmo que eu devesse esperar isso, ainda perco o fôlego.

— Saquei! Claro. Pois é — consigo dizer, minha mão encontrando o corrimão de metal frio enquanto eu desço um degrau, tropeçando. — Hm, valeu, Noah. Eu na real tenho que...

Aponto para trás, deixando a frase no meio.

Eu me viro, quase mecanicamente, e desço até a bicicleta, fazendo muito esforço para manter a compostura.

— Alex! — chama ele, de trás de mim.

Olho para trás, e ele desce correndo os degraus da entrada, parando bem na minha frente.

— Eu... eu amo minha irmã — diz, olhando para mim com um sorrisinho. — Fiquei um pouco preocupado quando vi que deram um quarto individual para ela. Com medo de ela ter dificuldade para fazer amizade. De ser igual à escola de novo — continua, levando uma mão ao meu ombro. — Mas não estou mais preocupado. Ela finalmente está descobrindo quem é, e acho que tem dedo seu nisso. Então... obrigado.

Olho para baixo, dando um chute leve no último degrau.

— Bom, agora ela tem a Cora.

Ele dá de ombros.

— É, talvez. Mas não significa que não sinta saudade de você.

É, claro. Lágrimas ardem nos meus olhos, e pego a bicicleta, subindo nela em um pulo, e pedalo rua abaixo sem dizer mais uma palavra.

Minhas pernas ardem subindo a colina e atravessando a ponte para Oakland, meu peito arfa enquanto pedalo o mais rápido que consigo, voando por ruelas e curvas.

A gente não precisa fingir que se importa uma com a outra.

Mas não era fingimento. Não dá para fingir sentir o que senti com ela. Já tentei.

Aperto o freio com tudo quando o sinal à minha frente pisca para o vermelho, a parte do trajeto pela qual mais queria passar rápido.

O Museu de Arte Carnegie é imenso e, bem do meu lado, consome completamente minha visão periférica.

Eu devia ter só furado o sinal.

Viro a cabeça e vejo uma fila de alguns poucos universitários lá dentro, visível pelas janelas de vidro enormes. Ternos pretos e vestidos compridos e coloridos, bebidas nas mãos, sorrisos no rosto.

Quero entrar. Encontrar Molly. Mas seria egoísta. Quero conversar com ela, mas não estragar sua noite. Sei que um evento desses só pode acabar juntando as duas.

Ainda assim, parte de mim está procurando por ela. Querendo vê-la passar em um vestido preto comprido, jogando a cabeça para trás de tanto rir, bem ao lado de Cora. Querendo só vê-la feliz, completamente genuína.

E amá-la o suficiente para que seja Cora a fazer ela se sentir assim, em vez de mim.

Amá-la.

A conclusão me assusta mais do que a buzina do carro atrás de mim. Quase caio da bicicleta quando volto à realidade. O sinal à minha frente *nitidamente* voltou ao verde, sem que eu notasse.

Aceno com um pedido de desculpas e desço a rua até a calçada, estacionando no bicicletário na frente da biblioteca.

Não posso voltar para o apartamento. Ainda não.

Vou até a entrada e respiro fundo ao abrir a porta, subindo as escadas e atravessando as fileiras até o lugar ao qual fui com Molly, o cheiro de papel e encadernação velhos enchendo as narinas enquanto desço devagar até o chão.

Fecho os olhos e encosto a cabeça na estante, deixando o silêncio me envolver.

Penso na minha mãe, lá em Erie, finalmente recebendo a ajuda de que precisa, depois de tanto tempo. Na Molly, a poucas portas daqui, provavelmente de mãos dadas com Cora, como esteve comigo naquela noite na pista de patinação.

A biblioteca era o lugar de silenciar a dor e a mágoa, de fugir disso tudo, mas agora... parece o lugar para me permitir sentir. Para deixar a barragem estourar.

Abraço os joelhos contra o peito, e as lágrimas que seguro desde que cheguei a Pittsburgh finalmente começam a cair.

36.
Molly

Com os pés completamente paralisados no chão de mármore, admiro a garota à minha frente. Um vestido verde e longo, justo o bastante para destacar cada curva, o decote descendo bem abaixo do esterno, um colar vermelho-rubi pendurado na pele exposta do peito, combinando com os brincos e, não por coincidência, com o meu vestido.

— Meu Deus do céu, Cora. Você está... — digo, sorrindo e encontrando o olhar animado dela. — Linda.

Ela solta uma risada que ecoa pelo hall, os saltos batendo no chão ao se aproximar.

— Você também. Esse vestido tá *muito bonito*. A gente fez a escolha certa — diz ela.

Olho para baixo, para o vestido vermelho brilhante da minha mãe e o par de saltos de cinco centímetros que espero que não me matem hoje.

— Obrigada — digo, tentando não ser óbvia demais ao puxar um pouco o tecido para ficar mais reto.

— Vamos? — pergunta ela, me oferecendo o braço, no qual usa uma pulseira fina de ouro.

Eu coro e seguro seu braço, deixando ela me guiar galeria adentro.

Qualquer que fosse a quinta etapa do plano, acho que é seguro dizer que já passamos dela faz tempo.

Andamos até um dos muitos bares instalados pelo salão gigante.

— Oi, pode me ver duas taças de chardonnay? — pergunta Cora, me surpreendendo, mas, infelizmente, ela não consegue fazer que nem... bom, certas pessoas.

O barman, que veste uma camisa branca e gravata borboleta preta, nem hesita. Ele serve refrigerante em duas taças de champanhe que nos entrega, sem dizer uma palavra.

— Não custava tentar — sussurro.

Começamos a caminhar pela exposição, mas passo a maior parte do tempo olhando para os outros estudantes de roupas chiques, me perguntando se estão *mesmo* se divertindo. Não sei como alguém poderia *gostar* disso tudo. Nunca entendi muito de arte, mas a ideia de olhar para a arte bem na frente dos artistas me deixa *muito* nervosa.

— Ah, olha. Essa garota está na minha turma de literatura — diz Cora, me puxando para uma sala.

Eu a acompanho até uma área em que pinturas estão expostas em paredes montadas no meio da sala. Todas as pinturas se parecem muito, manchas amorfas de tamanhos e cores de pele variadas em telas de três metros de altura.

— Lindsay? — pergunta Cora, se aproximando de uma garota um pouco mais baixa que eu, que usa um paletó de veludo e sapatos Oxford.

Ela levanta o queixo, estreitando os olhos por um segundo antes do rosto ser tomado por reconhecimento.

— Cora — diz, com um sorriso de aprovação, obviamente tão encantada por Cora como todo mundo. — Oi. Que bom te ver.

— Você também — diz Cora, e olha para mim. — Essa é a Molly — me apresenta, e aperto a mão de Lindsay. — Não sabia que você estaria aqui. É sua exposição?

— Isso, se chama *Espaço Raça*. Faz quase dois anos que trabalho nessa série — diz Lindsay, olhando orgulhosa para as obras, os olhos azuis brilhando contra a pele branquíssima.

— Me explica sobre o que é — pede Cora.

Lindsay começa a explicar que cada peça representa o apagamento da raça na cultura americana, e a jornada que tem feito no processo de entender como traduzir o que aprendeu para aquele meio específico.

De início, tento escutar, mas tudo me soa tão ensaiado, tão seco, que não consigo manter a atenção. Talvez eu devesse ter convidado Cora para patinar, afinal. Teria sido dez vezes mais divertido. Nuggets vagabundos, refrigerante, talvez até uma dança da cordinha.

— Foi um prazer, Molly — diz Lindsay, me arrancando do devaneio.

Ela se afasta para ir falar com outra estudante que chegou à exposição. Olho para a maior pintura, ao lado de Cora. Tento entender como cada quadro pode representar uma coisa diferente, se os dez são *exatamente* idênticos.

Além do mais, acho que eu conseguiria pintar igual, mas sei que é escroto dizer isso em uma exposição.

Uma ideia engraçada me ocorre quando olho para a pintura enorme, as formas marrons, pretas e beges esmagadas. Quando me ocorre, não consigo deixar de ver.

— Ei — tento cochichar no ouvido de Cora, já rindo. — Não parece um pouco com... bundas gigantes?
Rio um pouco mais alto. Parece *mesmo*.
Mas Cora não ri comigo. Ela estreita os olhos e sacode a cabeça.
— Hm, não. Eu não achei — diz.
— Ah, é. Não, claro que não. Desculpa — digo, apontando com o polegar para trás. — Quer continuar a circular?
Ela sorri e assente, felizmente deixando passar minha piada sem graça.
Enquanto andamos pela sala, Cora comenta um monte de pinturas, desenhos e esculturas, mas, assim como ela não viu as bundas, eu não vejo metade do que ela enxerga ali.
Mesmo assim, acompanho ela enquanto conversa com um milhão de pessoas sobre um milhão de obras, sentindo meu rosto cansar de tanto ter que sorrir quando ela me olha. Queria estar só com ela, mas Cora parece adorar interação social, então talvez sempre seja assim...
Estamos caminhando pela exposição quando meu celular vibra com uma mensagem.
É do Noah.

Alex veio aqui te procurar. Ela já foi embora, mas achei melhor avisar.

Inspiro profundamente e meus ouvidos zunem tanto que bloqueiam o som da sala.
Alex foi me procurar.
Por que Alex foi me procurar?
Eu me pergunto se ela foi se desculpar.
Eu me pergunto o que ela queria.
Eu me pergunto se ela acharia que aquela pintura parece...

É. Sorrio sozinha. *Sei que acharia.*

A gente teria rido juntas, só nós duas, porque ninguém mais acharia graça, mas tudo bem. Depois iríamos tomar um *frozen yogurt* e caminhar pelo campus até tarde, falando de todos os assuntos de que nunca falamos com mais ninguém. O bom. O ruim. Tanto faz. Falaríamos de *tudo*.

Meu Deus, que saudade...

Não. Nada disso. Porque foi o que ela disse. Se nada daquilo foi verdade, do que vou sentir saudade?

A verdade é que ela é egoísta, metida, uma patinadora *horrível*, brutalmente honesta, apesar de às vezes ser engraçado, independente, leal, tranquila, e...

— Ei, Molly.

A voz de Cora me arranca dos pensamentos, me trazendo de volta à festa, na qual pareço incapaz de me manter presente hoje.

— Oi? — pergunto, piscando para me livrar do passado e reparando que chegamos a um cantinho reservado, só nós duas.

Cora está parada na minha frente, e retorce as mãos, nervosa, com uma expressão que nunca vi. Ela pega minha mão, o que me surpreende.

Sinto que o ar está entalado na minha garganta, a sala gira como se o mármore do chão tivesse virado gelatina, e Cora está bem aqui, na minha frente, olhando nos meus olhos.

A mão dela é tão perceptível na minha, estranha, como se talvez não devesse estar ali. Quando Alex pegou minha mão para me puxar escada acima na biblioteca, parecia tão adequada que quase não dava para sentir.

— Estou muito feliz por você ter vindo comigo hoje. Quero te dizer uma coisa — diz ela, em um sopro.

Meu peito está tão apertado que dói.

— Eu... hm. Eu estou gostando muito de você — diz, e sinto minha boca se curvar em um sorriso diante das palavras que nunca, *nunca*, achei que ouviria dela.

É isso. Consegui! *Conseguimos*.

De novo, o rosto de Alex me vem à mente, os curiosos olhos verdes com riscos amarelados no meio, o nariz pequeno, a boca pálida.

Cora avança um passo na minha direção, a ponta dos sapatos tocando os meus e, assim como na biblioteca, é quase imperceptível, mas sinto o espaço entre nós se fechar.

Imagino Alex largada contra os livros, o pé encostado no meu. Falando da vida dela, do futuro que deseja desesperadamente. O futuro que, finalmente, vislumbrava.

Cora sobe as mãos pelos meus pulsos, pelos meus antebraços, até segurar meus cotovelos. Ela começa a aproximar o rosto, fechando os olhos devagar.

Também tento fechar os meus, mas nada disso me parece certo. Nada é como deveria ser.

Até que lembro...

Lembro como o ar parecia eletrizado quando eu e Alex nos entreolhamos na biblioteca. Como se uma força incontrolável me impulsionasse na direção dela.

Lembro que dava para sentir meu coração bater em cada pedacinho do corpo.

Que eu teria dado tudo para ficar perto dela.

Vendo Cora se aproximar, a meros centímetros, noto que, por mais linda que ela seja, por mais perfeita que eu imaginasse que ela seria para mim, *isso* não é *aquilo*.

Nunca poderia ser. Porque a Cora que achei que amaria só existia na minha cabeça. Ela não existe de verdade. E, apesar de ela ainda ser bonita, engraçada e magnética...

Pela primeira vez, entendo.
Compreendo.
Há uma diferença entre fantasia e, bom...
Amor.
— Cora.
Ela congela, o rosto tão próximo do meu que enxergo embaçado.
— Cora — repito, e ela se endireita.
Meus olhos se enchem de lágrimas quando penso no que sei que devo fazer.
— Vou te pedir mil, *mil* desculpas, mas não posso fazer isso — sussurro, secando uma lágrima.
— Como assim? — pergunta ela, se afastando.
Respiro fundo.
— Cora, eu gosto de você faz *tanto* tempo. Você não faz ideia, mesmo. Quando cheguei na faculdade, queria que as coisas fossem diferentes. Queria *ser* diferente... para você. Não sou realmente a pessoa que você conheceu nesse último mês. Não gosto de rúgbi, de teatro musical, nem de arte. Odeio esse vestido. Acho que estou parecendo um enfeite de Natal, e meus pés estão dormentes nesses saltos. Alex tem me ajudado a me tornar a pessoa que achei que você gostaria, mas acho que acabei virando, bom... *eu*.
Dou um passo para trás, me desvencilhando dela, e segurando suas mãos.
— Cora, eu... eu só quero ser sua amiga.
Ela parece magoada, e chocada, mas por fim assente, se afastando alguns passos.
— Desculpa. Tenho que ir embora, tá? — digo, apertando as mãos dela.

* * *

Saio aos tropeços para o ar fresco da noite, descendo a calçada em frente ao museu Carnegie, e encontro o celular na bolsa para ligar o mais rápido possível para Alex. Não toca, só vai para a caixa postal.

Desligo e ligo de novo, sentindo que meu peito vai estourar.

Caixa postal.

Merda!

Paro na esquina, levando as mãos à cintura e reparando que meus pés estão me matando por causa dessas armadilhas fatais.

Lembro tudo que ela me falou no show, e aquela voz fraquinha na minha cabeça diz que isso é má ideia, que ela não liga mesmo para mim, que vai só dizer a mesma coisa de novo, e que isso nunca vai funcionar.

Mas calo essa voz imediatamente, porque tudo que ela me disse no show era uma baboseira sem fim. Eu deveria ter sacado na hora, mas antes tarde do que nunca.

Ela não estava fingindo. Momentos como aquele que vivemos na biblioteca só podem surgir de uma relação de verdade.

Preciso falar com ela.

Preciso dizer o que sinto.

Levanto o celular e ligo de novo, atravessando a rua na direção do apartamento dela.

Enquanto ouço a mensagem da caixa postal outra vez, minha visão periférica capta uma coisa que me faz parar abruptamente na calçada, com o celular ainda contra a orelha.

Uma bicicleta laranja fluorescente, parada bem na frente da biblioteca.

Claro.

Subo correndo os degraus de concreto, dois de cada vez, o que se mostra um erro terrível. No último degrau, meu tornozelo cede sob o peso, e me agarro ao corrimão antes que os saltos causem mais danos.

Ah, foda-se.

Tiro os sapatos, os seguro em uma das mãos e, com a outra, praticamente arranco a porta do batente.

Saio correndo pelo térreo, de vestido longo, e, apesar de fazer todo mundo virar para me olhar, dessa vez não dou a mínima.

Só tenho que chegar até ela.

Forço os músculos para chegar ao último andar, dou a volta no corrimão, tentando recuperar o fôlego enquanto corro por entre as estantes, todas virando borrões, até que...

Ali.

Paro, olhando para ela, no chão com um livro no colo, e, apesar de ter vindo correndo o mais rápido que pude, agora hesito, os acontecimentos do último mês se derramando sobre mim só de vê-la de novo...

A festa e a aula de biologia.

Nossa aposta no café.

Treino de rúgbi e iogurte.

Compras com minha mãe e provar comida coreana.

Pingue-pongue.

Dança da cordinha.

O show.

Nossa briga.

Cora.

Tudo.

Me trouxe até aqui.

Me trouxe até... ela.

37.
Alex

Viro a página do livro nas minhas mãos, mas as palavras se embaralham. Toda frase que tento ler há uma hora é impossível de absorver.

Solto um suspiro e fecho o livro, surpresa ao ver um relampejo de vermelho quando viro a cabeça, lantejoulas brilhantes cintilando de leve sob a luz fraca da biblioteca.
Levo um minuto para registrar o que vi.
Molly. Aqui. Em um vestido vermelho brilhante, o cabelo preso, o batom também rubi.
Ela está... linda.
E feliz. O sorriso praticamente brilha mais do que o vestido.
Ela provavelmente oficializou o relacionamento com a Cora na festinha do museu. Talvez até tenham se beijado, em um canto de uma exposição de obras em pastel ou aquarela.
Pigarreio e me levanto, guardando o livro de volta na estante.

— Não imaginei que vestido vermelho cintilante fosse seu estilo — digo, concentrando o olhar nas letras douradas da lombada do livro, no adesivo descascado da etiqueta desbotada.

Ela não diz nada, e sei que é minha hora de falar. De me desculpar.

Respiro fundo, afastando lentamente meus dedos do livro.

— Eu, hm. Levei minha mãe para a reabilitação ontem — digo. — E, em todo o caminho de volta para Pittsburgh, só consegui pensar em como você era a única pessoa para quem eu queria contar isso, e em como eu tinha estragado tudo. Como estou arrependida pelo que disse naquela noite do show. Porque você estava certa. A respeito da Natalie. A respeito de tudo. Mas eu não queria ouvir, então, em vez disso, estraguei tudo e te magoei — falo, com um suspiro demorado, e me viro para ela. — Molly, eu não fui sincera quando falei...

— Ela está bem? Você está bem? — pergunta, e não consigo conter as lágrimas que tomam meus olhos.

— Está. Ela bateu com o carro em um poste, mas vai ficar bem. *Vamos* ficar bem — esclareço. — Mas também quero que *a gente* fique bem.

Faz-se um momento de silêncio, e ela dá um passinho para a frente.

— Você já imaginou que a gente poderia ficar juntas? — pergunta, ofegante.

Congelo, as palavras me pegando desprevenida.

— Como assim?

Ela ergue as sobrancelhas, e noto que está com o peito arfante, um par de sapatos de salto na mão direita. Ela estava *correndo*?

— Eu e você — diz, apontando entre a gente. — Você já imaginou que a gente poderia ficar juntas?

Abro a boca, tentando encontrar o que dizer. Tudo que sai, contudo, é uma palavra. A verdade.

— Já.

— Você ainda imagina? — pergunta, esfregando sal na ferida.

Sacudo a cabeça, desviando o olhar dela.

— Você gosta da Cora.

Ela fica em silêncio por um momento longo, de fazer meu coração pular. Só consigo olhar para a barra do vestido, os minúsculos raios de luz refletidos das lantejoulas ao chão.

— Todo segundo que passei com Cora nessa última semana, pensei em você. Em como queria estar com *você* — diz, e a ouço soltar um suspiro demorado. — Foi que nem aquilo que você falou. Realidade *versus* fantasia. Levei um tempão para notar, tempo até demais, mas estar com você fez eu me sentir melhor do que qualquer fantasia que já tinha imaginado. Como a pessoa que nunca soube que poderia ser. A pessoa que *sou*.

Ergo o rosto e a vejo se aproximar mais um passo.

— Foi assim que eu soube que você tinha mentido naquela noite. Eu sei quem você é de verdade. Assim como você sabe quem eu sou — acrescenta.

O rosto dela está a meros centímetros do meu, os olhos calorosos e sinceros, o ar entre nós vibrando de eletricidade. Ela entreabre a boca, hesitando antes de falar, sorrindo.

— Sempre foi você, Alex.

Com aquelas palavras, as barreiras que ergui para me proteger do mundo são, finalmente, derrubadas. As caixas onde tranquei meus sentimentos se desintegram completamente. Até só restar Molly, eu e a força que me impulsiona na direção dela desde o começo. Mas, agora, nenhuma de nós resiste.

Fecho os olhos, congelada no lugar, enquanto Molly sobe na ponta dos pés, e quase me esqueço de respirar. A boca dela mal roça a minha, mas, mesmo assim, consegue fazer meu corpo todo arder em chamas.

Eu encosto nela e, antes que possa puxá-la, ela avança, me jogando contra a estante. Alguns livros caem ao chão, com baques espalhados, mas ela não para de me beijar. Eu a abraço, a segurando pela cintura e puxando o corpo contra o meu. Ouço os saltos dela baterem no chão, e as mãos sobem ao meu pescoço, ao meu cabelo. Não há um milímetro de espaço entre nós, mas, ainda assim, não me parece próximo o suficiente.

Eu já beijei muita gente, mas nunca foi *assim*. O chão, o teto e as estantes de livros todos desaparecem, tudo se esvanecendo exceto por nós duas, a textura do vestido de lantejoulas sob minhas mãos, o coração martelando tão forte que tenho *certeza* de que ela pode sentir.

Quando finalmente nos afastamos, ela encosta a testa na minha, e um sorrisinho dança no rosto dela, enquanto ela balança de leve em meus braços.

— Sabe, você nunca me contou qual era a quinta etapa — diz ela.

Eu rio e dou de ombros.

— É porque nunca cheguei nela.

Ela se afasta mais um pouco, levantando as sobrancelhas.

— Qual é?

— É bem simples — digo, ajeitando uma mecha solta de cabelo atrás da orelha dela. — Quinta etapa: conte para ela o que sente.

Minha mão desce para repousar em seu rosto, acariciando a pele suavemente com o polegar.

— E o que você sente? — sussurra ela, como se não soubesse que roubou meu coração, pedacinho a pedacinho, naquela primeira aula de biologia, na noite em que tomamos *frozen yogurt*, no nosso encontro para andar de patins, até com o galo na testa.

— Que estou perdidamente apaixonada por você, Molly Parker.

E... me parece certo. As palavras que temi por anos de repente me vêm, mais fácil do que jamais imaginei.

— Eu também te amo, Alex Blackwood — diz ela, e é tudo que nunca soube que "eu te amo" poderia ser, me abarcando exatamente como sou, sem nenhuma condição.

É como voltar para casa, em vez de fugir.

Ela solta as mãos de trás do meu pescoço, as abaixando entre nós.

— Bom, acho que fiquei com a garota, afinal — diz.

— Viu? Falei que o plano funcionaria.

— Cala a boca.

Ela ri e agarra a gola da minha camiseta, me puxando para outro beijo.

E, pela primeira vez, eu obedeço.

AGRADECIMENTOS

Este livro, e a oportunidade de escrever junto da minha melhor amiga e esposa, foi a concretização de um grande sonho. Tenho muita gente a agradecer por tornar ele possível.

Primeiro, e sempre principalmente, um enorme obrigada à nossa incrível editora, Alexa Pastor. Este livro, do começo ao fim, ao longo das muitas rodadas de revisão, foi tão tranquilo, e é TUDO graças a você. Seus comentários sempre me impressionam, e é a coisa MAIS legal ver as histórias nas quais trabalhamos juntas ganharem forma e ficarem radicalmente melhores graças à sua orientação. Viva pelo quarto livro, Alexa!

Sinto TANTA gratidão pela minha agente maravilhosa, maravilhosa, Emily van Beek da Folio Literary, por ver o potencial desta história, e pelo tempo e cuidado que dedica, não só a mim e à minha escrita, mas também à de Alyson. Você é a melhor de todas!

Além disso, um ENORME obrigada a Elissa Alves, por criar os pacotes de submissão mais lindos da humanidade. São verdadeiras maravilhas!

A Justin Chanda, Kristie Choi, Julia McCarthy, Audrey Gibbons, Shivani Annirood, e o resto da equipe incrível da Simon & Schuster: OBRIGADA, OBRIGADA, OBRIGADA. Sou tão agradecida a todos vocês, e tenho sorte por minhas histórias estarem em suas mãos.

A Siobhan Vivian, por lecionar a aula na Pitt que me arranjou uma esposa, uma carreira e a melhor mentora que uma garota poderia pedir. Escrita de Literatura Jovem 1 & 2 realmente mudou minha vida, e é tudo graças a você.

Obrigada a minha mãe, a Ed, Judy, Mike, Luke, Lianna e Aimee, por serem o time no qual posso contar para apoio, jogos de Moonrakers e jantares em família. Amo vocês!

E por fim, mas certamente não menos importante, obrigada à minha esposa, coautora e melhor amiga, Alyson Derrick. É uma honra absoluta fazer parte do seu primeiro livro, e mal posso esperar para ser a maior torcedora de todos os outros que virão. Estou tão orgulhosa de você, Ace. Eu te amo.

— RACHAEL

Que loucura. **Nem acredito** que estou mesmo escrevendo agradecimentos agora. Tantas pessoas me ajudaram a chegar aqui.

Primeiro, obrigada a Siobhan Vivian por ler nosso primeiro rascunho "de merda" e destruir ele completamente. Você tornou essa história muito maior e melhor do que seria. Obrigada por sempre arrumar um tempo para ajudar a mim e a Rachael. Seja nos contratando, arranjando emprego, ou encontrando para tomar café da manhã, nunca tive uma professora que se importasse tanto. Fico muito feliz por chamá-la de amiga.

A Emily van Beek, a maior agente de todas as agentes (na minha opinião), obrigada por me aceitar. Obrigada por acreditar em mim, como coautora e autora individual. Tem sido um prazer imenso te conhecer melhor ao longo do ano.

Obrigada a minha editora, Alexa Pastor, por dedicar tanto tempo e cuidado a cada rodada de revisão. Fiquei verdadeiramente maravilhada com a melhora deste livro da primeira para a segunda versão, e é tudo graças a você. E obrigada a Kristie Choi, Justin Chanda e o resto da equipe na Simon & Schuster por todo o trabalho esforçado, e por concretizar meus sonhos.

Obrigada a minha mãe, a Beth da minha Molly. Obrigada por ter sido a melhor amiga que eu tanto precisava nos anos finais da escola e na transição para a faculdade. Obrigada por todas as noites passadas vendo filmes ruins da SyFy e comendo batata frita na cama. Obrigada por todos os turnos duplos que trabalhou para termos Natais sensacionais. Obrigada pelas viagens, pelas gargalhadas, pelos abraços e por sempre, *sempre* estar ao meu lado, até agora.

Ao meu pai, obrigada por me mostrar que as melhores coisas na vida vêm da família. Obrigada por me criar para "é só assoprar que passa", mas também me ensinar que tudo bem chorar. E... onde eu estaria sem seu apoio inabalável à minha primeiríssima protagonista fictícia, Lolytosh Dinkus? Talvez trabalhando em um *food truck*. Obrigada por sempre acreditar em mim. Eu te amo, papai (em sotaque sulista).

Obrigada aos meus dois irmãos mais velhos, dos melhores amigos que eu poderia pedir. Mike, obrigada por sempre me animar para *tudo* na vida. Acho que você é uma das pessoas mais especiais na face da terra. E a Luke, obrigada pela amizade, pelos conselhos e por sempre me ouvir. Poder me reconectar com vocês dois na vida adulta tem sido incrível. Eu amo muito vocês.

À minha avó. Só quero dizer que você é o ser humano mais forte e resiliente que já conheci. Eu te admiro ainda mais agora do que admirava quando escrevi aquele poema no primário. Você foi, e sempre será, minha heroína. Eu te amo.

E, finalmente, à minha esposa. Obrigada por aquelas duas semanas estranhas e espetaculares no começo do nosso último ano de faculdade. Obrigada por ser minha amiga em primeiro lugar, pela paciência e por me deixar chegar lá no meu ritmo. Não sei por que levei tanto tempo para entender que sempre seria só você. Você é tudo que sempre precisei, mas nunca soube que poderia ter. Não entendo como já pude viver sem você. Eu te amo, Rachael Jane. Eu sempre vou te amar.

—Alyson

CONFIRA NOSSOS LANÇAMENTOS,
DICAS DE LEITURAS E
NOVIDADES NAS NOSSAS REDES:

🐦 **editoraAlt**
📷 **editoraalt**
♪ **editoraalt**
f editoraalt

Este livro, composto na fonte Fairfield,
foi impresso em papel Lux Cream 60g/m² na gráfica BMF.
Osasco, Brasil, agosto de 2023.